Kölner Schatten

Mathias Wünsche wurde 1957 in Köln geboren. Nach dem Studium der Sozialpädagogik arbeitet er heute seit über zwanzig Jahren in der Kinder- und Jugendhilfe in Köln. Neben seiner Autorentätigkeit ist er erfolgreich als Musiker und Komponist unterwegs. Bei Emons ist bereits sein Kinderkrimi »Die Südstadtdetektive« erschienen. Mehr Informationen über den Autor unter www.mathiaswuensche.de.

MATHIAS WÜNSCHE

Kölner Schatten

KÖLN KRIMI

emons:

Bibliografische Information der Deutschen Bibliothek
Die Deutsche Bibliothek verzeichnet diese Publikation in der Deutschen Nationalbibliografie; detaillierte bibliografische Daten sind im Internet über http://dnb.d-nb.de abrufbar.

FSC www.fsc.org MIX Papier aus verantwortungsvollen Quellen FSC® C083411

Umschlagmotiv: Cirsten Gülker
Umschlaggestaltung: Tobias Doetsch
Gestaltung Innenteil: César Satz & Grafik GmbH, Köln
Druck und Bindung: CPI – Clausen & Bosse, Leck
Printed in Germany 2014
ISBN 978-3-95451-314-7
Köln Krimi
Originalausgabe

Für Cirsten

Prolog

»Du lässt mir keine Wahl. Ich habe dir ein mehr als großzügiges Angebot gemacht, aber du willst es ja nicht annehmen. So zwingst du mich, zu anderen Mitteln zu greifen. Schade, ich hätte es bevorzugt, wenn du mich freiwillig begleitest.«

Wie hypnotisiert starrt sie auf das Taschentuch in seiner Hand, das sich nun ihrem Gesicht nähert, dabei groß und größer wird, und sie vernimmt den Schrei, der über ihre Lippen kommt. Marie bemerkt den verunsicherten Ausdruck in seinen Augen, als sie sich aufbäumt, auf die Füße springt und ihm beinahe gleichzeitig einen Tritt zwischen die Beine verpasst. Sie hat all ihre Wut und ihre ganze Kraft in diesen Angriff gelegt und sieht nun, wie die Tränen über sein schmerzverzerrtes Gesicht rinnen.

Du musst weg von ihm!, drängt die innere Stimme, du musst dich von ihm befreien … endgültig! Marie läuft los. Der Revolver! Sie springt über die Blutlache. Du musst an den Revolver! Sie hält inne, dreht den Kopf, sieht ihn gekrümmt am Boden liegen und entscheidet sich für die Treppe. Gegen die Flucht aus dem Haus. Entschlossen läuft sie die ersten beiden Stufen empor, schaut über die Schulter, sieht, wie er sich mühsam aufrappelt.

Schwankend schaut er sich um, und ihr wird heiß, als er sie entdeckt. Sein getrübter Blick trifft sie und wirkt auf eine für sie unerklärbare Weise sehnsüchtig. Sie schüttelt den Kopf. Nein, sie will und darf sich jetzt nicht aufhalten lassen. Sie schnellt herum, rennt die Treppenstufen weiter hoch, entflieht seinem Blick. Doch schon hört sie seinen schleppenden Schritt auf dem unteren Treppenabsatz.

Mit Wucht stößt Marie die Tür auf, dabei verliert sie fast das Gleichgewicht, und stolpert in das Schlafzimmer ihrer Eltern. Keuchend wirbelt sie herum, bekommt die Tür zu fassen und wirft sie zu. Ihre Finger suchen im Halbdunkel den Schlüssel im Schloss. Das klackende Geräusch beim Umdrehen beruhigt sie.

Seine Fäuste hämmern gegen die massive Eichentür.

»Marie, verflucht, was soll das?« Beschwörend dringt seine Stimme zu ihr. »Mach auf! Was soll dieses alberne Spielchen? Das hältst du doch keine Stunde durch. Du bist ein seelisches Wrack. Marie – vergiss nicht, ich weiß alles über dich. Ich kenne dich, Marie!«

»Nein, das tust du nicht! Gar nichts weißt du über mich, rein gar nichts«, sagt sie leise, während sie die Patronen in die Trommel drückt.

1

Freitag, 7.12.

Wer die Wahl hat, hat die Qual! Er lacht. Es ist ein helles Lachen. Marie schüttelt unmerklich den Kopf. Nein, nicht jetzt!

Wer die Wahl hat, hat die Qual! Seine Stimme ist sanft. Nichts Bedrohliches liegt in ihr. Nein, ich will jetzt nicht! Schroff zieht sie die Ärmel ihres Pullovers bis über die Handrücken herunter. Sie ballt die Fäuste. Die Finger halten den Ärmelbund fest, und sie spürt, wie sich die Nägel in ihr Fleisch drücken.

»Da, sie tut es wieder!« Wie aus der Ferne dringt das Getuschel an ihr Ohr.

Oh, sie hört sie. Sie hört sie immer. Die Stimmen der Schüler und wie sie sich über sie lustig machen. Sie zwingt sich dazu, ihre Augen zu öffnen. Bläuliches Flimmern. Blinzelnd kämpfen ihre Lider gegen das Neonlicht an.

Wie sie da sitzen, hinter ihren Pulten, wie sie starren und dabei ihre Mundwinkel verziehen. Unverschämt grinsend. Egal.

Marie dreht den Kopf und blickt aus dem Fenster. Schwere, dunkle Wolken ziehen träge vorbei. Es wird Regen geben. Ohne ihren Blick abzuwenden, erhebt sie sich von ihrem Platz, geht auf das Fenster zu und öffnet es. Begierig zieht sie die feucht-kühle Luft in sich hinein. Der Winter ist nah, denkt sie. Die Blumen! Ich muss an die Blumen denken! Die roten und die gelben Rosen. Die bringen Farbe ins Haus.

Hinter ihrem Rücken vernimmt sie ihren Namen.

»Frau Fredehoff, ich verstehe die Aufgabe sechs nicht«, sagt die Stimme ungefragt zu ihr.

Sie dreht sich um, löst sich zwei Schritte vom Fenster, bleibt stehen, senkt den Kopf und schaut in das rotwangige Gesicht der Schülerin.

»Was ist das Problem, Leonie?«

»Hier steht:«, antwortet das Mädchen, »›Löse folgende Gleichung/Ungleichung für G = N und gib die Lösungsmenge an‹.«

»Ja, und was ist daran nicht zu verstehen?«

»Ich … ich weiß nicht mehr, wie man das rechnet.«

Ach Leonie, schau mich doch nicht so an! Was erwartest du von mir?

»Da kann ich dir leider nicht helfen«, antwortet sie, »wir haben doch genau diesen Stoff in den letzten Wochen gründlich durchgenommen.«

Die Schulklingel ertönt. Die Schülerin weint.

»Komm Leonie, die Zeit ist um, und ich muss die Hefte einsammeln. Es tut mir leid, aber ich kann da keine Ausnahme machen.«

Johlend und schubsend strömen die Jugendlichen aus der Klasse. Nur das Mädchen mit den verheulten Augen nicht. Es sitzt nach wie vor auf seinem Stuhl. Still wartend. Marie denkt an den Einkauf, während sie die Hefte in ihre Tasche packt.

Morgen ist Samstag. Die Blumen, sie darf die Blumen nicht vergessen. Er liebte Blumen.

Er sagte immer: *Die Blume ist ein Geschenk Gottes an die Menschheit.* Dann machte er jedes Mal eine kleine Pause und flüsterte ihnen zu: *Ihr seid meine Blumen.*

Ein Lächeln huscht über ihr Gesicht. Rasch nimmt sie ihren Mantel und legt ihn sich über den Arm.

»Bitte, ich …« Oh Leonie, was willst du denn noch? Bereits an der Tür stehend, dreht sie sich zu ihr um und sieht sie fragend an.

»Ich … ich trau mich nicht nach Hause«, schluchzt die Schülerin. »Meine Eltern werden mich fragen, wie die Mathearbeit gelaufen ist. Was soll ich ihnen sagen? Wenn ich hängen bleibe, bringt mein Vater mich um«, ihre Stimme ist kaum zu verstehen.

Unschlüssig verharrt Marie an der Tür. Sie spürt einen Anflug von Zorn in sich aufsteigen. Ja, sie erinnert sich nur zu gut an Leonies Vater, neulich beim Elternsprechtag. Hat erlebt, wie aufbrausend er sein kann, weil er befürchtet, dass seine Tochter eine Fünf in Mathematik auf dem Zeugnis bekommen wird. Reflexartig hatte sie seine Hand abgewehrt, bevor diese Leonie treffen konnte.

»Mensch, Leonie, warum hast du dich denn nicht besser vorbereitet? Du wusstest doch, dass die Arbeit heute geschrieben wurde. Was soll ich anderes denken, als dass du eben nicht genügend gelernt hast?«

Leonie hebt den Kopf. Ihr verschwommener Blick saugt sich an Marie fest.

»Hab ich wohl!«, ruft sie trotzig, um im gleichen Moment ihre Lautstärke zu dämpfen, so als ob sie selbst darüber erschrocken sei.

»Hab ich wohl«, wiederholt sie leise, ohne aber die Augen von ihr zu nehmen. »Ich lerne und lerne, aber kapiere rein gar nichts. Ich bin wohl einfach zu blöd.«

Verflucht, ich muss los! Der Einkauf für das Wochenende, für sich und für Emma. Marie hatte ihr heute früh noch zugesichert, dass sie an das Futter für den alten Watson denken wird. Ja stimmt, beim letzten Mal hatte sie es vergessen. Aber nur weil es wieder so verdammt voll im Supermarkt war. Sie hasst dieses Gedränge. Und ja, wahrscheinlich auch, weil sie ihre Tabletten nicht genommen hatte. Oje, die Blumen! Sie kann unmöglich ohne Blumen nach Hause kommen. Widerstrebend geht sie ein paar Schritte auf das Mädchen zu.

Es gibt Arbeitsgemeinschaften, hört Marie sich sagen, warum sie sich nicht mit anderen zusammentue.

Leonie antwortet nicht. Sie schaut nur, mit einem Ausdruck, den sie nicht deuten kann.

»Vergessen Sie es!«, schleudert sie ihr schließlich entgegen und wendet sich abrupt ab.

Mit fahrigen Handbewegungen nimmt sie ihre Materialien vom Pult und verstaut sie in ihrem Rucksack.

»Warum sind Sie so?« Der Ton ihrer Stimme klingt im Raum nach. Und bleibt. Bleibt auch noch, nachdem die Schülerin die Klasse verlassen hat.

Was meint sie damit? Nachdenklich verlässt Marie ebenfalls den Klassenraum.

Wie bin ich denn? Wie soll ich denn sein? Was für eine Frage. Gestellt von einem fünfzehnjährigen Mädchen.

Das gleichmäßige Klacken ihrer Absätze auf dem Linoleumboden beruhigt sie. Alles ist wie gewohnt. Der Geruch, der typische Geruch. Schulgebäude haben schon immer so gerochen. Und die Beleuchtung, bläuliches Decken-Neonlicht. Neonlicht wirft keine Schatten.

Sie geht zügig den langen Flur entlang, vorbei an den geöffneten Türen. Die Räume dahinter verwaist. Stühle stehen auf Tischen. Es ist Freitag, der Unterricht ist zu Ende und die Kollegen schon auf dem Weg nach Hause.

Sie schiebt im Gehen den Ärmel ihres Pullovers hoch und schaut auf die Uhr. Gleich halb vier und schon wieder frische Schnitte auf dem Unterarm.

Oh, ich muss mich beeilen, das Mädchen hat mich viel zu viel Zeit gekostet. Der Blumenhändler hat nach vier keine Rosen mehr. Keine gelben, keine roten. »Rosen verkaufen sich wie geschnitten Brot«, sagt der Blumenhändler immer und lacht dann jedes Mal laut. Sie mag sein Lachen nicht. Es klingt schmutzig und anzüglich. Anzüglich sind auch seine Bemerkungen. Aber sie hat keine Wahl. Natürlich könnte sie die Rosen woanders kaufen, aber das Blumengeschäft liegt auf ihrem Nachhauseweg und zudem direkt gegenüber dem Supermarkt. Sie geht gerne dorthin, weil sie weiß, wo alles ist, und keine Zeit mit Suchen vergeuden muss. Und überhaupt: Sie lässt sich doch von einem Macho nicht von ihren Gewohnheiten abbringen.

Sie drückt die Glastür auf und tritt ins Freie. Der Regen hat bereits eingesetzt. Ohne zu zögern, läuft sie los, auf ihr Auto zu, das noch als einziges auf dem Parkplatz steht. Ein paar Jugendliche auf Motorrollern drehen trotz des Regens ihre Runden. Schnell holt sie die Wagenschlüssel aus der Manteltasche, öffnet die Tür, schmeißt Tasche und Mantel auf den Beifahrersitz und setzt sich hinter das Steuer. Sie lässt die Füße Kupplung und Bremse treten, startet den Motor, schaltet die Scheinwerfer an und den Scheibenwischer.

Ein Schatten! Marie dreht ihren Kopf zur Seite. Verdammt! Wo kommst du denn so plötzlich her?

Der Regen wird stärker und prasselt sein Stakkato auf das

Wagenblech. Die langen Haare kleben Leonie im Gesicht. Sie steht einfach nur da. An der Fahrertür. Regungslos.

Was soll das Ganze? Sekunden vergehen. Schließlich lässt Marie die Scheibe herunterfahren. Augenblicklich fallen unzählige Regentropfen ins Innere und hinterlassen nasse Flecken auf ihrem Pullover.

Das Mädchen löst sich von der Stelle und tritt an die Wagentür.

»Hier, für Sie!«, sagt sie und wirft ihr ein zusammengefaltetes Stück Papier in den Schoß. Maries Hände fassen danach, es fühlt sich feucht an, sie will etwas sagen, doch das Mädchen hat sich bereits umgedreht und läuft davon.

Ich werde zu spät kommen.

Hastig stopft sie das Papier in die Innentasche ihres Mantels und lässt die Scheibe wieder hochfahren. Wenig später hat sie den Lehrerparkplatz am Volkhovener Weg verlassen, um sich in den aufkommenden Feierabendverkehr einzufädeln.

Was denkt sie sich nur? Steht da im Regen, wird patschnass und stiehlt mir meine Zeit.

Oh nein, jetzt hab ich auch noch den Bus vor mir. Die Haltestelle. Da ist sie ja! Leonie, was schaust du denn so?

Marie betätigt den Blinker und fährt links an dem stehenden Fahrzeug vorbei. Im Rückspiegel das Mädchen. Sie steht auf der Straße und sieht ihr nach. Was machst du nur? Leonie, du hältst doch den ganzen Verkehr auf. Warum steigst du nicht in den Bus? Marie wechselt die Spur und erhöht das Tempo. Das Mädchen ist aus dem Rückspiegel verschwunden.

***

Sie haben sich gestritten. Wieder mal. In letzter Zeit häufen sich die Streitereien. Seine Blicke verfolgen sie, er beobachtet, wie sie beinahe geistesabwesend in den Bus steigt. Pierre schüttelt den Kopf und schnippt die heruntergerauchte Zigarette in den Rinnstein.

Die ist ja völlig weggetreten, denkt er bitter. Der Regen prasselt auf seinen Helm mit dem schwarz-weißen Spinnenmuster, und er spürt, wie vereinzelte Tropfen durch das offene Visier auf seine Haut treffen.

»Das ist alles nur diese Schlampe schuld.«

Vom Linienbus geht ein dumpf grollendes Motorengeräusch aus, Pierre registriert, wie sich der linke Vorderreifen schwerfällig herausdreht. Unweigerlich setzt sich der Bus in Bewegung und schert aus der Haltebucht heraus.

Klar, er könnte ihr nachfahren. Könnte sie vor ihrem Haus abfangen und versuchen, mit ihr zu reden. Pierre dreht das Gas hoch, der Motor heult auf. Aber er weiß, dass er mit so einer Aktion alles nur noch schlimmer machen würde.

Sie kann überhaupt nicht auf seine Auftritte. Manchmal hasst er sie für ihr Getue. Nur weil sie in einem Einfamilienhaus in Pesch wohnt. Ja klar, in einer schickeren Gegend als er. Heißt ja nicht umsonst: In Esch, Pesch, Longerich, da wohnen die besseren Leute. Darum glaubt sie, ihn runtermachen zu dürfen. Und das nicht selten vor seinen Freunden.

Als Leonie vor einem Jahr zu ihm auf die Schule in Heimersdorf kam, hatte sie einen derben Absturz hinter sich, so hatte sie es auf jeden Fall erzählt. Sie sei vom Gymnasium geschmissen worden. Weshalb, hatte sie ihm bis heute nicht verraten. Ihre Eltern hielten es wohl für eine gute Idee, sie auf eine Hauptschule strafzuversetzen. Nur für ein Jahr, wie Leonie gern betont, danach würde sie auf eine Privatschule nach Bonn wechseln. Getue!

Er drückt sich mit den Füßen vom Asphalt ab und lässt das Moped vom Bürgersteig nach hinten auf die Straße rollen. Den herannahenden Pkw bemerkt er zu spät, haarscharf zieht der Wagen an ihm vorbei. Abrupt bleibt er wenige Meter weiter mit aufblinkendem Warnlicht am Straßenrand stehen. Die Fahrertür fliegt auf, und ein bulliger Mann mit Glatze stürmt auf Pierre zu, der schnell von seinem Sitz steigt und den Motorroller aufbockt.

»Los, nimm den Helm ab!«, befiehlt der Mann.

Pierre blickt in das Gesicht seines Gegenübers und schüttelt langsam den Kopf.

Die flache Hand sieht er zwar kommen, kann ihr jedoch nicht

ausweichen. Sie trifft ihn seitlich am Kopf. Die enorme Wucht des Schlages überrascht ihn und wirft ihn zu Boden. Aus seinem Blickwinkel macht er Füße aus, die in schwarzen Springerstiefeln stecken. Scheiße, ein Fascho. Er krümmt sich zusammen, in angstvoller Erwartung, die Stahlkappen gleich in seinem Magen zu spüren. Doch die Tritte bleiben aus. Ungläubig öffnet er die Augen und sieht, wie sich die Stiefel entfernen.

»Arschloch!«, presst er halblaut hervor.

Etwas benommen rappelt er sich auf.

»Ich habe mir das Kennzeichen gemerkt«, hört er hinter sich eine brüchige Stimme. »K-RT und irgendwas mit fünf.«

Pierre dreht den Kopf, und sein Blick bleibt an der gebeugten Gestalt einer alten Frau hängen.

»Verpiss dich!«, zischt er. Ohne sich weiter um die verdutzte Alte zu kümmern, steigt er auf seinen Motorroller und fährt davon.

2

Marie fährt die A 61 in Bergheim ab, biegt von der Krefelder Straße in die Aachener Straße Richtung Ortszentrum.

Autofahren strengt sie an. Sie verstärkt den Druck. Fest umklammern ihre Hände das Lenkrad. Es liegt nicht am Regen oder an dem Unfall.

Nein, es sind die vielen Dinge, Menschen, Fahrzeuge, auf die sie achten muss. Unvorhersehbares kann passieren.

Mir ist noch nie etwas passiert. Nein, auch damals nicht! Egal, was der Therapeut sagt. Er redet immer nur von posttraumatisch. Bei ihm ist alles posttraumatisch.

Er ist ein blasser Mann mit rundlichem Gesicht, weichen Zügen und kleinem Kopf, zu dem dieser kräftige Körper nicht so recht passen will. Grotesk. Seine klobig wirkenden Hände, auf denen schwarze Haare sprießen, die wie Spinnenbeine aussehen, und diese mausgrauen Augen hinter der häufig fleckigen Brille findet sie abstoßend.

Ja, sie weiß, er meint es gut mit ihr. Aber er hat manchmal so einen mitleidigen Ausdruck in seinen Augen, in seinen winzigen mausgrauen Augen. Ach, was heißt manchmal … Sie hasst sein Mitleid. Doch der Wechsel zu einem anderen Therapeuten schreckt sie ab – das würde bedeuten, dass sie wieder so viel von sich erzählen müsste. Und wieder wäre es jemand, der in sie eindringen, sie verstehen und begreifen wollte. Dabei ging es ihr nur darum, dass jemand ihr die Tabletten verschreibt, die sie braucht, um ihren Tag zu meistern. Sie will doch bloß in Ruhe gelassen werden. Will arbeiten gehen und ihr Leben leben. Ihr Leben und nicht das der anderen. Und sie will auf gar keinen Fall mehr in die Klinik.

Schweißperlen bilden sich auf ihrer Stirn. Ihr ist heiß. Der Rollkragen ihres Pullovers schnürt ihr die Luft ab. Sie zieht daran, schiebt ihn runter, befreit den Hals.

Meine Tabletten, ich darf nicht vergessen, meine Tabletten zu nehmen. Der Regen schlägt unablässig hart gegen die Scheibe und lässt dem Wischer kaum eine Chance. Sie kneift die Augen zusammen und orientiert sich an den roten Rücklichtern der Autos, die vor ihr fahren. Eine Gestalt mitten auf dem viel befahrenen Knüchelsdamm. Wankend.

Bist du verrückt geworden? Bleib bloß stehen, du besoffener Idiot! Sie verschwendet keinen Blick, als sie an dem Betrunkenen vorbeifährt.

Gleich, gleich bin ich da.

Blinker setzen, Spur wechseln, erneutes Blinkersetzen. Langsam rollt sie an den parkenden Autos entlang auf der Suche nach einem Stellplatz. Sie hat Glück. Wenige Meter vor ihr steigt ein älterer Mann in seinen Wagen und überlässt ihr die Parkbucht »An der Stadtmauer«.

»Ah, da sind Sie ja!«, begrüßt sie der Blumenhändler und kommt mit ausgebreiteten Armen auf sie zu.

Gleich lacht er wieder.

»Rote und gelbe Rosen? So wie jeden Freitag?«

Marie nickt. Sie schaut ihn nicht an. Schaut an ihm vorbei. Der Blumenhändler lässt die Arme sinken und lacht.

»Sind schon eingepackt. Zehn von den roten und zehn von den gelben. Ist recht so, ja?«

Sie nickt, das Portemonnaie schon in der Hand.

»Rosen für die Rose«, sagt der Verkäufer lachend und überreicht ihr die Blumen. Unwillkürlich presst sie die Lippen aufeinander. Dieser Wicht, denkt sie, als sie vor ihrem Wagen steht.

Der Regen hat nachgelassen.

Sie öffnet die Beifahrertür und legt die Rosen behutsam auf den Sitz.

Wie sie wieder duften!

»Fahren Sie weg?«

Und wie schön sie sind!

»Entschuldigung! Fahren Sie weg?«

Was? Sie richtet sich auf, schaut über ihr Wagendach hinweg in das offene Beifahrerfenster eines Autos. Der Mann darin sieht sie ungeduldig an.

Sie schüttelt den Kopf. Missmutig verzieht er das Gesicht und braust davon. Einen Moment lang verharrt sie, bevor sie ihre Augen abwendet, die Wagentür ins Schloss drückt und das Fahrzeug verschließt.

In Gedanken überquert sie die Straße, achtet nicht auf den Verkehr. Bremsgeräusche. Das Quietschen verursacht Schmerzen in ihren Ohren. Marie hebt die Hand und geht weiter.

Verdammt, ich muss mich mehr zusammenreißen. Ja, es war ein harter Tag, aber trotzdem … und ich muss meine Tabletten nehmen. Ich muss …

3

Die harte Silhouette von Köln-Chorweiler ist aus der Ferne unübersehbar. Hierher verirren sich keine Köln-Touristen. Keine Sightseeing-Busse bewegen sich durch die Straßenschluchten. Warum auch? Die Osloer Straße ist weit weg vom Dom. Und hier, hier gibt es nichts, was es mit dem megaschicken Rheinauhafen auch nur ansatzweise aufnehmen könnte. Da wohnt der Poldi, im ersten Kranhaus ganz oben. Kostet locker 'ne Million. Der hat's geschafft, der Poldi. Scheiße ja, er hat den FC im Stich gelassen, so sagen viele. Aber so war es nicht. Der Verein hat ihn hängen lassen, das ist die Wahrheit. Hat ihm übel mitgespielt.

Pierre glaubt, bereits im Eingang des Hochhauses riechen zu können, was seine Mutter heute zu Mittag gekocht hat. Was wohl daran liegt, dass es meistens das Gleiche gibt: Dosenravioli. Keine Beschwerde! Mom tut, was sie kann. Der Geruch sticht ihm in die Nase und vermischt sich mit den anderen bekannten Gerüchen, die unauslöschlich mit seinem Zuhause verbunden sind. Von irgendwoher schallt Schlagermusik durchs Treppenhaus. Das Haus ist ein monströser Beton-Stahl-Bau, mit schlauchartigen Verbindungsbalkonen zwischen den einzelnen Wohnungen, in einer ebenso monströsen Hochhaussiedlung. Er wartet nicht auf den Aufzug, sondern nimmt die dreimal zehn Stufen, die in den ersten Stock führen, mit großen Schritten.

»Pierre, bist du's?«

Es versetzt ihm jedes Mal einen tiefen Stich, wenn dieser gewisse Tonfall in der Stimme seiner Mutter mitschwingt. Dieser Tonfall, der nach Angst und Besäufnis klingt.

»Ja, Mom«, antwortet er, während er die Haustür von innen abschließt.

Er lehnt sich mit dem Rücken gegen die Tür, nur für einen kurzen Moment, dann geht er auf sein Zimmer zu. Wieder hört er, wie sie seinen Namen ruft.

Zittrig fährt seine Hand durch die blauschwarz gefärbten

Haare. Der Zwischenfall mit dem Skin steckt ihm immer noch in den Knochen. Klar, er hätte frühzeitig einen Abflug machen können. Der Arsch hätte ihn never ever gekascht, aber Abhauen ist einfach nicht sein Ding. Lieber mal ein paar in die Fresse kriegen, als sich für immer als feige Sau fühlen.

Dreck! Der Kopfschmerz und das mulmige Restgefühl im Magen sind ja noch harmlos. Ja, er weiß es, es hätte für ihn beschissener ausgehen können, und dann hätte er seiner Mutter wieder mal Sorgen bereitet.

»Ich komm sofort, Mom. Ich geh nur mal eben in mein Zimmer, Helm und Jacke wegbringen … ich komm sofort.«

Er findet seine Mutter auf dem Sofa liegend und mit geschlossenen Augen vor. Er hasst dieses vor Jahren einmal marineblaue, mittlerweile ausgeblichene Sofa mit den drei Brandlöchern an der rechten Lehne.

Das Sofa war am gleichen Tag geliefert worden, an dem sein Vater sich in der Badewanne die Pulsadern aufgeschnitten hatte. Wie ein abgestochenes Schwein ist er verblutet, und er hatte ihn damals gefunden, sterbend. Da war er elf Jahre alt. Er kam gerade aus der Schule, als er im Flur dieses Stöhnen hörte. Pierre hatte nicht begriffen, was mit seinem Vater los war. Wollte es wohl auch nicht begreifen und stand einfach nur da. Wie lange dauert ein Moment? Das ist jetzt sechs Jahre her.

Seine Mutter war nicht zu Hause gewesen. Sie hat nie gesagt, wo sie an jenem heißen Augustnachmittag gewesen ist. Schon verrückt: Morgens wird das Scheißsofa geliefert, und ein paar Stunden später bringt sich der Alte um.

»Ich hab dir Ravioli gemacht«, sagt seine Mutter, ohne dabei die Augen zu öffnen, »auf dem Herd, müssten noch warm sein.« Sie hebt kraftlos den dürren Arm, um damit in Richtung Küche zu deuten. »Du kommst spät. Wo warst du? Du weißt doch, dass ich mir Sorgen mache, wenn du zu spät kommst.«

Pierre geht zu ihr, beugt sich herunter und küsst sie auf die Stirn. Zwischen Couchtisch und Sofa liegt die leere Schnapsflasche.

»Hey Mom, alles in Ordnung. Ich war in der Schule und hatte AG. Hat heute etwas länger gedauert. Es ist alles bestens. Du musst dir keinen Kopf um mich machen. Mir geht's prächtig.« Seine Mutter macht sich immer so viele Gedanken seit der Sache mit dem Schulleiter.

»Du musst was essen, Junge.«

»Danke, Mom. Das mach ich.«

Er küsst sie ein weiteres Mal auf die Stirn und geht in die Küche.

Seine Mutter hat nicht die geringste Ahnung, dass er schon seit über einem halben Jahr nicht mehr zur Schule geht. Sie glaubt, er wäre nach dieser Aktion mit der Bombendrohung mit einem blauen Auge davongekommen. Die Polizei war da gewesen, mit einem Großaufgebot, und hatte ihn in Handschellen abgeführt. Seine Mutter war mal wieder völlig betrunken gewesen, sodass sie wenigstens von der Verhaftung kaum etwas mitbekommen hatte. Achtundvierzig Stunden später hatten sie ihn wieder aus der U-Haft entlassen. Und noch am selben Tag stand ein Sozialarbeiter des Jugendamtes vor der Tür. Aber der konnte ihm auch nicht helfen; konnte auch nicht verhindern, dass er von der Schule geschmissen wurde. Na ja, jetzt ist er siebzehn und ist raus aus der Jugendhilfe, is' ja klar, die Stadt ist pleite. Sicher, er hätte seinen Sozialarbeiter aufsuchen können – das Angebot bestand: »Pierre, wenn du Hilfe brauchst oder auch nur mal quatschen willst, meld dich bei mir.«

»Klar, mach ich«, hatte er gesagt und war insgeheim froh darüber gewesen, den Sozifuzzi los zu sein. Die vom Jugendrichter aufgebrummten Sozialstunden in einem Altenheim hatte er an einem Stück heruntergerissen. Alles paletti jetzt.

Im Vorbeigehen schnappt er sich den Stieltopf vom Herd, geht zum Kühlschrank und holt die halb leere Flasche Cola heraus. Noch bevor er die Tür seines Zimmers mit dem Fuß aufdrücken kann, hört er sein Handy klingeln.

»Golem, was liegt an?«

4

Das grelle Licht lässt sie kurzzeitig blinzeln. Der Supermarkt ist hell erleuchtet, die Angebotsschilder unübersehbar. Sie greift in ihre Manteltasche, holt den Chip hervor, drückt ihn in den Schlitz und zieht den Einkaufswagen heraus. Sie schaut auf und glaubt für einen kurzen Moment, das verschwommene Gesicht eines Mannes wahrzunehmen, der sie von draußen durch die Glasfront des Supermarktes anstarrt.

Marie stöhnt auf, schließt die Augen und öffnet sie sogleich wieder. Das Gesicht ist verschwunden. Unwirsch schüttelt sie den Kopf.

Ich hab alles unter Kontrolle, es geht mir gut. Alles ist wie immer. Mama hat mir jedes Mal über das Haar gestreichelt, wenn es mir nicht so gut ging. Das liegt am Wachstum, hat sie dann immer gesagt. Das wächst sich raus. Tut es das?

Paprika, ich brauche Paprika. Gelbe und rote. Schön fest müssen sie sein. Und Reis. Reis und Hackfleisch. Morgen werde ich kochen. Für heute reicht mir ein Brot.

»Warum sind Sie so?«

Sie fährt sich mit der Hand durchs Gesicht. Feuchte Stirn.

Das Hackfleisch und den Aufschnitt hole ich mir nicht an der Theke. Viel zu geschwätziges Volk dahinter. Wollen einem bloß mehr andrehen. »Darf es sonst noch was sein?« Nein, ich durchschaue euch. Frisch verpackt ist ebenso gut. Butter und Käse. Ich brauche Milch, vier Pakete und … und Wein. Äpfel und Orangen nehme ich mit. Dann noch die Sachen für Emma und das Katzenfutter.

»Darf ich Ihnen ein Stück Pampelmuse anbieten? Genau das Richtige für die nasskalten Tage. Sie wissen ja, Erkältungszeit. Da sind Vitamine …«

Ich könnte ein Bad nehmen, ein heißes, duftendes Bad. Früher habe ich gerne gebadet. Früher. Nein, ich werde duschen!

Warum schreit das Mädchen denn so! Das Geschrei nervt

mich. Wieso haben Eltern ihre Kinder nur so wenig im Griff? Sie hatte nie geschrien. Mutter sagte, sie sei ein braves Mädchen gewesen, damals. Stimmt, ich war brav und habe auch immer gut auf Paulinchen aufgepasst. Fast immer.

Dieses Kind! Es brüllt sich ja die Seele aus dem Leib. Was will es denn? Es reicht, ich muss hier raus!

Nein, sie sieht mich nicht. Oder um es auf den Punkt zu bringen: Sie bemerkt mich nicht. Sie bräuchte sich nur umzudrehen, und sie würde mir ins Gesicht schauen können. Meine Liebe, wie ein Schatten folge ich dir, ich nähere mich dir, vorsichtig, damit du nicht erschrickst. Ich lasse dich keine Sekunde aus den Augen. Du bist so schön, Marie – atemberaubend schön! … Ach, warum bist du nur immer so abweisend. So … so kalt! Tust überlegen, als ob du niemanden auf dieser Welt bräuchtest. Doch in Wahrheit bist du zerbrechlich, und wenn ich wollte … Ich spüre doch, dass du angespannt bist, dass du dich wieder überforderst. Und du fühlst dich allein. Gib es doch zu! Oh, ich kenne dieses Gefühl! Ich kenne es sehr gut. Die Einsamkeit ist ein grausamer Feind.

Wenn du doch nur schon so weit wärst. Wenn du dich doch nur fallen lassen könntest. Ich wäre da. In demselben Moment, in dem du es tun würdest, wäre ich da, um dich aufzufangen. Passiert es, werde ich da sein und ganz zärtlich sein, ich verspreche es dir … aber vielleicht magst du das ja gar nicht! Zärtlichkeit. Ist dir das fremd? Ich kann auch hart sein. Du musst es bloß sagen. Ich weiß, es wird die Zeit kommen, dann wirst du dich mir öffnen. Doch bis dahin werde ich geduldig sein, werde dich nicht bedrängen.

Dabei sind wir uns so nah: Ich kann den schwachen Duft deines Parfüms riechen. Wenn ich es wollte, so müsste ich bloß meinen Arm ausstrecken. Ich würde dich berühren. Wir würden uns berühren.

Ich folge dir, immerzu, ohne dass es jemand merkt. Die Menschen sind alle zu sehr mit sich beschäftigt. Auch jetzt wieder.

Er nickt grimmig und zieht seine Kappe tiefer in die Stirn. Seine Zungenspitze fährt reptiliengleich über die Unterlippe, während er mit raschen Schritten und gesenktem Blick an ihr vorbeigeht. Er muss sich beeilen, will er vor ihr da sein. Er schiebt sich an den wartenden Menschen an der Kasse vorbei und verlässt den Supermarkt.

Marie bugsiert den Einkaufswagen in Richtung der Kassen. Lange Schlangen. Ihr Magen krampft.

Ich hab alles unter Kontrolle, es geht mir gut.

Plötzlich spürt sie, wie sich eine Hand auf ihre Schulter legt. Sie zuckt zusammen, jedoch ohne sich umzudrehen. Die Hand bleibt auf der Schulter liegen. Ihr Körper erstarrt. »Entschuldigung, junge Frau.« Ein Mann schiebt sich an ihr vorbei und deutet mit dem Kopf auf die Flasche Portwein, die er in der anderen Hand hält. »Ich habe nur das eine Teil hier, und ich hab's eilig. Mein Auto steht im Halteverbot. Lassen Sie mich vor?«

Unfähig zu antworten, rückt sie einen Schritt zur Seite.

»Haben Sie vielen Dank!«

Die Hand rutscht von ihrer Schulter. Sie zittert, und der Schweiß läuft ihr den Nacken herunter.

Hab keine Angst! Seine Stimme klingt sanft und warm und voller Liebe. Nur mit Mühe gelingt es ihr, den Einkauf auf das Band zu legen.

»Vierundfünfzig zwölf. Zahlen Sie bar oder mit Karte?«

Sie schnallt sich an, legt den Gang ein und startet den Motor.

Ich bin in Ordnung.

Der Regen hat aufgehört. Sie schaltet das Licht an, setzt den Blinker, blickt über die Schulter. Ein Autofahrer winkt sie raus, und sie fährt aus der Parkbucht.

Ich bin in Ordnung.

Die Aachener Straße ist wieder verstopft. Es ist spät geworden, und das Tageslicht verliert gänzlich an Kraft.

Der Einkauf war anstrengend. Ich bin müde. Ach Emma, liebe alte Emma, deinen Einkauf bringe ich dir morgen vorbei. Du wirst es mir nachsehen. Doch für Konversation bin ich jetzt einfach zu fertig. Es war ein langer Tag.

Es heilt die Zeit, es heilt die Zeit, denn nichts währt für die Ewigkeit.

Seine Hände. Seine Hände waren weich. Und warm. Selbst im Winter, wenn es nachts draußen fror und am Tag dicke weiße Schneeflocken vom Himmel fielen, ja selbst dann waren seine Hände warm.

Sie steuert das Auto auf die Garage zu, holt aus dem Handschuhfach die Fernbedienung und drückt auf den Knopf. Ruckend schwenkt das Tor auf, verschwindet unter der Garagendecke. Langsam lässt sie den Wagen ins Innere rollen, dreht den Zündschlüssel nach links und schaltet die Scheinwerfer aus. Schwärze um sie herum. Sie öffnet die Autotür. Sogleich flammt die Innenbeleuchtung auf, und bläuliches kaltes Licht belegt Sitze und Armaturen.

Ihre Absätze auf dem Betonboden. Leiser Widerhall.

Die Garage ist groß, gebaut für zwei Autos. Fünf Schritte bis zum Lichtschalter. Es ist aufgeräumt, sauber, nichts steht im Weg.

Andere Menschen haben allerlei Krempel in ihren Garagen stehen. Regale mit Werkzeugen, Autoreifen, irgendwelche Behälter oder Fahrräder. Kinderfahrräder.

Oh ja, es würde ihm gefallen, wenn er sehen könnte, dass sie alles exakt so macht, wie sie es von ihm gelernt hat.

Wer die Ordnung liebt, braucht nicht zu suchen!

Oh ja, er wäre sehr stolz auf sie.

Einen Augenblick hält sie inne. Bilder tauchen auf. Für einen Moment schließt sie die Augen.

Es ist gut so, wie es ist.

Marie betätigt den Schalter, Neonlicht erhellt den Raum. Neonlicht wirft keine Schatten. Zurück am Auto öffnet sie den Kofferraum, nimmt die Einkaufstüten heraus, stellt sie vor sich auf den Boden und schließt die Klappe wieder. Dann holt sie die Rosen.

Fünf Schritte bis zum Ausgang. Es riecht nach Zigarettenqualm.

Nein, ein weiteres Mal schüttelt sie den Kopf. Das kann nicht sein, sie muss sich irren.

Sie löscht das Licht, greift in ihre Manteltasche, zieht die Fernbedienung heraus.

Kalt ist der Wind, der ihr ins Gesicht schlägt, als sie die Garage verlässt. Das Tor senkt sich hinter ihr. Die Blumen im Arm, die Umhängetasche über der Schulter und die Einkaufstüten in beiden Händen, eilt sie zum Hauseingang.

Es ist ein frei stehendes Haus. Der Anblick hatte ihr Respekt eingeflößt, aber da war sie noch ein Kind gewesen, und das Haus war ihr früher viel größer und irgendwie dunkler erschienen. Früher hatte sie auch manchmal gefroren, wenn sie nach Hause kam. Daran seien wohl ihre lebhafte Phantasie und der gegenüberliegende Friedhof schuld, hatte ihre Mutter dann damals lachend gesagt.

Nun ist es mein Haus. Mit einem großen Grundstück und gepflegtem Garten. Einsam, aber nicht verloren, steht es da.

Ich lebe jetzt wieder gern hier in Glesch. Brauche die geschwätzige Stadt nicht mit ihren neugierigen Augen, die immer alles ganz genau wissen wollen, ohne sich wirklich zu interessieren. Heuchler, allesamt.

Der Bewegungsmelder lässt die Kugellampe über der Eingangstür aufleuchten. Ihre Finger tasten nach den Schlüsseln in der Manteltasche.

5

Golem steht vornübergebeugt am Geländer und starrt hinab in die verregnete Schwärze der Nacht. Zwanzig Stockwerke sind eine unangenehme Höhe, wenn der Wind den Regen über das Flachdach peitscht. Er hat Mühe, die Kapuze seiner Sweatjacke auf dem Kopf zu halten. Fluchend zieht er sie zum x-ten Mal in die Stirn, um sich so vor der schneidenden Kälte zu schützen. Immerhin hat die Jacke innen Fell.

Pierre steht schweigend neben ihm und stiert ebenfalls in die Tiefe. Aus der Handfläche zieht er hastig an seiner Zigarette und saugt das Nikotin tief in die Lunge.

»Wir können ihm das nicht durchgehen lassen«, sagt Golem. »Er braucht seine Lektion – die anderen warten darauf. Und wenn du mich fragst, warten sie schon viel zu lange. Sie werden langsam ungeduldig. Du verlierst deinen guten Ruf, Alter. Du bist Tarantula. Du bist unser Boss!«

Pierre nickt. Er weiß, dass sein Freund recht hat. Und Golem ist ein echter Freund. Einer, der, wenn es brennt, mit durchs Feuer geht.

Golem ist siebzehn, wohnt im selben Hochhaus, im zwölften Stock, und ist wegen der Sache genau wie er von der Schule geflogen. Mitgefangen, mitgehangen, hatte der Schulleiter höhnisch gesagt. Und das war es dann. Golems Vater ist total ausgerastet, hat auf ihn eingedroschen wie ein Wahnsinniger und ihn angeschrien, dass er ihn umbringen würde, sollte er ihn noch ein einziges Mal mit Pierre zusammen sehen. Aber Golem hat sich einen Scheißdreck um das Geschwätz und um die Prügel des Alten gekümmert und den Kontakt zu ihm keine Sekunde unterbrochen.

»Wir werden ihm noch heute Abend einen Besuch abstatten«, antwortet Pierre schließlich, und ohne Golem anzuschauen, drückt er sich vom Geländer ab und fügt hinzu: »Also los, lass es uns erledigen.«

Pierre wischt mit dem Ärmel übers Visier. Der Regen hat etwas nachgelassen, trotzdem hat er Schwierigkeiten mit der Sicht. Seine Augen tränen, und seine Gedanken überschlagen sich. Er denkt an Leonie, denkt an seine Mutter und auch an Beastie. Vor allem denkt er an Beastie.

Dieser blöde Sack verpfeift sie bei den Bullen! Verpfeift seine Kumpels! Was glaubt er denn, wie er, Pierre, darauf reagieren soll?

Ein halbes Jahr ist seit dem Verrat vergangen, und er und die anderen haben aus taktischen Gründen die Füße und die Fäuste stillgehalten. Wahrscheinlich fühlt sich Beastie jetzt sicher, glaubt, man habe ihn vergessen, habe ihm vergeben. Todsünden werden aber nicht vergeben.

Pierre blickt über die Schulter, er wähnt Golem ein paar Meter hinter sich. Der Scheinwerfer des Motorrollers blendet ihn, und er nimmt Golems Gestalt nur schemenhaft wahr.

Was soll er tun, verflucht? Er dreht seinen Kopf und den Blick wieder nach vorn auf die Straße. Nass glänzender Asphalt.

Es geht über den Athener Ring, an der Aral-Tankstelle vorbei, dann im Kreisel rechts, weiter in die Nettesheimer Straße.

Nein, er kann jetzt keinen Rückzieher machen. Er muss das hier und heute durchziehen. Er denkt an Leonie. Sie wird das nicht gut finden. Wird rumstressen, wenn sie davon erfährt. Aber was soll er machen? Shit, er hat keine Wahl. Beastie, der Vollidiot, hat ihm keine Wahl gelassen.

Das Mehrfamilienhaus im Giershausener Weg steht am Ende einer Sackgasse. Golem und er haben sich hinter einem Glascontainer positioniert.

Golem schaut auf sein Handy. »Viertel nach sieben, er müsste gleich hier sein.«

»Und du bist sicher, dass er heute Training hat?«

»Bin ich. Ich hab vor einer Stunde mit Pascal telefoniert, der spielt mit Beastie in der gleichen Mannschaft. Und das Training geht bis halb sieben. Fürs Duschen, Umziehen und die Fahrtstrecke vom Volkhovener Weg braucht er nicht länger als vierzig, fünfundvierzig Minuten.«

»Und was ist mit Beasties Alten? Arbeiten die heute wirklich beide in ihrer Kneipe?«

»Ja, habe ich dir doch schon gesagt … der gute Beastie hat heute sturmfreie Bude.« Golem grinst ihn an.

»Hast du die Taschenlampe dabei?«

Golem nickt und deutet auf den Rucksack, der zu seinen Füßen liegt. Dann bückt er sich und flüstert: »Und nicht nur die. Sondern auch das.«

Grinsend zieht er einen Revolver hervor und wiegt ihn in der Hand.

»Hey Mann!« Pierre starrt ihn entsetzt an. »Bist du jetzt völlig durchgeknallt? Was willst du mit der Knarre? Wo hast du die überhaupt her?«

»Bleib cool, Tarantula. Die ist von meinem Alten. Ist nur 'ne Gaspistole, total harmlos. Aber Beastie wird sich vor Angst in die Hosen machen, das garantier ich dir. Und er wird genau das tun, was wir ihm ansagen.«

»Ich fass es nicht.« Pierre schüttelt den Kopf.

»Was regst du dich so auf? Wir machen es genau nach deinem Plan. Bloß wird uns die Pistole dabei helfen, den Plan in die Tat umzusetzen. Wenn wir Beastie gestellt haben, halte ich ihm die Wumme unter die Nase und strahle ihn mit meiner Mega-Lampe an. Und du filmst ihn mit deinem Handy, wie er mit nacktem Arsch auf seinem Sattel die Straße einmal sauber hoch- und wieder runterfährt. Alles schön langsam, sodass die Leute ihn später im Netz auch gut erkennen können. Yo, Tarantula, er kann uns eigentlich dankbar sein – wir machen ihn zum Star. Was meinst du, wie viele Klicks Beastie bekommt! Der ist weltberühmt, noch bevor er am nächsten Morgen aufsteht. So schnell kann der gar nicht gucken.«

Dem Lachen seines Freundes kann sich Pierre nicht anschließen. Sowieso macht ein plötzliches Motorengeräusch jedes Wort unmöglich.

Golem löst sich als Erster aus der Bewegungslosigkeit und geht schnell zwei, drei Schritte auf Beastie zu, der jetzt vor dem Haus vom Roller steigt. Der Motor erstirbt, und Beastie nimmt seinen

Helm ab. Golem dreht sich um und bedeutet Pierre, er solle auf ihn warten. Da wirbelt der Rollerfahrer auf einmal herum, Sekunden vergehen, in denen sich die drei nicht aus den Augen lassen. Es ist wieder Golem, der sich zuerst regt.

»Mensch, Beastie, bist du es?«, ruft er und breitet seine Arme aus. Ohne eine Antwort abzuwarten, blickt er über die Schulter und sagt: »Tarantula, du wirst nicht glauben, wer hier steht – hier steht unser guter alter Kumpel Beastie. Komm her, überzeug dich selbst.«

Pierre streicht sich eine Haarsträhne aus dem Gesicht und geht auf Golem zu, geht an ihm vorbei und bleibt eine Handbreit vor Beastie stehen, dessen kalter Atem ihm jetzt entgegenschlägt.

Er sieht die Angst in Beasties Augen, und er fühlt sich schlecht. Ruckartig schnellt sein Kopf vor, die Stirn trifft auf Beasties Nase. Pierre kann nicht bestimmen, was er zuerst wahrnimmt: den Schrei, das Knacken oder das Rot, das plötzlich über das Gesicht fließt.

Regungslos beobachtet er, wie der Körper vor ihm in sich zusammenfällt, und er hört das Wimmern, das unmittelbar auf das dumpfe Geräusch folgt, als Beastie zusammensackt.

»Mein Gott, Tarantula«, Golems Stimme hinter ihm klingt vorwurfsvoll, »was hast du getan? Begrüßt man so einen alten Kumpel?«

Er hört Golems Schritte, wie sie sich rasch nähern und an seiner Seite zum Stehen kommen. Pierre beobachtet seinen Freund dabei, wie er niederkniet, um mit dem am Boden liegenden Beastie zu sprechen. Dann die Pistole in Golems Hand.

»Los, du feiger Pisser, beweg deine Knochen, oder ich mach dir ein Loch in den Schädel.«

Golem springt auf und zieht Beasties Arm mit in die Höhe.

»Verflucht, lass dich nicht so hängen. Mach, komm hoch!«

Pierre zündet sich eine Zigarette an. Beasties Augen rollen merkwürdig hin und her, als er dem Befehl Golems nachkommt und sich aufstellt. Dabei rudert er mit seinem linken Arm durch die Luft, so wie es Menschen tun, die sturzbetrunken nach einem Halt suchen. Sein Körper zittert. Nur mit Mühe scheint er sich auf den Beinen halten zu können. Blut läuft ihm am Kinn herunter und tropft zu Boden.

Irrt er sich oder glotzt ihn Beastie hilfesuchend an?

»Jetzt zieh dich aus!«, sagt Golem.

6

Unbewusst hält der Mann die Luft an, und es dauert eine Weile, bis er sich wieder gefangen hat.

Sein Atem geht jetzt flach, und er hört das Rauschen des Bluts in seinen Adern, während er seinen Rücken gegen die kalte Außenwand der Garage presst.

Noch immer bebt sein Körper unkontrolliert, und er ist sich nicht sicher, ob das Zittern nur der Kälte geschuldet ist.

Er war vorgefahren. Er wusste, dass sie vom Einkauf direkt nach Hause fährt, so wie sie es jedes Mal tut. Immer der gleiche Ablauf, immer dieselbe Strecke, sodass er gut zehn Minuten vor ihr den Supermarkt verlassen konnte mit der Gewissheit, sie vor ihrem Haus wieder zu sehen. Wie immer hat er seinen Wagen vor der Sackgasse abgestellt, war die hundert Meter bis zu ihrem Haus gelaufen, ohne dass er irgendjemandem begegnet wäre. Einsame Gegend hier. Bis auf das rote Backsteinhaus, schräg gegenüber. Da wohnt eine ältere gehbehinderte Frau mit ihrer Katze. Die sieht man nie auf der Straße.

Auf der Fahrt zu Marie hatte es einen kleinen Auffahrunfall auf der Aachener Straße gegeben, zwei Autos blockierten die Fahrbahn, nichts Dramatisches, doch es hatte gereicht, um ihn für ein paar Minuten aufzuhalten.

Er öffnet die Faust und sieht auf den zusammengedrückten Zigarettenstummel in seiner Handfläche. Das Geräusch, das jetzt aus seiner Kehle dringt, kommt einem Wehklagen gleich.

Die Augen geschlossen, lässt er den Kopf im Nacken rotieren, und das Knacken der Halswirbel ist zu hören. Seine Hand schließt sich wieder und verschwindet in der Jackentasche. Heiser flüstert er ihren Namen.

***

Zuerst die Rosen, denkt Marie, nachdem sie die Tür hinter sich verriegelt und das Licht eingeschaltet hat. Dann meine Tabletten.

Der Flur, lang, schmal. An den Wänden Raufaser, weiß gestrichen, die Decke holzverkleidet. Heller Marmorfußboden. Rechts vom Eingangsbereich führt eine Holztreppe nach oben.

In der Küche legt sie die Blumen auf die Arbeitsplatte und stellt die Einkaufstüten neben den Kühlschrank.

Sie geht ins Wohnzimmer, sammelt die verwelkten Rosenköpfe ein, die auf Tisch und Boden liegen, wirft sie weg.

Wieder zurück, trägt sie die zwei Vasen, die im Zimmer stehen, einzeln in die Küche. Sie nimmt die Stängel heraus und schüttet das Wasser in das Spülbecken. Ihre Hände befreien die frischen Rosen von der Verpackung. Sie öffnet die Schublade, holt das Messer hervor.

Es schellt. Marie zuckt zusammen.

Unschlüssig starrt sie zuerst auf die Blumen, dann auf das Messer.

Und wieder. Das Telefon. Hastig verlässt sie die Küche, geht in den Flur. Das Messer noch in der einen Hand, greift sie mit der anderen zum Hörer.

»Haben Sie es gelesen?«

Was?

Schweigen. Dann eindringlicher:

»Haben Sie es gelesen?«

Was will sie von mir?

Aufgelegt.

Ihr Blick streift den Garderobenspiegel. Seine Stimme, sie klingt besorgt:

Du bist so blass, mein Kind! Es ist nichts!

Geht es dir nicht gut?

Nein, ich bin in Ordnung.

Marie wendet den Blick ab und legt das Telefon aus der Hand. Wieder der Spiegel. Dunkelbraune Augen. Sie starren sie an. Mustern sie. Wandern über ihr Gesicht.

Warum hast du dir bloß deine langen Haare abgeschnitten? Sie waren so wunderschön! Und wie sie dufteten!

Abrupt schaut sie weg, schaut auf das Messer in ihrer Hand.

Die Rosen! Ich muss die Rosen anschneiden.

Sorgsam stellt sie die Vasen auf ihre Plätze zurück.

Ja, so ist es gut. Einmal rot und einmal gelb.

Sanft streichen ihre Handflächen über die Rosenköpfe. Paulines Lieblingsfarbe war Gelb. Meine ist immer noch Rot. Sie lächelt. Das Lächeln bleibt, während sie den Einkauf wegräumt.

Dann zieht sie den Apothekenschrank auf und holt die grünweiße Schachtel heraus.

Ja, ich weiß, ich hab sie heute Morgen vergessen.

Sie nimmt ein Glas, lässt Wasser hineinlaufen und drückt mit dem Daumen eine der länglichen Tabletten aus der Verpackung.

Was war das? Draußen, direkt vor dem Küchenfenster? Erschreckt fährt Marie herum und horcht. Blickt durch das Fenster in die Dunkelheit.

Nichts! Es werden wohl wieder die Katzen gewesen sein. Oder Watson, der dicke Kater von nebenan.

***

»Bist du es, Junge?«

»Ja, Mom.«

Ohne nach ihr zu sehen, geht er in sein Zimmer. Er drückt die Tür leise ins Schloss, dreht den Schlüssel herum. Kein Licht. Auf dem Bett liegend presst er sein Gesicht ins Kissen.

Warum hat Beastie sich nicht gewehrt? Sein Schrei hallt in seinen Ohren wider.

Nein, es ist nicht so gelaufen wie geplant.

Er hebt den Kopf, um ihn sogleich wieder aufs Kissen zu schlagen. Wieder. Nein, es ist nicht so gelaufen wie geplant. Und wieder.

Verflucht, wo kam nur so plötzlich dieser Scheiß-Volvo her? Dieser Volvo, der Beastie frontal erfasste und ihn einfach über die Motorhaube zur Seite fegte. Viel zu schnell ist der Arsch mit seiner Karre in die Straße reingefahren. Oh Mann, das ist doch 'ne Sackgasse. Beastie flog durch die Luft und sah dabei aus wie so ein verdammter Crashtest-Dummy. Nein, nichts war so gelaufen wie geplant.

Beastie blieb nackt am Boden liegen, und der Volvofahrer stieg laut fluchend aus seinem Wagen. Er hat sie gar nicht wahrgenommen. Was hätten sie denn tun sollen? Was hätte er tun sollen? Wem hätte es geholfen, wenn er da geblieben wäre? Verflucht, warum passierte immer ihm so eine Scheiße?

***

Das Wasser ist heiß. Dampf steigt auf und legt sich innen auf die Glasfläche der Duschkabine, macht sich breit, hebt sich nach oben und erfüllt den Raum.

Ihren Kopf in den Nacken gelegt, hält sie ihr Gesicht den Wasserstrahlen entgegen. Die Augen fest geschlossen, spürt sie die Aufschläge auf der Haut. Wie winzige Geschosse prallen sie von ihr ab, klatschen gegen die Innenverkleidung oder schlängeln sich in kleinen Sturzbächen an ihrem schlanken Körper entlang nach unten.

Marie dreht das Wasser ab, öffnet die Kabinentür und tritt hinaus. Ihre Fußballen berühren kurz die Bodenmatte aus blauem Baumwollstoff und hinterlassen nasse Abdrücke, als sie die zwei Schritte tut, um nach dem Handtuch zu greifen. Den Mund geöffnet, atmet sie aus. Es geht ihr besser. Zwar ist die Müdigkeit nicht gänzlich verflogen, doch ist diese gewisse Schwere aus ihrem Körper gewichen.

Ich darf den Überblick nicht verlieren, denkt sie, während sie sich abtrocknet. Der Nachmittag war anstrengend ohne die Tabletten. Darf nicht vergessen, sie mitzunehmen.

Ihre Zähne vergraben sich in die Unterlippe, und sie schmeckt das warme Blut auf der Zunge. Verdammt, ich muss mich mehr zusammenreißen.

Sie wischt mit dem Handtuch über den Spiegel und betrachtet die kleine Wunde. Ohne es zu wollen, hebt sie den Blick.

Was?

Nein, ich trage keine Schuld daran!
Sie schließt die Augen, will ihnen entfliehen, doch die Bilder kommen.
Nein! Oh nein!
Mit durchgedrückten Armen stützt sie sich auf dem Waschbecken ab, ihr Gesicht zum Boden gewandt. Ihre Fingernägel krallen sich ins Handtuch. Der nackte Körper zittert.
»Genug!«
Sie hört ihre Stimme und bäumt sich auf.
Hunger! Ich habe Hunger!
Dem Handlauf der Treppe folgend, geht sie hinunter, geht durch das Wohnzimmer.
Die armen Blumen! Sie hatte es wieder getan! Tränen laufen ihr über das Gesicht. Ich muss damit aufhören. Muss aufhören, mich wie eine Verrückte zu benehmen. Wieso tue ich so etwas?
Marie bückt sich, streckt die Hand nach einem Rosenkopf aus.
Wie weich und zart sie doch sind. Er brachte immer gelbe und rote Rosen mit. Die gelben waren für Pauline, die roten für Marie.
Zwischen Daumen und Zeigefinger lässt sie ein einzelnes Blütenblatt kreisen und schaut dabei auf die ganzen auf Tisch und Boden liegenden Rosenköpfe.
»Warum sind Sie so?«
Sie presst die Lippen aufeinander.
Ich muss besser auf mich achtgeben. Sonst … sonst stecken die mich wieder in die Klinik. Sie haben ja recht. Die Ärzte, mein Therapeut. Ich muss bloß diese Tabletten nehmen, dann bleibt alles gut.
»Die Tabletten helfen Ihnen. Sie helfen Ihnen, wieder am Leben teilzunehmen, um wieder arbeiten zu können. Das wollen Sie doch, am Leben teilnehmen, oder?«
Marie nickt.
»Prima, aber dafür müssen Sie darauf achten, Ihr Medikament wie verordnet einzunehmen. Die Ärzte haben Sie optimal

eingestellt. Und ich begleite Sie, führe Sie zu Ihrer Seele. Helfe Ihnen, sich selbst zu erkennen. Sie hatten einen schweren Zusammenbruch, so etwas braucht Zeit. Bedenken Sie, Sie befinden sich in einer posttraumatischen Belastungssituation. Sie müssen geduldig sein!«

Ja, ich weiß! Auch wenn ich manchmal das Gefühl habe, als ob ich gar nicht existiere.

»Ja, ich weiß!«, wiederholen die Lippen ihre Gedanken.

Der klare Ton ihrer Stimme gefällt ihr. Sie geht in die Küche, holt ein Messer aus der Schublade und schält sich eine Orange.

Genau so müssen sie sein, süß und saftig. Ich werde mich daran halten. Werde das tun, was die Experten mir raten.

Experten, ha! Was wissen die schon!

Egal, sie helfen mir.

Helfen mir? Wobei?

Wieder klarzukommen. Sie helfen mir, mein Leben wieder in den Griff zu kriegen.

Was heißt hier: wieder?

Energisch schüttelt sie den Kopf, wirft die Orangenschalen in den Müll, spült das Messer ab und lässt dabei das warme Wasser über ihre Hände laufen.

Gib Ruhe, gib endlich Ruhe!

Sie horcht in sich hinein. Stille.

Gut! Die Tablette, sie wirkt. Hält ihr Versprechen. Lässt mich wieder zu mir finden. Macht mich frei.

Sie verlässt die Küche, geht ins Wohnzimmer und bleibt abrupt stehen. Ihre Stirn in Falten. »Haben Sie es gelesen?«

Leonie! Was ist bloß mit ihr? Ich muss es lesen. Muss wissen, was auf dem Zettel steht. Jetzt! Sofort!

Schatten
Er kommt nachts,
kommt, wenn jedes Leben erloschen scheint,
ist aller Seelen Feind
Geräuschlos schleicht er sich heran,
durch jeden Spalt kann er sich zwängen

Greift mit seinen langen Fängen
nach ihr,
ob sie nun starr da liegt
oder sich angstvoll biegt
Der Schatten,
er begräbt sie unter sich
Ist sie ich?

Sie legt das Papier beiseite. Die Hände zittern, der Blick – versteinert.

Wer die Wahl hat, hat die Qual.

Wie ist das möglich? Sie ist erst fünfzehn und benutzt solche Worte.

Meine Kleine, wie soll ich dir nur helfen?

Fahrig greift sie wieder nach dem Blatt, liest Zeile für Zeile, immer und immer wieder, bis ihr die mit schwarzer Tinte geschriebenen Buchstaben vor den Augen verschwimmen.

***

Seine Hand zittert, als er den Zündschlüssel dreht, und er atmet schwer aus, als der Motor startet. Nein, er kann … er darf nicht länger bleiben, auch wenn ihn die Sehnsucht zu ihr beinahe zerreißt, er muss los. Er muss geduldig sein. Es wird nicht mehr lange dauern. Wahrscheinlich erwartet sie ihn bereits. Ha, aber das zuzugeben passt nicht zu ihr. Dazu ist sie dann doch eine Spur zu arrogant. Hach, was weiß er schon! Vielleicht hat sie ihn längst bemerkt und wünscht sich nichts sehnlicher, als dass er nun endlich aktiv wird.

Möchte sie, dass er sie nimmt? Sollte er einfach zu ihr hinübergehen? Denkt sie jetzt an ihn? In diesem Moment? Und wenn er jetzt nicht kommt, wird sie ihn verachten?

Ja, natürlich wird sie das! Schlappschwanz wird sie ihn nennen! Schlappschwanz! Nein, nein, so ist sie nicht! Er schlägt sich mit der flachen Hand gegen die Stirn. Sie wird es verstehen, wird ihm keine Vorwürfe machen, wenn er es ihr später erklärt.

Und es wird auch nichts passieren in dieser Nacht. Bestimmt nicht.

Sie hat bereits vor einer Stunde das Licht gelöscht. Er hebt den Blick und schaut ein letztes Mal durch die Frontscheibe zum Haus hin. Der Himmel hat sich zugezogen, was die Nacht noch schwärzer macht.

Hart schaltet er vom ersten in den Rückwärtsgang, wendet den Kopf über die Schulter und steuert den Kombi den Jasminweg hinunter bis zur Straßenmündung. Niemand kommt ihm entgegen, selbst auf der Grevenbroicher Straße sind nur vereinzelt Autos unterwegs. Auf dem Gehweg ist keine Menschenseele zu sehen, und die beiden einzigen Kneipen, die auf dem Weg nach Paffendorf liegen, sind geschlossen. In was für einer schrecklich einsamen und öden Gegend du doch wohnst. Marie! Marie! Seine Lippen formen ihren Namen. Lautlos. Du kannst dich auf mich verlassen – du weißt das. Aber auch ich habe meine Verpflichtungen. Natürlich meine ich es ernst. Was glaubst du? Würde ich sonst jede freie Minute vor deinem Haus Wache stehen?

Der Kombi fährt auf die A 61, in Richtung Sindorf. Oh ja, mein Wagen kennt den Weg – er muss lachen –, ja, Marie, selbst mein Wagen hat eine Seele, und diese Seele ist von dir gefangen. Sein Lachen wird lauter, hält an und übertönt im Innenraum sogar das plötzlich aufkommende Donnern. Erst als gleißende Blitze durch die schweren Wolken schießen und es mit einem Mal für Bruchteile von Sekunden taghell ist, hört sein Lachen abrupt auf. Regen setzt ein, wird augenblicklich zu einer Urgewalt, die ihn dazu zwingt, langsamer zu fahren und sich zu konzentrieren. Er setzt die Scheibenwischer in Betrieb und steuert den Wagen auf die rechte Spur. Angespannt blickt er geradeaus. Das Lenkrad fest in beiden Händen, fährt er auf die A 4, um kurze Zeit später auf die A 1 zu wechseln. Dann an Bocklemünd vorbei, rechts auf die A 57.

Als er fünfzehn Minuten später den Wagen vor seiner Wohnung in der Kempener Straße abstellt, ist er erschöpft und aufgekratzt zugleich. Nein, so kann er unmöglich ins Bett gehen. Er blickt auf die Uhr. Gleich Viertel vor drei. Ja, verflucht, er müsste jetzt die Tür aufschließen und zu ihr gehen. Aber sie schläft doch sowieso. Und ihr Zustand ist momentan stabil. Das haben die Ärzte gesagt. Das »Barfly« hat noch auf – gut, ihm ist jetzt auch nicht nach Kölsch. Jetzt muss es schon ein Pisco Sour sein.

7

Samstag, 8.12.

Die Nacht war unruhig gewesen. Ein heftiges Gewitter hatte Marie jäh aus dem Schlaf gerissen. Ganz in ihrer Nähe musste ein gewaltiger Blitz eingeschlagen haben. Die Uhr zeigte halb drei. Lange hatte sie noch wach gelegen, still und mit offenen Augen.

Sie bindet die Schnürsenkel ihrer Laufschuhe zu, greift nach dem Schlüssel, verstaut ihn in der Reißverschlusstasche ihrer Sweatjacke, öffnet die Haustür und tritt ins Freie. Sie schaut sich um, schaut nach oben. Der Himmel ist tiefblau und wolkenlos, die Sonne scheint beinahe wie an einem Sommertag. Nur der Hauch, der sichtbar aus ihrem Mund aufsteigt, und die kahlen Bäume passen nicht dazu.

Sie läuft los. Läuft vorbei an den Feldern mit den aufgeworfenen Furchen. Gleichmäßiges Tempo. Gleichmäßiges Aus- und Einatmen. Sie fühlt die Kraft ihrer Beine und genießt die Leichtigkeit, mit der sie sich fortbewegt.

Laufen heißt Leben, und ich lebe, hört sie sich sagen, und ein Lächeln legt sich auf ihr Gesicht.

Tief zieht sie die kalte Winterluft durch die Nase ein. Ihr Brustkorb wölbt sich, wölbt sich weiter. Sie stellt das Atmen ein, hält die Luft in sich zurück, spürt die Ausdehnung in ihren Lungen, spürt den Druck und ist berauscht von diesem Gefühl. Und sogleich sind sie da, die Bilder: Pauline und sie sitzen sich in der Badewanne gegenüber. Das grün getrübte Wasser umschmeichelt angenehm ihren Bauch und hüllt sie in eine betäubende Wärme. Träge und schwer hängt der Duft von Fichtennadeln im Raum, der sich als glänzender Film auf die Kacheln und Armaturen legt. Die Knie aus dem Wasser, zwinkern sie sich zu, greifen jede nach einem stummen Kommando ihre Nasen und tauchen unter. Kinderspiele. Marie ließ ihre kleine Schwester stets gewinnen, was Pauline jedes Mal mit einem lauten Jauchzer feierte. Schmerzen. Marie spürt den stechenden Schmerz in ihrer

Lunge, ignoriert ihn. Nur noch einen Augenblick … sie öffnet den Mund, und die Luft entweicht.

Warum nur? Warum muss sie nun wieder an den Unfallbericht der Polizei denken, der sie in seiner Nüchternheit so sehr quält? Zwei Jahre ist das jetzt her, und den Wortlaut des Gerichtsgutachtens trägt sie unauslöschlich wie ein Brandmal auf ihrer Seele.

Ich hab sie nicht beschützen können. Oder etwa doch? Hätte ich es gekonnt? Hätte ich es gewollt?

Sie schüttelt den Kopf. Es ist zu spät, sich diese Fragen zu beantworten.

Eine Windböe wirbelt das am Boden liegende Laub auf und bläst ihr scharf ins Gesicht. Marie leckt sich über die Lippen und schmeckt die salzige Nässe.

»Sie müssen sich dem Geschehenen stellen, jedoch ohne dabei stehen zu bleiben. Sie dürfen nichts verdrängen.«

Nein, ich bleibe nicht stehen, ich laufe!

Sie hält den Kopf gesenkt, sieht, wie ihre Füße über die Unebenheiten des Bodens hinwegzugleiten scheinen, und versinkt für einen Augenblick in dieser Betrachtung. Beinahe gedankenlos gibt sie sich den gleichmäßigen Bewegungen ihrer Beine hin und bemerkt den ihr entgegenkommenden Jogger erst, als dieser an ihr vorbeirennt. Sie glaubt dabei eine leichte Berührung an ihrem Arm zu spüren und zuckt zusammen, läuft jedoch ohne sich umzudrehen weiter. Daher sieht sie nicht, wie die vermummte Gestalt stehen bleibt und ihr nachschaut.

»Der Schatten, er begräbt sie unter sich. Ist sie ich?«

Was will sie mir sagen? Warum kommt sie damit zu mir? Glaubt sie, ich könnte ihr helfen?

An der Haustür angekommen, hört Marie von drinnen das Telefon.

»Hallo, ich bin's!« Kurze Pause. Er lacht.

»Erinnerst du dich noch an mich?«

Sie hasst solche Späße. Unsicherheiten, nichts weiter. Natürlich weiß sie, wer er ist! Und viel schlimmer: Er erinnert sie auch immer wieder an Düsseldorf, Lehrerfortbildung, im Sommer dieses Jahres. Und auch wenn sie nicht will, formen sich ihre Erinnerungen zu einem Film. Der Film läuft weiter, während seine Stimme aus dem Hörer dringt. Sie war nach der Veranstaltung mitgegangen in die Kneipe, weil alle es taten. Und ihre Ärzte hatten es ihr geraten: »Frau Fredehoff, Sie müssen unter Menschen gehen. Müssen wieder am Leben teilnehmen. Normalitäten schaffen. Nur so können Sie sich stabilisieren und von den Medikamenten unabhängig machen. Genau das sollte doch unser gemeinsames Ziel sein: Unabhängigkeit!« Unabhängigkeit? Ja, das wollte sie!

Marie hatte Wein getrunken, das hätte sie lassen sollen. Psychopharmaka vertragen sich nicht mit Alkohol. Er trank Alt, redete und redete und berührte sie. Scheinbar zufällig. Am Arm, am Knie. An das, was er sagte, hat sie kaum mehr eine Erinnerung. Es muss irgendwann in der Nacht gewesen sein, als er was von einem Taxi faselte und dass er ihr die Fahrt nach Köln spendieren würde. Nein, sie weiß nicht mehr, wie sie zu ihm nach Hause gekommen ist. Bloß noch, dass er nach Bier roch, als er auf ihr lag. Sie hatte es über sich ergehen lassen. Und sie war gegangen, als er kurz danach einschlief.

»Was willst du?«, hört sie sich barsch fragen.

»Ähm, was?« Erschrockene Verwunderung liegt in seiner Stimme.

Sie wiederholt die Frage.

»Ähm, ja, ich wollte mal hören, ob wir uns vielleicht sehen können. Ich bin gerade in der Nähe, da dachte ich, ich komm mal bei dir vorbei. Wie wäre es mit essen gehen und was trinken. Ein bisschen quatschen und so. Danach könnten wir ja vielleicht …«

Sie unterbricht ihn mit einem Nein. Kühl, sachlich, nein.

Sie drückt ihn weg und legt das Telefon zurück auf die Station.

Tobias Binder, dieser Idiot! Wie oft will er es noch versuchen? Habe ich ihm nicht schon so oft zu verstehen gegeben, dass dieses eine Mal ein Ausrutscher war? Dass sich das, was damals zwischen uns gelaufen ist, nie mehr wiederholen wird? Angewidert schüttelt sie sich. Dann schaut sie in den Spiegel.

Heute kann ich Nein sagen!

Für einen Moment gelingt es ihr, dem Blick standzuhalten.

Wie ähnlich ihr euch seid. Selbst die Farbe eurer Augen ist gleich.

Seine Stimme, sanft, warm und schmeichelnd.

Nein, ich konnte dir nicht helfen!

Sie bückt sich, löst die Senkel ihrer Laufschuhe, streift sie von den Füßen und stellt die Schuhe unter die Garderobe.

Wieder das Telefon. Wieder er?

»Was ist noch?«, schreit sie unbeherrscht in den Hörer.

Schweres Atmen.

»Was soll das? Kannst du nicht mehr sprechen?« Ihre Stimme vibriert, was sie ärgert.

Das Atmen wird lauter, geht über in ein Stöhnen, das sich beinahe ins Hysterische steigert. Sie unterbricht die Leitung.

***

Marie zieht die Haustür hinter sich ins Schloss und bleibt für einen kurzen Moment im Flur stehen. Sie mag ihre Nachbarin. Doch die Gespräche mit Emma, und seien sie auch noch so flüchtig, strengen sie an. Dabei will Marie ihr jedes Mal nur schnell den Einkauf in die Hand drücken und wieder verschwinden. Doch Emma schafft es immer wieder, sie aufzuhalten, ihr von Watson zu erzählen und was sie an Weltneuigkeiten aus dem Fernseher erfahren hat. Und so ganz nebenbei fragt Emma sie nach ihrem Befinden, und am Ende geht es stets darum, dass Marie doch viel zu jung und hübsch sei, um ihr Leben ohne Mann zu fristen. Ach Emma, ich weiß ja, du meinst es gut!

Das Knarren der Treppenstufen begleitet sie nach oben. Marie geht in ihr Schlafzimmer, zieht sich aus, hängt Hose und Pullover über einen Bügel. Auf nackten Füßen verlässt sie den Raum. Sie schaut empor, starrt ins Halbdunkle. Starrt hoch zu den Stufen, die in den zweiten Stock führen.

Wie lange war ich nicht mehr da oben?

Sie fröstelt. Die winzigen Härchen auf ihrem nackten Körper stellen sich auf. Unwillkürlich fährt ihre Hand über den linken Unterarm. Sie zuckt zusammen. Die Schnitte, sie schmerzen bei der Berührung, und sie fühlt, wie die Krusten auf der Haut krümelig werden und sich ablösen. Irrt sie, oder sind es tatsächlich Schritte, die sie über sich hört. Das Schlafzimmer. Seine Schritte? Unsinn! Sie sollte unbedingt was gegen die Marder unternehmen.

»Du musst damit aufhören!«

»Ja, Mama.« Mit gesenktem Kopf geht sie ins Bad.

Das Messer in ihrer Hand wiegt schwer. Und es fühlt sich gut an, wie es so in ihrer Handfläche liegt. Ein kurzer, wohliger Schauer durchfährt sie. Tobias Binder, du bist ein Idiot. Ein Nichts!

Nur ein leichter Druck ist nötig, und die scharfe Schneide teilt die gelbe Paprika fast wie von selbst. Glaubst du im Ernst, ich wollte diese Nacht mit dir wiederholen? Die Farbe des Hackfleischs, das in der Pfanne schmort, wechselt schnell von rot zu braun. Laut ist das Geräusch der Dunstabzugshaube. Hältst du dich für so unwiderstehlich? Ich kann mich doch noch nicht einmal an dich erinnern! Rasch entfernt sie die inneren weißen Rippen und Kerne, schneidet die Paprika in längliche Streifen, um sie dann zu würfeln. Ebenso verfährt sie mit der roten Paprika und schiebt mit dem Messer alles in die Pfanne. Sie blickt auf die Uhr.

Der Reis müsste fertig sein.

Sie schmeckt das Fleisch ab, greift zum Pfeffer und würzt nach.

Was der sich einbildet! Ruft einfach hier an und will mit mir vögeln. Stöhnt mir dann ins Ohr, dieser Scheißkerl! Widerlicher Scheißkerl!

Sie führt die Gabel zum Mund. Kaut.

Scheißkerl! Scheißkerl!

Ihre Zähne pressen aufeinander.

Gleich muss ich die Arbeiten korrigieren.

Sie greift nach dem Wasserglas. Trinkt. Stellt es ab, steht auf und bringt das Geschirr in die Küche. Sie öffnet die Spülmaschine, räumt Teller und Besteck ein und schließt die Klappe wieder.

Was glaubt der, was ich bin?

Sie geht in den Flur, holt ihre Tasche und setzt sich zurück an den Tisch.

Glaubt er, ich sei ein Flittchen, oder was? Glaubt wohl, ich sei schnell zu haben. Würde nur darauf warten, dass es mir einer besorgt! Scheißkerl!

Sie zieht die Arbeitshefte hervor und legt sie seitlich neben sich.

Vor solchen Typen hat er mich immer gewarnt. Hat uns gewarnt!

Abermals greift sie in die Tasche und holt ihr Federmäppchen heraus. Sie nimmt das oberste Heft vom Stapel, legt es vor sich hin, blättert darin und schlägt es auf. In der rechten Hand hält sie den Rotstift.

Nach einer guten Stunde hat sie die Hälfte der Arbeiten durchgesehen. Sie lehnt sich zurück, verschränkt die Arme vor der Brust und blickt durch die breite Fensterfront nach draußen.

Die Dämmerung hat bereits eingesetzt, und die Ausmaße der Terrasse lassen sich nur erahnen. Marie steht auf und geht durch den Raum zur Fensterfront. Sie öffnet die Schiebetür und glaubt, das Geräusch von sich rasch entfernenden Schritten zu hören.

Ein kalter Luftzug strömt ihr entgegen und lässt sie erschaudern. Von ferne hört sie die Kirchenglocken läuten.

Ihre Finger tasten nach dem Wandschalter, drücken darauf. Sogleich flammen die hellen Lichter von vier Laternen auf, die auf dem Grundstück stehen. Es ist niemand zu sehen.

»Du blöde Gans!«, ärgert sie sich. »Jetzt siehst du schon wieder Gespenster! Wahrscheinlich ist es bloß der alte Watson, der durchs Gelände schleicht, und kein wahnsinniger Stalker. Na herzlichen Dank, du dicker Kater!«

Sie schaut sich um und nickt.

Schön. Selbst jetzt im Winter. Er hat stets darauf geachtet, dass der Garten gepflegt war. *Ordnung spiegelt die Seele wider, mein Schatz!*

Sie hatte sofort einen Gärtner engagiert, nachdem sie wieder zurück ins Haus gezogen war. Wir hatten eine schöne Kindheit! Unbeschwert, jawohl, unbeschwert.

Wieso muss ich schon wieder an sie denken? Was geht es mich an, was mit ihr ist? Leonie ist eine Schülerin, nichts weiter. Das Gedicht! Ja, aber was weiß ich, warum sie es geschrieben hat.

»Der Schatten begräbt sie unter sich. Ist sie ich?«

Ich hab keine Ahnung, was sie damit ausdrücken wollte. Alles nur Spekulationen. Ich kenne die tiefere Bedeutung nicht. Woher auch! Wahrscheinlich gibt es gar keine tiefere Bedeutung. Es kann alles und gar nichts bedeuten. Hach, was weiß ich, was in dem Kopf einer Pubertierenden so vor sich geht!

Aber vielleicht muss ich ihr ja helfen!

Ihre rechte Hand schnellt zur Türschließe. Druckvoll schiebt sie die Tür in die Verrieglung. Sie löscht die Gartenbeleuchtung und geht zurück an den Tisch.

8

Sonntag, 9.12.

Pierre braucht jetzt erst mal eine Auszeit. Bloß für heute. Er muss allein sein, für sich sein, um danach wieder klar denken zu können. Das hat er auch Golem gesagt, der vor einer Stunde vor seiner Tür stand. Sein Kumpel hat nur stumm mit den Schultern gezuckt, hat sich umgedreht und ist wortlos abgehauen. Scheiße, der muss das doch verstehen! Wenn nicht er, wer sonst? Leonie. Pierre greift zum Helm, macht das Licht aus und wirft noch einen kurzen Blick ins Wohnzimmer. WDR 4, der Lieblingssender seiner Mutter, spielt die Höhner, und die singen was von »Weihnacht – doheim un' üvverall«, wovon sie jedoch nichts mitbekommt. Er hört ihr röchelndes Schnarchen und hebt die Hand. »Tschüss, Mom, ich bin mal weg! Mach dir keine Sorgen … ich, ich pass auf mich auf!« Er wiederholt den letzten Satz, während er leise die Tür hinter sich ins Schloss zieht.

Pierre schaut auf sein Handy, hofft, dass es sich rührt und ihm die Entscheidung abnimmt. Gleich zwanzig vor drei. Ein trüber Tag, nasskalt und windig. An einem solchen Tag liegt man auf dem Sofa oder im Bett vor dem Fernseher, chillt und im Arm die Frau, die man liebt. Ja verdammt, er liebt Leonie – mit Tränen in den Augen blickt er zu ihrem Fenster hinauf –, aber er kann sie jetzt unmöglich anrufen. Klar, insgeheim hofft er, sie würde ihn unten auf der Straße bemerken, würde ihm ein Zeichen geben, deuten, dass sie zu ihm herunterkommt. Vielleicht würde er abwinken, den Kopf schütteln und ihr einen Kuss nach oben schicken, bevor er den Gaszug seines Rollers aufdrehen würde, um davonzufahren.

Sie wird nicht kommen, und er wird nicht ihre Nummer wählen. Und es ist besser so! Denn würden sie sich jetzt sehen, würde sie sofort merken, wie es ihm geht, und sie würde Fragen stellen, denen er ausweichen müsste. Nein, er muss allein sein, um wieder in die Spur zu finden.

Pierre hat sein Ziel klar. Von Pesch bis zum Königsforst ist es zwar nicht gerade ein Katzensprung, doch er genießt es, mit seinem Roller lange Strecken zurückzulegen. Er braucht das Gefühl von Abenteuer, Freiheit und von »Davonfahren«. Und ebendieses Gefühl packt ihn auch in diesem Moment, als er über die Mülheimer Brücke fährt. Er wird das schon alles in den Griff kriegen, irgendwie.

Ihm tut es gut, das Wasser des Rheins unter sich zu wissen. Dem rauen Fahrtwind zu trotzen, der ihm entgegenschlägt. Er beginnt sich wieder zu spüren. Pierre muss automatisch an Golem denken. Wieder etwas, was ihn mit seinem Kumpel verbindet. Auch er liebt es, auf dem Bock zu sitzen und einfach drauflos-zufahren. Einfach sehen, wo es einen hintreibt. Sie beide hatten dieses Versteck vor einiger Zeit bei einer Expedition, wie sie es nennen, entdeckt.

Als er an der »Schmitzebud« seinen Roller hochbockt, um sich eine Flasche Reissdorf zu kaufen, fühlt er sich schon wesentlich besser.

9

Montag, 10.12.

Der Schlaf ist des Todes kleiner Bruder!

Marie liegt auf dem Rücken, wach, die Augen geöffnet. Um sie herum Dunkelheit. Dunkelheit und Stille. Den Kopf zur Seite gedreht, blickt sie auf die roten Leuchtziffern. Gewohnheit. Die Uhr zeigt zwanzig Minuten vor sechs.

Sie braucht keinen Wecker, sie weiß immer, wie spät es ist. Noch eine Viertelstunde. Ihr Schlaf war traumlos. In ihrer Erinnerung hat sie schon seit Jahren keine Träume mehr gehabt. Ihr Therapeut fragt sie ständig danach. In jeder Sitzung. Und sie antwortet ihm immer mit einem Kopfschütteln. Und er erklärt jedes Mal, dass Träume wichtig seien. Dass sie helfen, Verdrängtes zu verarbeiten. Dass sie dabei helfen, die Seele zu entlasten und zu reinigen.

Kluges Geschwätz! Wenn er mich heute wieder damit nervt, werde ich ihn fragen, wie ich das mit dem Träumen anstellen soll. Außerdem reichen ihr die Tagträume voll und ganz.

Heute werde ich sie sehen, und sie wird mich fragen, ob ich es gelesen habe. Was werde ich ihr antworten? Ja, ich habe es gelesen! Und dann? Was wird sie dann von mir wollen?

Leonie wartet. Ihre Augen unruhig, suchen Maries Gesicht. Vergebens. Das durchdringende Geräusch der Schulklingel ebbt ab. Der Klassenraum ist leer. Bleierne Stille.

»Haben Sie es gelesen?«, wiederholt die Schülerin mit leichtem Beben in der Stimme.

Marie schaut kurz hoch, nickt beiläufig und wendet sich wieder ihrer Tasche zu. Stumm klaubt sie die Hefte zusammen, spürt, wie sich der Blick des Mädchens auf sie legt, sie bei den Schultern packt, sie hochreißt und sie zwingt, sie anzusehen.

»Und, hat es Ihnen gefallen?« Provozierender Unterton. Ungeduldig. Fordernd.

Was willst du von mir?

Marie zuckt mit den Achseln und schließt die Tasche. Das Mädchen wartet.

Gefallen sei das falsche Wort, antwortet sie und steht auf. Diese Art von Gedicht sei nicht ihr Geschmack. Sie hebt den Kopf, wobei ihre Augen die Augen des Mädchens flüchtig streifen. Aufgerissene Augen, feucht glänzend.

Was erwartest du von mir? Ich kann dich nicht retten!

Sie hat das Gefühl, als müsse sie diesen Satz herausschreien, ihr entgegenschleudern. Vielleicht solltest du dein Gedicht deinem Deutschlehrer zeigen, hört sie sich stattdessen sagen. Ich denke, er ist der richtige Ansprechpartner für dich. Er kann dir mit Sicherheit besser helfen als ich. Gedichtinterpretation ist nicht mein Fachgebiet.

Marie lächelt, will gehen, doch das Mädchen stellt sich ihr in den Weg.

»Sie lügen!«, presst es mit erstickter Stimme hervor. »Sie verstehen alles! Sie … sie sind wie ich!«

Mit dem Handrücken wischt sich die Schülerin die Tränen von den Wangen. Die Situation kommt Marie für einen Moment wie eingefroren vor.

Die Schnitte an ihren Armen schmerzen. Erinnerungsfetzen drängen sich auf und verursachen im selben Augenblick einen beklemmenden Magendruck. Sie spürt den Schweiß auf ihrer Stirn. Sie will etwas erwidern, muss etwas erwidern.

»Paulinchen!«

Erschrocken presst Marie Zeige- und Mittelfinger auf die noch offenen Lippen und schaut dorthin, wo noch soeben die Schülerin stand.

Doch Leonie ist fort. Marie stürmt nach draußen und sieht, wie sie über den Flur rennt, hört sie schluchzen und beobachtet, wie sie die Aufmerksamkeit einer älteren Frau auf sich zieht, die gerade im Begriff ist, das Gebäude zu verlassen. Sie hält dem Mädchen die Tür auf und ruft bestürzt hinter ihr her: »Was ist los? Was ist mit dir?«

»Was hat sie denn?«

Marie zuckt zusammen. Sie hat ihn nicht kommen hören.

Schulleiter Berger steht im Mantel und mit der Tasche in der Hand neben ihr und schaut mit ernstem Blick den Flur entlang. Dann wendet er sich Marie zu. Seine Stimme klingt ungewohnt matt, als er weiterspricht: »Wenn man nur wüsste, was mit den jungen Leuten los ist.«

Marie hebt die Schultern und bleibt stumm. Sie betrachtet Berger von der Seite und wundert sich über seine fahle Gesichtsfarbe.

»Entschuldigen Sie«, erklärt er, jedoch ohne Marie dabei anzusehen, »ich fahre jetzt nach Hause, meiner Frau geht es nicht gut.«

Pierre sieht sie kommen. Sieht, wie sie durch die geöffnete Glastür in seine Richtung rennt. Leonie hält ihr Gesicht beim Laufen gesenkt, und ihm ist klar, dass irgendetwas nicht stimmt mit ihr. Diese Feststellung versetzt ihm einen Stich, und er kräuselt die Stirn. Pierre geht ihr entgegen und hat Mühe, seine Freundin in den Armen zu halten.

»Hey, hey, mein Mädchen«, flüstert er zärtlich und streicht ihr über die nassen Wangen. Die schwarzblaue Haarsträhne fällt ihm in die Augen.

Unter dem Gejohle der anderen legt er seinen Arm um ihre Schultern und führt sie ein paar Schritte vom Schulgelände weg. Neben einer Telefonzelle bleiben sie schließlich stehen.

»Warum weinst du?«, fragt er ehrlich besorgt, ist jedoch auch froh, dass sie nach dem letzten Streit nicht mehr sauer auf ihn zu sein scheint. Es tut ihm gut, dass Leonie ihn braucht. Und das mit Beastie muss sie nicht erfahren.

»Scheiße«, sagt sie mit einer Stimme, die in seinen Ohren beängstigend müde klingt. »Ich will nicht mehr«, schluchzt sie weiter, »ich will nicht mehr in diese Schule. Und ich will nicht mehr nach Hause. Mein Vater … Scheiße aber auch.«

Pierre nimmt ihr Gesicht in beide Hände und küsst sie zärtlich auf den Mund.

»Lass uns abhauen«, sagt er. »Ich hab auch die Schnauze voll.«

Leonie schaut ihn fragend an.
»Wo willst du denn hin?«

Ohne ein wirkliches Interesse an ihnen zu haben, beobachtet er das junge Paar. Er zündet sich eine Zigarette an, lässt die Scheibe herunterfahren und bläst den Rauch hinaus. Mit müden Augen blickt er in den grauen Himmel. Typisch Kölner Bucht – das mit der weißen Weihnacht wird wohl wieder nichts geben. Schmuddelwetter, wie gehabt. Ist wahrscheinlich auch besser so: die Kölner Autofahrer und Schnee, das passt einfach nicht zusammen.

Wo bleibt sie denn nur so lange? Irgendetwas muss sie aufgehalten haben. Verdammt, ich kann … ah, endlich, da kommst du ja! Was ist mit dir? Du siehst schlecht aus. Okay, ich werde mich später um dich kümmern, ich muss jetzt los.

10

Arne Steffens sitzt ihr mit übereinandergeschlagenen Beinen gegenüber. Zurückgelehnt in dem hellbraunen Ledersessel, beobachtet er sie. Wortlos. Für eine Weile Schweigen. Sie vernimmt seine Atemgeräusche. Er sitzt einfach nur da, seine Handflächen auf den Oberschenkeln ruhend, sitzt er einfach nur da. Abwartend.

Sie hasst sein Schweigen. Kann es kaum aushalten. Würde am liebsten aufstehen und gehen. Psychologengehabe.

Er habe sie mal wieder abends angerufen, sagt sie schließlich.

»Ihr Kollege?«, fragt der Therapeut zurück.

Sie nickt. Man habe sich getroffen. Zum Essen. Danach wollte er mit ihr schlafen.

Sie macht eine kurze Pause, fixiert die mausgrauen Augen. Keine Regung.

Marie kann seine Gelassenheit nicht interpretieren und ertappt sich dabei, wie es sie zornig macht.

Im Grunde bist du ihm egal, sagt die innere Stimme spöttisch zu ihr, bist doch bloß eine seiner Patienten – eine von vielen, ohne Besonderheit, ohne wirkliche Bedeutung.

Abrupt wendet sie sich ab, schaut aus dem Fenster, auf den Baum, der im Innenhof der Praxis steht und im Sommer mit seinem dichten Blattwerk eine imposante Erscheinung ist. Jetzt im Winter wirkt er eher erbärmlich auf sie, und so, wie der Wind an seinen kahlen, dürren Ästen zerrt, hat er jeglichen Stolz verloren.

Marie dreht sich wieder um und spricht weiter. Sie habe es geschehen lassen. Ja, sie habe sogar Spaß dabei empfunden. Danach habe sie ihn umgebracht.

Habe ihm ein langes, breites Küchenmesser in die nackte Brust gerammt. Immer und immer wieder. Habe gesehen, wie sein Blut fontänenartig aus den klaffenden Wunden schoss und alles um sie herum besudelte. Habe sich an seinem dämlichen, ungläubigen Gesichtsausdruck ergötzt und Gefallen gefunden an seinem Gewimmer. Sie habe den Anblick genossen, ihn so zuckend und sterbend vor sich zu sehen. Sie lacht bitter.

»Keine Angst, Herr Doktor«, sagt sie. »Alles nur Gedankenspiele. Leider!«

Sie spürt, wie sich ihre Worte im Raum verteilen. Wie sie sich an den Wänden festsaugen, bis hoch zur Decke.

»Woher rühren Ihre Gewaltphantasien?«

Sie zuckt mit den Schultern.

Ja, das möchtest du nur zu gerne wissen.

Keine Antwort. Sie nagt an ihrer Unterlippe herum.

»Da ist dieses Mädchen«, hört sie sich tonlos sagen. Leise, fast so, als spreche sie zu sich selbst.

»Was für ein Mädchen?«

»Eine Schülerin.«

»Was ist mit ihr?«

»Ich weiß es nicht.«

»Erzählen Sie mir mehr über das Mädchen.«

Verdammt, hätte ich doch bloß meinen Mund gehalten! Jetzt stellt er wieder seine Fragen. Fragen, die er anscheinend stellen muss. Sie macht eine wegwerfende Handbewegung.

»Sie … sie hat, glaube ich, Probleme«, beginnt sie zögerlich und hält sogleich inne.

Sie weicht dem Blick des Therapeuten aus und schaut wieder zum Fenster. Sie presst die ineinandergekrallten Finger in ihren Schoß. Ihr Herz rast.

Ich kann ihm nichts von dem Gedicht sagen. Es wäre Verrat.

»Worin bestehen die Probleme des Mädchens? Haben diese Probleme etwas mit Ihnen zu tun?«

Was soll das? Warum stellt er jetzt so eine Frage? Wo zum Teufel ist da der Zusammenhang? Sie schüttelt vehement den Kopf.

»Wie kommen Sie darauf?« Ihr Ton ist scharf.

Sie wirft Steffens einen missbilligenden Blick zu.

»Ich habe es Ihnen doch schon gesagt, sie ist eine Schülerin von mir. Sie ist fünfzehn. Mädchen in diesem Alter haben hier und da Probleme. Probleme mit den Eltern, mit der Schule, mit … ach, was weiß ich! Probleme in diesem Alter sind nichts Besonderes.« Energisch verschränkt sie die Arme vor der Brust.

»Sie haben das Mädchen ins Spiel gebracht. Aber ich merke, Sie möchten nicht weiter darüber reden. Gut, das akzeptiere ich, doch Sie sollten darüber nachdenken, woher ihre Blockade rührt. Meiner Meinung nach löst ihre Schülerin irgendetwas in Ihnen aus. Ich kann Ihnen dabei helfen, herauszufinden, was es ist. Was es sein könnte. Doch dafür müssen Sie bereit sein, sich zu öffnen.«

Ja, ja, ich werde es schon selber herausfinden, dazu brauche ich keinen Fachmann.

Sie hört den Therapeuten schwer atmen.

»Sie kommen nun seit fast zwei Jahren zu mir. Ihre Diagnose kennen sie. Sie leiden unter einer posttraumatischen Belastungsstörung, deren Ursache im tödlichen Autounfall Ihrer Eltern und Ihrer Schwester zu liegen scheint.«

Steffens macht eine kurze Pause, rutscht auf dem Ledersessel ein Stück nach vorn und versucht, Blickkontakt zu ihr aufzunehmen. Sie schlägt die Augen nieder, schaut ihn nicht an. Erneut hört sie sein Schnaufen.

»Leider habe ich das Gefühl, dass wir uns im Kreis drehen. Sie agieren! Agieren im Verborgenen und lassen mich außen vor. Doch ich kann Ihnen nur helfen, wenn Sie mir helfen«, erklärt er eindringlich.

Er lässt sich wieder zurückfallen, räuspert sich.

»Sie sind nach wie vor eine emotional instabile Persönlichkeit. Vielleicht sollten wir einen Wechsel zu einem Kollegen, nein, besser zu einer Kollegin, in Erwägung ziehen.«

Sie schüttelt stumm, aber vehement den Kopf. Wieder eine kurze Pause.

»Nun gut! Lassen wir das einstweilen. Wie steht es mit den Flashbacks? Wie häufig treten sie auf?«

»Hin und wieder«, antwortet sie knapp.

»Sie müssen Ihre Tabletten nehmen. Am Morgen und am Abend.«

»Tue ich ja!«

Der Therapeut nickt.

»Sie sollten mehr unter Menschen gehen.«

Marie schaut wieder aus dem Fenster. Schweigend.

»Sie haben mir vor ein paar Wochen von Ihrer Nachbarin erzählt – von dieser alten Dame mit dem Kater. Wie heißt er noch gleich?«

Marie räuspert sich in die Faust und antwortet, ohne dabei die Augen zu heben: »Watson! Der Kater heißt Watson!«

»Ja, richtig!« Arne Steffens lacht kurz auf. »Und haben Sie nach wie vor Kontakt zu der alten Dame?«

»Hin und wieder.«

»Sie kümmern sich um sie.«

»Na ja, kümmern ist wohl zu viel gesagt. Sie ist gehbehindert und hört auch nicht mehr besonders gut. Und ich kaufe halt ab und an für sie ein. Und wenn es geschneit hat, schippe ich auch schon mal den Schnee vor ihrer Haustür weg. Ist doch nichts dabei – Nachbarschaftshilfe nennt man das, Herr Doktor.«

»Und wie lange kennen Sie Ihre Nachbarin schon? Bereits aus Ihrer Kinderzeit?«

Marie seufzt und fährt sich durch das Haar. Was sollen diese Fragen? Sie führen doch zu nichts.

»Nein, ich kenne sie erst seit zwei Jahren«, antwortet sie, »sie ist erst, nachdem ich nach Berlin gegangen bin, in das Haus gezogen.«

»Haben Sie sie mal zu sich eingeladen?«

»Nein!«

»Vielleicht sollten Sie es mal tun. Ein wenig Gesellschaft würde Ihnen helfen. Die Gesellschaft anderer Menschen kann durchaus positiv stabilisierend wirken.«

11

Dienstag, 11.12.

Sie hatte sich die Adresse heute Nachmittag notiert. Der Tulpenweg in Pesch. Alle Straßen haben hier Blumennamen. Jetzt sitzt sie vor dem Einfamilienhaus, direkt gegenüber, im Wagen und starrt zur Eingangstür. Sie verzieht das Gesicht.

Ja, genau so habe ich mir das vorgestellt. Heile Welt, mit Gartenzaun und gepflegten, kegelförmigen Buchsbäumen. An der Tür ein grüner Dekorationskranz mit roter Schleife. Vorweihnachtszeit. Schwaches Licht fällt durch die Fensterscheiben, an denen Baststerne kleben, nach draußen. Ein Fahrrad steht in der Garageneinfahrt. Ob es ihr gehört? Was er wieder alles von mir wissen wollte! Sie lacht leise.

Es klang so vorwurfsvoll, als er sagte, dass ich seit zwei Jahren zur Therapie komme und … ja und was … er glaubt, dass wir keine Fortschritte machen. Dass wir uns im Kreis drehen. Und ob es nicht besser wäre, die Therapie abzubrechen. Er kenne da jemanden … Versager!

Ob sie schon zu Hause ist? Wie wohl ihr Zimmer aussieht? Oh ja, ich kenne ihre Eltern. Ihren Vater mit seinen fleischigen Händen. Und ihre Mutter mit dieser schrillen Stimme. Sie waren vor den Sommerferien beim Elternsprechtag. Er konnte seinen Blick kaum von meinem Busen abwenden, glotzte unverschämt, immerzu. Und seine Frau hat so getan, als bemerke sie das nicht. Und dann, wie aus heiterem Himmel, dieser Ausbruch! Er wollte sie doch tatsächlich vor ihren Augen schlagen …

Ein Auto. Ein großer silbergrauer Mercedes fährt bis zur Hälfte auf die Garageneinfahrt. Rotes Bremslicht. Die Wagentür fliegt auf, und ein korpulenter Mann im Anzug wuchtet sich laut fluchend aus dem Fahrzeug.

»Wie oft habe ich ihr das schon gesagt?«, schimpft er, geht auf das Rad zu, packt es und knallt es heftig gegen die Hauswand. »Tausendmal habe ich ihr das schon gesagt. Tausendmal!«, flucht er weiter, während er sich wieder ins Innere des Wagens zwängt. Das Garagentor schwingt auf und schließt sich wieder, nachdem der Mercedes hineingefahren ist.

Marie startet den Wagen. Sie hat genug gesehen und wendet das Fahrzeug in der Straße. Sie ist bereits einige Meter vom Haus entfernt, da sieht sie im Rückspiegel, wie Leonies Vater herausrennt. Bemerkt, dass er trotz der kühlen Temperaturen ohne Jacke unterwegs ist. Der beleibte Mann überquert die Fahrbahn und läuft auf das gegenüberliegende Parkplatzgelände zu.

»Was macht der Kerl denn jetzt?«

Fassungslos beobachtet Marie die Szene und entscheidet sich schließlich dafür, rechts ranzufahren. Sie schaltet den Motor aus, öffnet geräuschlos die Fahrertür und schlüpft hinaus.

Unmittelbar darauf hört sie eine laute, sich überschlagende Stimme.

Endlich! Sie fährt weg. Was hatte die hier zu suchen? Pierre zieht an seiner Zigarette. Das passt alles nicht in seinen Plan. Er ist nervös und weiß nicht, was er tun soll. Seit einer Stunde wartet er nun schon auf dem Parkplatz des Supermarktes. Ihr Treffpunkt. Und von hier aus hat er das Einfamilienhaus gut im Blick. Und dann taucht da plötzlich Leonies Lehrerin auf. Was hat sie gewollt? Warum ist sie nicht ausgestiegen? Und dann noch der Alte. Verdammt, was soll er machen? Er kann jetzt nicht zu ihrem Fenster gehen und Steinchen schmeißen. Ihr Vater passt wie ein Schießhund auf. Ja klar, es wäre besser, er würde sich auf seinen Roller setzen und für eine Weile verschwinden. Er hat zurzeit einfach zu viele Probleme, die ihn beschäftigen. Abhauen wäre die Lösung. Aber ohne Leonie? Er hat ihr versprochen, sie mitzunehmen, wenn er die große Tour macht. Und er wird sie machen, die Tour. Da gibt es kein Vertun.

Besonders jetzt, nach dieser Katastrophe mit Beastie. Er hat nach wie vor keine Ahnung, was mit ihm ist. Vielleicht hat Beastie den Aufprall nicht überlebt. Dann wäre er ein Mörder. Die Bullen werden nicht lange auf sich warten lassen, da ist er sich sicher. Und bei seinem Bekanntheitsgrad – die Polizei dürfte seine Akte wohl nicht mehr zu kriegen – sperren sie ihn ein und werfen den Schlüssel weg. Aber verdammt, von der Sache mit Beastie darf Leonie nie etwas erfahren. Das wäre zu viel für sie, sie würde ihn hundertpro fallen lassen. Und er könnte es sogar verstehen. Warum sollte so ein Mädchen wie sie auf einen Typ wie ihn warten? Auf einen Mörder! Der Gedanke, für immer getrennt von ihr zu sein, nimmt ihm die Luft.

»Hey, du Dreckskerl, mach, dass du von hier wegkommst!«

Die Stimme hinter ihm, rau und energisch, reißt ihn jäh aus seinen Gedanken. Er wirbelt herum und sieht die stämmige Person gefährlich schnell auf sich zustürmen. Ihm bleibt keine Zeit, den Motorroller zu starten, denn der Mann ist bereits bei ihm, und große Hände greifen nach seinem Hals. Pierre duckt sich weg und versucht seinerseits, einen Schlag gegen den Kopf des Mannes zu landen. Doch der tritt einen Schritt zurück und packt kraftvoll die ihm entgegenschnellende Faust. Und dann drückt er zu, drückt ihn zu Boden. Mit schmerzverzerrtem Gesicht starrt Pierre in das Gesicht des Angreifers. Der ist völlig irre, denkt er.

»Du Dreckskerl wirst ab sofort deine Drecksfinger von meiner Tochter lassen«, brüllt ihn der Mann an. »Hast du das gefressen?«

Pierre beißt sich auf die Lippen. Schweigt.

»Hast du das gefressen?«, wiederholt der Mann und drückt seine Faust noch fester zusammen. Seine Mundwinkel zucken, die Stimme wandelt sich in ein fast kaum verständliches Röcheln: »Ich bring dich um, wenn ich dich noch einmal in ihrer Nähe sehe. Glaub mir, du Dreckskerl, ich bring dich mit meinen Händen um.«

Pierre spürt, dass sich der Druck um seine Faust lockert. Im gleichen Augenblick trifft ihn ein schwerer Tritt in die Magengrube. Ein weiterer am Kopf. Er registriert, wie der Fuß abermals auf seinen Körper trifft, und übergibt sich.

***

Ihre Augen sind geschlossen, und dennoch ist es für sie so, als starre sie unablässig durch die Dunkelheit an die Decke. Still und bewegungslos liegt sie da, ohne jedes Zeitgefühl. Sie ist immer noch geschockt von dem, was sie vor Stunden auf dem Parkplatz beobachtet hat. Doch plötzlich ändern sich die Szenen in ihrem Kopf. Im ersten Moment noch rasant und sich überschneidend, verlangsamen sich nun die Bilder, werden klarer und sortierter.

»Marie, Marie, du fängst mich nie!«, ruft das Mädchen im roten Sommerkleidchen mit glucksender Stimme ihrer älteren Schwester zu.

Und wieder: »Marie, Marie, du fängst mich nie!«

Den rechten Fuß auf den Boden gestellt, den linken mit durchgedrücktem Bein gegen das Pedal gestemmt, sitzt sie herausfordernd und breit grinsend auf ihrem schwarz-gelb gestreiften Kinderfahrrad. Die Sonne scheint ihr ins Gesicht und lässt sie blinzeln.

»Na warte, du kleine Göre, das werden wir ja gleich sehen! Warte, bis ich auf meinem Sattel sitze!«, kontert die Schwester, tritt durch die Verandatür, rennt in die offen stehende Garage, auf das Rad zu.

Ihre Hände greifen den Lenker, während ihr Fuß den Ständer nach oben schiebt.

Der Garten ist groß und der Rasen kurz geschnitten.

Der alte Apfelbaum, der im Herbst immer so viel Arbeit macht, weil er zu viele Äpfel trägt, ist ihr der Liebste. Sie setzt sich oft unter ihn, in den Schatten, um ein Buch zu lesen oder einfach um allein zu sein. Hinter seinem dicken Stamm kann sie sich gut verstecken, und sie kann ihm Geschichten erzählen. Er hört ihr zu.

Die zwei Pflaumenbäume wurden erst im letzten Jahr gepflanzt. Sie sind noch dünn, und sie findet sie langweilig. Aber der Walnussbaum, unter dem eine weiß lackierte Holzbank steht, gefällt ihr. Was daran liegt, dass dort seit dem Frühling ein Eichhörnchenpaar wohnt. Sie verbringt an manchen Tagen Stunden damit, ihr Treiben zu beobachten. Sogar noch von ihrem Zimmer aus, wenn es regnet.

Die Kleine juchzt vergnügt und fährt davon. Immer wieder dreht sie den Kopf über die Schulter, sieht, wie ihre ältere Schwester aufholt.

»Warte, gleich hab ich dich!« Die Stimme hinter ihrem Rücken stachelt sie an.

Ihre langen braunen Haare wehen im Wind, und sie versucht, das Tempo zu erhöhen, indem sie ihre Füße gegen die Pedale drückt und sich aus dem Sattel hebt. Und dann passiert es: Sie kommt ins Trudeln und stürzt der Länge nach auf den asphaltierten Weg. Ihr Aufschrei versetzt der Schwester einen heißen Stich in der Brust. Glühend heiß.

»Paulinchen!«, entfährt es ihr.

Hart bremst sie das Rad ab, lässt es auf den Rasen fallen und eilt auf die kleine Schwester zu, die sich wimmernd mit schmerzverzerrtem Gesicht mühsam aufrappelt. Tränen kullern ihr über die Wangen, an beiden Knien eine klaffende Wunde, aus denen Blut läuft, das den Bund der weißen Socken bereits rot einfärbt.

»Paulinchen, armes Paulinchen!«, flüstert Marie, das nasse Gesicht der kleinen Schwester sanft an ihre Brust gedrückt.

Tröstend streicht sie über den Kopf des schluchzenden Mädchens, spürt, wie deren Tränen ihr T-Shirt durchdringen und wie die eigenen das Kinn heruntertropfen.

»Marie! Pauline!« Die Stimme der Mutter.

Marie schaut über die Schulter und sieht sie mit schnellen Schritten näher kommen.

»Was ist denn jetzt schon wieder passiert?«, ruft sie in harschem Tonfall. »Ach herrje, Pauline, was hast du denn gemacht!«

Die Mutter beugt sich herunter, begutachtet missmutig die blutenden Wunden. Marie bemerkt den kurzen, strafenden Seitenblick ihrer Mutter und fühlt sich maßlos schuldig.

»Ich brauche dir ja nicht zu sagen, dass du neun Jahre alt bist und dass ich von dir erwarten kann, besser auf deine kleine Schwester aufzupassen.«

Ohne Marie eines Blickes zu würdigen, trägt die Mutter das kleine Mädchen ins Haus.

»Marie kann nichts dafür, Mama!«, hört sie Paulines weinerliche Stimme.

Dann ist es plötzlich still um sie herum. Selbst die Vögel scheinen ihr Gezwitscher eingestellt zu haben. Sie fühlt sich schlecht, fühlt sich leer, fühlt sich allein.

Sie blickt zur Seite. Die roten Leuchtziffern zeigen zwei Uhr achtzehn. Sie schließt die Augen und dreht den Kopf wieder zurück.

Die beiden Mädchen sitzen auf dem Bett. Blaue Bettwäsche mit vielen gelben Sternen und einem großen Vollmond, der freundlich lächelt.

Pauline, auf deren Knien breite Pflaster kleben, kämmt ihrem Stoffpony die blonde Mähne, summt dabei ein Kinderlied, während Marie in ein Comicheft vertieft ist.

Schritte. Sie hören Schritte, schwere Schritte. Schritte, die die Holztreppe heraufkommen. Pauline verstummt. Die beiden Mädchen schauen sich an. Seine Schritte. Es ist leicht, Menschen, die einem vertraut sind, an ihren Schritten zu erkennen. Schritte sagen viel aus über einen Menschen. Die Schritte sind angekommen. Stille.

Marie hält den Atem an, sieht deutlich, dass Pauline schluckt. Dann klopft es drei Mal, und die Türklinke bewegt sich langsam nach unten. Der leichte Luftzug lässt das von der Decke hängende Tiermobile tanzen, und die Tür fällt wieder ins Schloss. Das metallische Klacken lässt Marie zusammenfahren. Marie hasst das Geräusch.

Er steht da, groß und mächtig, und blickt mit sorgenvoller Miene auf sie herab. Seine Wangenknochen arbeiten, und die Finger seiner rechten Hand fahren durch das streng nach hinten gekämmte Haar. Er seufzt tief.

»Meine Rosen, meine Rosen«, sagt er mit sanfter Stimme, während er auf sie zugeht und sich vor sie hockt. Er schüttelt betrübt

den Kopf. *»Ihr müsst besser auf euch aufpassen! Und du, meine Große«*, er wendet seinen Blick Marie zu, *»musst mir versprechen, immer auf deine kleine Schwester achtzugeben. Willst du das für mich tun?«*

Marie nickt.

Ein breites Lächeln legt sich auf sein Gesicht.

»Ich wusste, dass ich mich auf dich verlassen kann! Und nun, Paulinchen, lass mal sehen, wo du dir so dolle wehgetan hast.«

Er beugt sich so weit vor, bis sein Gesicht nur noch wenige Zentimeter von Paulines Knien entfernt ist.

»Ach, mein armes, armes Paulinchen!«

Sein Mund küsst die Stellen um das Pflaster herum. Seine linke Hand legt sich auf Paulines Bein, streichelt es.

Die rechte Hand berührt Maries Wade, Maries Knie, Maries Oberschenkel. Seine Hand ist warm und weich. Und Marie muss, ohne dass sie es will, an den Revolver denken. Vaters Revolver. Damit könnte sie Paulinchen beschützen. Den Alptraum beenden. Für immer. Sie hat Angst davor, Angst davor, den Gedanken weiterdenken zu müssen, und versucht, ihn abzuschütteln, indem sie sich das Eichhörnchenpaar im Baum in Erinnerung holt. Doch das Bild in ihrem Kopf ist stärker, drängt sich auf und wiegt schwer in ihrem Herzen.

Zwei Uhr zweiundfünfzig. Sie spürt sich nicht mehr. Ihre Handflächen reiben über den Stoff des Pyjamas. Immer und immer wieder. Fester und fester. Sie schleudert die Bettdecke zur Seite, reißt sich das Pyjamaoberteil vom Körper, Knöpfe fallen zu Boden. Sie zerrt die Hose bis zu den Knöcheln hinunter. Ihre Fingernägel krallen sich in die Haut ihrer Oberschenkel.

Kein Schmerz. Sie kratzt sich über Beine, Bauch und Brust. Kein Schmerz.

Ich bin tot! Tot! Tot!, schreit sie in sich hinein.

Sie lässt sich zurück auf das Kopfkissen fallen, um sich im gleichen Augenblick wieder aufzurichten.

Meine Rose, was ist mit dir?

Lass mich!

Geh weg! Bitte geh endlich weg!

Aber du bist doch mein Ein und Alles! Jetzt, wo deine Schwester ...

Nein! Bitte, ich will nicht. Will nicht! Will nicht!

Unwillkürlich pressen sich ihre Hände gegen die Ohren. Nur für einen Moment.

Dann flüchtet sie aus dem Bett, stolpert durch das Schlafzimmer und rennt zur Tür hinaus. Rennt die Treppen hinunter, hetzt durch den Flur, weiter bis zur Küche. Ihr Blick trifft unvermittelt auf den Messerblock, der vom bläulichen Mondlicht erfasst wird. Beinahe zwanghaft bewegt sie sich darauf zu, streckt die Hand aus.

Doch plötzlich diese Stimme, die sie stoppt. Marie durchströmt wieder das unbestimmte, aber spürbare Gefühl, beobachtet zu werden.

»Bitte tu das nicht, Marie! Bitte nicht!«

Sie zögert, tritt zwei Schritte zurück und wendet sich schließlich ab.

»Keine Angst«, hört sie sich flüstern, »du musst keine Angst um mich haben, Paulinchen.«

Sorge dich nicht.

Sie öffnet den Kühlschrank, öffnet das Gefrierfach und holt vier Plastikbehälter heraus. Im Spülbecken drückt sie die Eiswürfel aus der Form. Sie stöhnt auf, als sie ihre Finger in das Eis stößt. Endlich spürt sie den Schmerz, den schneidenden Schmerz, der sich von ihren Händen auf den ganzen Körper überträgt. Er breitet sich aus. Der Schmerz schärft ihre Sinne, macht sie lebendig. Und sie zittert. Erst jetzt wird ihr bewusst, dass sie nackt ist. Ihre Lippen formen ein »Nur noch einen Augenblick«, und sie widersteht dem körperlichen Drang, ihre Hände aus dem Eis zu befreien.

Sie hört ihren Atem, hört, wie er aus den Lungen gepresst wird, schnell und schwer, und sie schließt die Augen. Einen Moment lang verharrt sie so, dann zieht sie die unterkühlten Hände zurück. Tropfen fallen zu Boden und auf ihre nackten

Füße. Schmerzhaft, die steif gewordenen Glieder ihrer Finger zu bewegen. Schmerzhaft, die Hände mit einem Küchenhandtuch abzutrocknen.

In ihrem Kopf ist es still.

12

Im Badezimmer streift sie sich den Morgenmantel über.

Du musst es tun.

Aber warum? Was soll es mir bringen? Es ist besser, die Vergangenheit ruhen zu lassen.

Du kannst die Vergangenheit nicht ruhen lassen, weil sie dich nicht in Ruhe lassen wird. Niemals, Marie! Niemals!

Marie dreht sich um und schaut dann zur Decke. Gebannt bleibt sie stehen. Ihre Augen verengt, horcht sie angestrengt nach oben. Irrt sie, oder drangen da gerade Geräusche an ihr Ohr? Hörte sie gerade Schritte dort oben? Das … das kann nicht sein!

Es ist deine Vergangenheit, und sie ist deine Gegenwart und deine Zukunft. Du hast keine Wahl.

Marie zögert einen Moment lang, dann führen ihre Beine sie zur Treppe und bleiben vor der ersten Stufe stehen. Sie hebt den Blick. Das Dachgeschoss. So lange war ich nicht mehr dort oben.

Die Hand legt sich auf das Geländer, und ihre Füße bringen sie durch die Dunkelheit hinauf. Siebzehn Stufen.

Sie hatte sie gezählt, als Kind.

Sie hatte sich gefragt, wie viele Stufen wohl nötig wären, um zum lieben Gott zu gelangen. Von irgendwoher hatte sie die Zahl Dreitausendsiebenhundertfünfzehn. Ja, unglaubliche dreitausendsiebenhundertfünfzehn Stufen braucht man, um ins Himmelreich zu kommen. Doch das war ihr Geheimnis. Sie hatte es niemandem verraten. Noch nicht einmal Paulinchen. Paulinchen! Da war er wieder, der stechende Schmerz in ihrer Brust. Armes Paulinchen!

Drei Schritte und sie steht vor der Tür. Der Schlüssel steckt im Schloss. Sie dreht ihn um. Ihre Hand umfasst die Klinke, drückt sie langsam hinunter, noch ein flüchtiger Seitenblick zur verschlossenen Schlafzimmertür der Eltern. Marie muss wieder an den Revolver denken. Und wie er sich anfühlte, in ihrer kleinen Hand. Kalt, angenehm kalt und schwer. Seltsam, wie kann etwas kalt sein und doch so viel Wärme ausstrahlen. Rettung verheißen. Bloß ein Traum! Einen Moment des Zögerns, dann öffnet sie, tritt auf die Schwelle. Bleibt stehen.

Er schlägt ihr entgegen, der Geruch. Konserviert, über all die Jahre. So als ob Wände und Decke ihn eingeatmet, versiegelt und als Pfand behalten hätten.

Sie schaltet das Licht an. Der milchige Schein des Papierlampions, der von der Decke baumelt, legt sich schwach auf die Möbelstücke im Zimmer. Es hat sich kaum etwas verändert.

Der weiße Spiegelkleiderschrank, die gegenüberstehenden Betten mit den Stofftieren, die zweimal zwei Hängeregale, das Sideboard mit der Hi-Fi-Anlage, alles noch so wie damals. Bloß die fingerdicke Staubschicht und die mit der Zeit vergilbten Poster an der Wand zeugen davon, dass hier schon seit Jahren keiner mehr gewesen ist.

Sie bewegt sich einen Schritt vorwärts. Der plötzliche Schauder, der sie im selben Moment überkommt, als ihre nackten Füße den Teppichboden berühren, lässt sie zusammenfahren. Oh nein! Verdammt, in Wahrheit hat sich nichts verändert. Kinderstimmen, flüsternd und doch verständlich. … *und wenn er kommt, dann laufen wir!*

Ihre Augen suchen und finden das Bild. Es steht auf dem Regal, in einem Silberrahmen. Mutter hatte es dort hingestellt. Sie geht darauf zu, nimmt es in die Hand und wischt mit dem Ärmel ihres Morgenmantels darüber.

Eine glückliche Familie vor der Gizeh-Pyramide in Ägypten. Mutter, Vater und zwei Töchter. Darunter in schwarzer Schrift geschrieben, das Datum: 23. August 1986. Mit dem Foto in der Hand setzt sie sich aufs Bett.

Ja, man hätte uns glatt für Zwillingsschwestern halten können.

Die Arme werden plötzlich schwer, sinken auf die Oberschenkel. Der Rahmen gleitet ihr aus den Händen, fällt zu Boden.

Sie hebt den Kopf, ihr Blick ist entrückt und auf das Bett ihrer Schwester gerichtet.

Mit weit aufgerissenen Augen steht sie im Türrahmen, unfähig, sich zu bewegen. Sie hat das Gefühl, als müsse jeden Moment ihr Herz aufhören zu schlagen. Sie sieht ihre Schwester, sieht die leere Wasserflasche und die am Boden liegende Medikamentenschachtel. Weiß, dass es sich dabei um die Schlaftabletten ihrer Mutter handelt. Dann endlich kann sie sich aus ihrer Starre lösen und stürzt auf die Schwester zu, fällt auf die Knie.

»Pauline! Pauline, was ist mit dir? Was hast du getan?«

Pauline liegt auf dem Bauch, ihr linker Arm hängt kraftlos über der Bettkante, der rechte wird vom Körper verdeckt. Sie nimmt Paulines Kopf in ihre Hände, der sich merkwürdig schwer anfühlt, und registriert den Speichel, der aus dem leicht geöffneten Mund tropft. Paulines Augenlider sind geschlossen.

»Komm schon, Paulinchen!«, keucht Marie, Tränen laufen ihr übers Gesicht. »Komm schon! Komm schon! Lass mich jetzt nicht allein!«

Sie packt ihre Schwester bei den Schultern und richtet sie auf, schüttelt sie. Der schlaffe Körper fällt ihr entgegen, die Stirn schlägt ihr gegen die Brust.

»Komm schon, Pauline! Wach auf! Wach auf!«

Sie drückt Paulines Kinn nach oben und schlägt ihr ins Gesicht. Einmal, zweimal.

»Wach auf, Pauline! Bitte wach auf! Das kannst du mir nicht antun!«

Ein schriller Schrei löst sich aus ihrer Kehle.

»Nein! Nein! Nein!«, stöhnt sie laut in das Zimmer hinein.

Panisch schaut sie sich um, legt Pauline auf die Seite, schnellt hoch und greift nach der Schachtel. Sie stürmt aus dem Raum und rennt die Treppen hinunter. Ihre zitternde Hand greift zum Telefonhörer.

»Meine Schwester«, ihre Stimme überschlägt sich, »liegt bewusstlos in ihrem Bett. Sie hat Schlaftabletten genommen. Sie müssen sofort kommen, bitte! … Was? Ja, natürlich, die Adresse,

Jasminweg 4, eine Sackgasse, in Bergheim-Glesch, Familie Fredehoff. Pauline Fredehoff. … Ihr Alter? Fünfzehn. … Bitte, bitte beeilen Sie sich. … Nein, ich weiß nicht, wie viele Tabletten meine Schwester genommen hat. Ja, ja, die Packung habe ich hier.«

Schluchzend gibt sie den Namen des Medikaments durch und sackt dann in sich zusammen.

Das Schellen an der Tür lässt sie hochfahren.

»Sie haben uns angerufen?« Die Stimme des Mannes klingt klar und sachlich.

Ihr Blick fällt erst auf das Namensschild »Dr. Andreas Rupert, Notarzt«, dann auf den Metallkoffer in seiner Hand. Sie nickt.

»Wo befindet sich die bewusstlose Person?«

»Person?«, wiederholt sie schwer atmend. Einen kurzen Moment glaubt sie, ihre Beine könnten sie nicht mehr tragen.

»Ist Ihnen nicht gut?« Die Hand des Arztes greift nach ihrem Arm.

»Nein!« Sie zuckt zurück. »Es geht schon. Meine Schwester«, sie deutet mit dem Kopf zur Treppe, »sie liegt oben, im Dachgeschoss. Die Tür steht auf.«

Der Notarzt und zwei weitere Männer schieben sich an ihr vorbei. »Sie bleiben bitte unten!«, ruft er ihr zu.

Stockend bewegt sie sich, stellt sich vor die erste Stufe, horcht. Hört, wie die Männer miteinander reden, kann jedoch nichts verstehen. Plötzlich eilen Schritte die Treppe hinunter. Sie schreckt zusammen und geht zur Eingangstür zurück. Einer der Sanitäter taucht auf. Ihre Blicke treffen aufeinander. Sie weiß den Ausdruck in seinem Gesicht nicht zu deuten, sie will etwas sagen, will fragen, wie es Pauline geht, doch sie vermag nicht, den Mund zu öffnen. Der Mann wendet sich ab. Ihre Augen heften sich an seinen Rücken, als er das Haus verlässt, und beobachten ihn, wie er auf den Rettungswagen zuläuft und die hintere Tür aufreißt. Wenig später kehrt der Sanitäter mit einer Bahre zurück.

»Wir müssen Ihre Schwester mitnehmen«, sagt er im Vorbeieilen, ohne sie dabei anzusehen, und geht rasch die Stufen hinauf.

»Wird sie sterben?«, kommt es ihr beinahe lautlos über die Lippen. Zu leise, um eine Antwort zu erhalten.

Mit einem Mal wird ihr die Leere bewusst und wie sie sich ihrer bemächtigt. Diese tiefschwarze innere Leere, gegen die sie seit Jahren kämpft und die sie bisher unter Verschluss halten konnte. Jetzt breitet sie sich aus, schnell und erbarmungslos wie ein starkes lähmendes Gift. Sie verschränkt die Arme, presst sie gegen ihre Brust und sucht verzweifelt nach einem Gefühl. Wieder Schritte, dicht aufeinanderfolgende Schritte. Sie sieht Pauline, wie sie auf der Bahre heruntergetragen wird. Sie sieht den Infusionsschlauch in ihrem Arm und den Arzt, der den Tropf hochhält. Pauline sieht aus, als würde sie schlafen.

»Wir fahren mit Ihrer Schwester ins St.-Marien-Krankenhaus. Sie sollten mitkommen, schon allein der Personalien wegen. Was ist mit Ihren Eltern?«

Sie zuckt mit den Schultern.

»Na, egal jetzt! Kommen Sie, beeilen Sie sich. Ihre Eltern können Sie auch vom Krankenhaus aus anrufen.«

Der Film reißt ab. Sie schlägt die Hände vors Gesicht und spürt die Tränen in ihren Handflächen. Wankend steht sie auf, wischt sich über die Augen und geht mit unsicheren Schritten zur Tür. Zögernd bleibt sie dort stehen, einen kurzen Moment, dann löscht sie das Licht, tritt aus dem Zimmer und zieht die Tür hinter sich zu.

Dreitausendsiebenhundertfünfzehn Schritte bis zum lieben Gott. Ein Geheimnis. Ihr Geheimnis. Nein, sie hatte es Paulinchen nie verraten. Sie hätte es tun sollen!

13

Mittwoch, 12.12.

Es dringt in ihr Bewusstsein, unablässig und fordernd. Sie liegt im Bett, reißt die Augen auf und schaut zur Seite: vierzehn Uhr sechsundfünfzig.

Nein, ich kann nicht.

Das Klingeln des Telefons peinigt sie, lässt ihr Herz schneller schlagen. Die Intervalle scheinen ihr kürzer zu werden, der Ton lauter, aggressiver. Er kommt ihr bedrohlich nahe. Unfähig, einen klaren Gedanken zu fassen, liegt sie da, fühlt sich hilflos und ausgeliefert. Dann endlich bricht das Läuten in sich zusammen, abrupt und beinahe überraschend.

Die plötzliche Stille legt sich bleischwer auf ihre Brust. Das beklemmende Gefühl durchfährt sie und macht ihr Angst. Nur eine Panikattacke, das kennst du, versucht sie sich zu beruhigen und zwingt sich, ihre Atmung langsamer und gleichmäßiger werden zu lassen.

Allmählich lässt der Druck nach, und sie richtet sich auf.

Ich darf mich nicht so gehen lassen, befiehlt sie sich. Muss aufstehen, duschen und was essen.

Das brave Kollegium wird sich mal wieder geschlossen über mich auslassen, denkt sie bitter, während sie den letzten Bissen herunterschluckt.

***

Die Dusche und das Brot haben ihr gutgetan. Sie fühlt sich besser.

Ach, sollen sie doch! Es ist unwichtig, was diese Kleingeister über mich denken oder sagen. Sie öffnet den Kühlschrank, will zum Joghurt greifen, da schellt es an der Haustür. Für eine Sekunde erstirbt ihre Bewegung, und sie verharrt auf der Stelle, so als ob alles um sie herum mit einem Mal der Wirklichkeit entrückt sei. Mechanisch zieht sie die Hand zurück und schließt den Kühlschrank. Erneutes Schellen.

Nein, keine Einbildung! Da ist jemand an der Tür.

Marie ist unschlüssig, beißt sich auf die Unterlippe, wartet ab. Wieder schellt es. Diesmal lang anhaltend. Sie löst sich, geht auf Zehenspitzen bis zum Flur, bleibt stehen und lauscht angestrengt. Marie hört ihren eigenen Atem, flach und schnell. Vorsichtig setzt sie einen Fuß vor den anderen und nähert sich dem Eingang.

Plötzlich hämmert es gegen die Tür, und eine Stimme dringt zu ihr durch: »Machen Sie bitte auf! Ich weiß, dass Sie da sind! Bitte machen Sie auf!«

Augenblicklich strafft sich ihr Oberkörper. Marie dreht den Schlüssel im Schloss herum und öffnet mit einem Ruck die Tür.

»Was ist mit Ihnen? Sind Sie krank? Warum gehen Sie nicht ans Telefon? Und warum waren Sie nicht in der Schule? … Bitte, kann ich reinkommen?«

14

Donnerstag, 13.12.

Es klopft, und die Tür des Klassenzimmers öffnet sich.

»Frau Fredehoff«, die Stimme des Schulleiters klingt dünn, was nicht so recht zu seiner massigen Gestalt passen will. »Entschuldigen Sie«, er bleibt auf der Schwelle stehen, die Tür im Rücken, »dass ich Ihren Unterricht störe, aber hier sind zwei Herren von der Polizei, die möchten Ihren Schülern gerne ein paar Fragen stellen. Es geht um die Schülerin Schmitke, ähm, Leonie Schmitke.«

»Was ist mit ihr?«, fragt Marie.

»Sie wurde gestern Abend von ihren Eltern als vermisst gemeldet«, antwortet der Mann in der Uniform, während er sich an dem Schulleiter vorbei in die Klasse drängt. Hinter ihm ein zweiter Polizist. »Dürfen wir?«, fragt er freundlich.

Sie nickt.

Unter dem lauten Getuschel der Jugendlichen geht der Mann auf Marie zu.

»Mein Name ist Jo Degen«, er reicht ihr die Hand, »und das ist mein Kollege Roman Gruber.«

Gruber nickt ihr knapp zu.

»Ich darf mich dann verabschieden. Und, Frau Fredehoff, ich würde Sie bitten, nach der Befragung hier mit den Herrn Polizisten zu mir in mein Büro zu kommen«, sagt der Schulleiter und schließt, ohne eine Antwort abzuwarten, die Tür hinter sich.

Jo Degen wendet sich an die Klasse.

»Wir sind von der Polizeiwache Chorweiler, und ja, es geht um eure Mitschülerin Leonie.«

»Was sind Sie?«, ruft einer der Schüler. »Kommissare oder so was?«

Jo Degen schmunzelt.

»Ja, mein Kollege Gruber und ich sind Hauptkommissare.«

»Und wir müssen euch nun ein paar Fragen stellen«, ergreift jetzt Gruber das Wort.

»Ist Leonie tot?«, fragt eine Schülerin.

»Nein!«, antwortet Gruber. »Es geht hier lediglich um eine Vermisstenanzeige. Von tot hat niemand gesprochen.«

»Also«, erklärt Jo Degen, »wir sind auf eure Mithilfe angewiesen. Wer ist mit Leonie befreundet?«

Niemand sagt etwas.

Der Polizist schüttelt ungläubig den Kopf.

»Na kommt schon! Irgendjemand von euch wird sie doch näher kennen!«

»Die hängt doch nur mit den älteren Typen ab!«, ruft einer. »Vorzugsweise mit denen, die von der Schule geflogen sind.« Lautes Gejohle.

Und ein anderer: »Ja, mit uns gibt die sich nicht ab. Wir sind ihr zu kindisch, sagt sie ständig!«

Das Mädchen meldet sich wieder: »Ja, das stimmt. Ich hab sie ein-, zweimal gefragt, ob sie keine Lust habe, sich mit mir zu treffen. Musik hören, Kino oder so. Sie hat jedes Mal gesagt, dass sie keine Zeit hat. Dabei ist sie dauernd mit diesen Motorroller-Typen zusammen. Voll peinlich! Die sind doch alle schon siebzehn, achtzehn und ziemlich derbe drauf.«

»Kennst du diese Motorroller-Typen mit Namen?«

Die Schülerin zuckt mit den Schultern.

»Nicht wirklich.«

»Was heißt: nicht wirklich?«, hakt Gruber nach.

»Na ja, mit denen hat man besser nichts zu tun … und außerdem haben die alle so Gangnamen.«

Roman Gruber atmet schwer aus.

»Und? Wie lauten diese … Gangnamen?«

Das Mädchen stöhnt auf und macht eine wegwerfende Handbewegung.

»Na, Dark, Tank, Golem, Beastie und Tarantula. Beastie gehört aber nicht mehr dazu. Tarantula ist der Boss. Er und Golem sind aber nicht mehr auf unserer Schule.«

»Aha, und warum nicht?«, will Jo Degen wissen.

»Ach, das weiß doch jeder hier! Die haben erst das Auto des Schulleiters mit roter Farbe besprüht, so mit Teufelszeichen und

Runen. Und als rauskam, dass sie das waren – der Hausmeister hatte die zwei beobachtet –, wurden ihre Eltern informiert, und es gab eine Anzeige. Die Eltern haben als Strafe die Roller einkassiert. Aus lauter Frust haben dann Tarantula und Golem im Internet damit gedroht, die ganze Schule in die Luft zu sprengen und unseren Schulleiter zu kastrieren. Beastie fand das wohl zu heftig und hat bei der Polizei gepetzt. Na ja, und wegen dieser Sache wurden Tarantula und Golem eben gefeuert.«

»Und Beastie liegt im Krankenhaus«, sagt ein anderer.

»Interessant! Und weswegen liegt Beastie im Krankenhaus?«, erkundigt sich Gruber.

Der Junge hebt die Schultern. Er bemerkt die Blicke seiner Mitschüler und antwortet:

»Keine Ahnung, Herr Kommissar. Darüber weiß ich nichts.«

Eine andere Stimme ruft:

»Der hatte einen Unfall!«

»So? Weißt du oder einer deiner Kameraden Näheres?«

Gruber schaut in die schweigenden Gesichter der Jugendlichen.

Jo Degen blickt seinen Kollegen an. Gruber runzelt die Stirn und dreht sich um.

»Frau Fredehoff«, sagt er, wobei er seine Augenbrauen hochzieht und mit dem Kopf zur Tür deutet, »hätten Sie mal einen Augenblick für uns?«

Marie nickt.

»Nun, Frau Fredehoff, was können Sie uns über ihre Schülerin Leonie Schmitke sagen?«

Jo Degens Stimme klingt freundlich, und er lächelt sie an.

Die Tür im Rücken und die Arme vor der Brust verschränkt, sieht sie an den beiden Polizisten vorbei, schaut durch die großen Flügelfenster auf den verwaisten Schulhof. Aus dem Klassenraum dringen die lärmenden Geräusche der Schüler.

»Sie war gestern Nachmittag bei mir. Bei mir zu Hause«, antwortet sie, ohne dabei ihre Blickrichtung zu ändern.

»Aha! Und was wollte sie bei Ihnen?«

»Es ging um eine Klassenarbeit. Sie hatte sie verhauen und hatte Angst vor ihren Eltern. Sie bat mich, mit ihnen zu reden.«

Roman Gruber räuspert sich.

»'tschuldigung, ist das üblich?«

Marie blickt ihn verwundert an.

»Also ich meine, ob es üblich ist, dass Schüler zu Ihnen privat … also, zu Ihnen nach Hause kommen, wenn sie Probleme mit den Eltern haben?«

Marie schüttelt den Kopf.

»Nein. Normalerweise kläre ich alle schulischen Belange während meiner Arbeitszeit hier. Vor oder nach dem Unterricht. Bloß war ich gestern nicht im Dienst. Ich fühlte mich nicht wohl und bin daheim geblieben. Wahrscheinlich war der Druck der Schülerin so groß, dass sie nicht bis zum nächsten Tag warten konnte. Sie flehte mich förmlich an, ihre Eltern sofort anzurufen.«

»Und, haben Sie die Eltern angerufen?«, fragt Degen.

»Nein.«

»Nein?«, entfährt es Gruber. »Warum nicht?«

»Ich sagte es doch schon: Ich fühlte mich nicht gut. Ich hatte starke Kopfschmerzen und brauchte Ruhe.«

»Verständlich«, bemerkt Degen schnell und lächelt schmallippig. »Und wie hat das Leonie aufgenommen?«

»Die Schülerin schimpfte und weinte. Ich habe sie dann nach Hause geschickt.«

»Ah, und wann war das? Welche Uhrzeit?«

»Das muss kurz vor achtzehn Uhr gewesen sein. Nachdem sie weg war, habe ich die Nachrichten im Radio gehört.«

Jo Degen nickt verstehend, während er sich Notizen macht.

»Wie ist Leonie so?«, fragt Roman Gruber.

Sie hebt die Schultern.

»Was meinen Sie?«

»Na, wie sie so unterwegs ist – also, was sie für eine ist: aggressiv, ruhig, überangepasst. Was ist sie für ein Mensch?«

»Tja«, antwortet Marie gedehnt, »so genau kann ich Ihnen das nicht beantworten.« Für einen Moment stockt Marie. »Sie ist … sie ist wohl eher der introvertierte Typ.«

Roman Gruber atmet schwer aus, bevor er nachfragt:

»Also Sie meinen, ihre Schülerin ist ein stilles, zurückhaltendes Mädchen. Verstehe ich Sie da richtig?«

»Ja.« Sie nickt.

»Nun, ich denke, das wäre es fürs Erste«, ergreift Jo Degen lächelnd das Wort. »Wir wollen das Ganze hier auch nicht allzu hoch aufhängen. Wahrscheinlich ist Leonie heute Abend schon wieder zu Hause. Anscheinend hat ihr Verschwinden was mit der schlechten Note in der Klassenarbeit zu tun. Da hängt schnell mal der Familiensegen schief. So etwas erleben wir immer wieder. Würden Sie uns jetzt zum Schuldirektor begleiten? Vielleicht fällt Ihnen ja doch noch was ein, was für uns wichtig wäre.«

»Ähm, ja, natürlich«, sagt Marie. »Ich muss mich nur um eine Vertretung für meine Klasse kümmern. Dauert einen Moment. Wenn Sie kurz warten würden …«

Marie wendet sich bereits ab, als Jo Degens Kollege sich räuspernd zu Wort meldet:

»Ach, entschuldigen Sie: Ich hätte da noch ein bis zwei Fragen an Sie«, erklärt Gruber freundlich, doch Marie nimmt durchaus wahr, dass er sie nicht leiden kann. Forsch tritt Gruber einen Schritt näher an sie heran. »Kennen Sie diese Burschen, von denen eben in der Klasse die Rede war?«

»Nein«, antwortet sie knapp.

»Hm, also können Sie uns auch nicht die bürgerlichen Namen von Tarantula und Co nennen!«

»Nein, kann ich nicht!«

»Und was wissen sie über diese Sprayer-Aktion und über den Rausschmiss der beiden Schüler?«

»Das war alles vor meiner Zeit. Ich bin erst seit sechs Monaten an dieser Schule. Da müssen sie schon den Schulleiter fragen. Über diese Vorfälle kann ich Ihnen nichts sagen. Es tut mir leid.«

»Ist schon in Ordnung!«, brummt Roman Gruber halblaut, während er sich umdreht.

Marie würdigt ihn keines Blickes, als sie an den beiden Uniformierten vorbei den Flur hochgeht, doch sie bemerkt den abfälligen Augenaufschlag Degens, der seinem Kollegen gilt und der bei ihr für eine gewisse Genugtuung sorgt.

***

Verdammt, es geht ihm immer noch dreckig! Diese Aktion vorgestern Abend auf dem Parkplatz hat ihn extrem mitgenommen. Nur mit größter Kraftanstrengung war es ihm gelungen, vom Boden aufzustehen und auf seinen Roller zu steigen. Die Fahrt nach Hause war eine einzige Höllenqual. Jede Bodenwelle, jedes Schlagloch war ein weiterer Treffer in den Magen. Zweimal musste er unterwegs anhalten, um sich zu übergeben. Mom, ja verflucht, Mom – sie hat zum Glück nichts von ihm mitbekommen, als er sich in sein Zimmer schleppte. Das Blut auf dem Kopfkissen wird sie nicht zu Gesicht bekommen, dafür wird er sorgen. Er wird den Bezug nachher verschwinden lassen.

Oh Mann, Leonies Alter, dieser Psycho gehört ganz klar weggesperrt. Pierre dreht sich zur Wand, zieht dabei die Beine zum Oberkörper und starrt auf das kleine an die Wand geklebte Foto. In seinen Ohren rauscht es seit Dienstagabend, und dieses Rauschen macht ihn fast verrückt. Ja, dieses Rauschen ist bei Weitem schlimmer als seine Kopfschmerzen.

Sein Finger fährt behutsam über die glänzende Oberfläche des Bildes. Auf dem Foto lächelt ihr Mund, doch ihre Augen lächeln nicht mit. Pierre kann nichts für seine Tränen. Er schnieft und wischt sich übers Gesicht.

Er wollte dieses Foto unbedingt haben, auch gegen ihren Willen. Sie mochte es überhaupt nicht. Sie sagte, dass diese Aufnahme rein gar nichts mit ihr zu tun hätte. Das Bild zeigt sie bei ihrer Konfirmation vor einem halben Jahr. Pierre hatte die Kirche im Hintergrund weggeschnitten, auch das Kleid, sodass bloß ihr Gesicht, ihr engelsgleiches Gesicht, übrig geblieben ist.

Scheiße, er baut wirklich nur Mist. Dabei wollte er ihr nie wehtun! Was ist bloß falsch bei ihm? Warum läuft sein Leben immer wieder so aus der Spur? Mom sagt, er solle sich andere

Freunde suchen. Das sagt sie immer dann, wenn sie mal nicht voll auf dem Sofa liegt. Wenn sie sich mal wieder vorgenommen hat, ohne Alkohol zu sein. Dieser Zustand hält aber nie sehr lange an. Pierre lacht lautlos in sich hinein. Mom sagt, Golem sei kein guter Umgang für ihn – das sagt sie sogar, wenn sie besoffen ist. Er schüttelt den Kopf. Nein, Mom, du kennst ihn nicht. Du weißt nichts von ihm.

Golem hatte ihm alles erzählt, ganz offen und ohne irgendetwas zu beschönigen. Okay, sie hatten sich an dem Abend vor einem Jahr 'ne Pfeife geteilt, aber auch mit bekifftem Schädel hatte er alles, was sein Freund erzählte, mitbekommen. Hatte überdeutlich mitbekommen, wie beschissen es seinem Freund ging.

Golem erzählte mit Tränen in den Augen von seinem Vater. Der Alte sei nie zu Hause, sei ständig unterwegs, wo, wisse Golem nicht. Früher wäre er oft mitgefahren, in den Schulferien, wenn sein Vater seine Touren nach Frankreich, Italien oder Polen gemacht hatte. Golem habe gerne vorne im Führerhaus gesessen, auf den breiten Sitzen, und von dort auf die Straße geguckt. Er habe es genossen, mit seinem Vater auf den Rastplätzen zu stehen und ihn zu beobachten, wie er mit den anderen Fahrern quatschte. Es schien ihm, als schauten die Kollegen zu ihm auf. Sein Vater sei oft um Rat gefragt worden. Welche Strecke die kürzeste sei, auf welchem Autobahnabschnitt es die meisten Polizeikontrollen gäbe und wo man die besten Steaks bekäme. Aber auch nach Frauen wurde er gefragt. Dann sei sein Vater immer ein Stück von ihm weggegangen, und seine sonst so kräftige Stimme sei sonderbar leise geworden.

Ja, als er klein war, ja, da habe Golem seinen Vater noch bewundert, und für ihn sei klar gewesen: Wenn er groß ist, wird er auch Lkw-Fahrer.

Eines Tages sei es dann passiert: Sein Vater schlug zu. Schlug ihn mit seinen großen Händen. Weshalb, konnte Golem nicht sagen. Er muss so zwölf, dreizehn Jahre alt gewesen sein. Ab da habe er regelmäßig Prügel bezogen. Und nie sei ihm erklärt worden, warum. An seinen Schulleistungen konnte es nicht gelegen haben. Golem erzählte, er sei ein guter Schüler gewesen. Ein sehr guter sogar. Ja, das sei er gewesen, bevor sich sein Vater von einem Tag auf den anderen verändert habe.

Seine Mutter habe immer bloß geweint, aber nichts getan. Rein gar nichts. Irgendwann habe Golem sich gesagt, dass er für die Schläge, die er kassiere, auch was anstellen wolle. Er fing an, im Supermarkt zu klauen. Was, war egal. Bereits beim zweiten Mal sei er erwischt worden, und sein Vater habe den Ledergürtel genommen. Etwas später knackte Golem Zigarettenautomaten. Dann Autos. Es folgten Einbrüche in Keller, Kioske und Schulen. Jeden Tag Schlägereien, aber das ist ja normal.

Pierre hatte seinem Freund nur zugehört, weder Fragen gestellt noch schlaue Ratschläge gegeben. Nee, so was lässt sich verdammt noch mal nicht so einfach abhaken. Ha, im Vergleich zu seinem Kumpel geht es ihm doch Sahne.

»Nein, Mom, du kennst Golem nicht.«

Das Rauschen in Pierres Kopf wird stärker und zwingt ihn, trotz aller Schmerzen schnellstens aufzustehen und ins Bad zu gehen, will er sich nicht in seinem Bett übergeben.

Verdammt, eigentlich müsste ich zum Arzt, sagt er sich, während er den Kopf über die Kloschüssel hält.

Glaub mir doch, mein Engel, ich wollte dir nie wehtun.

***

Schulleiter Berger stellt die Tasse auf den Schreibtisch und nickt.

»Nun ja …«, beginnt er und schaut dann kurz zur Decke. »Das war eine unschöne Sache vor über einem halben Jahr. Es sollte wohl nur ein Schülerstreich sein. So sahen das zumindest die beiden Jugendlichen. Dass es sich dabei um eine Straftat handelte, wollte nicht in ihre Köpfe. Wie nannten sie sich noch gleich? Ah ja! Tarantula und Golem. Na, wenn es nur die bizarren Namen wären. Wissen Sie, meine Herren, wenn ich an manchen Tagen über den Schulhof gehe und mir einige dieser Gestalten, entschuldigen Sie, Schüler, anschaue, erinnert mich der Aufzug dieser Kinder unweigerlich an die Blütezeiten viktorianischer Zirkus-Freakshows.«

Berger macht eine kurze Pause, schaut erst Marie und dann die beiden Polizisten an und fährt fort: »Leider fehlt es den meisten Heranwachsenden an Einsicht und moralischer Disziplin.« Wieder eine Pause.

Du bist ein Schwätzer!, denkt Marie und verändert ihre Sitzposition, sodass die Blicke des Schulleiters sie nicht mehr frontal treffen können.

»Doch zum Glück«, räumt Berger ein, »sind solche Exzesse an unserer Schule dann doch die Ausnahme. Aber ich erinnere da nur an Erfurt und Winnenden. Tragödien! Schrecklich! Aber als seien diese Taten nicht schon schlimm genug gewesen, stürzten sich die Medien auf das Thema, schlachteten es aus, spekulierten darüber, ob diese Dramen zu verhindern gewesen wären, und formulierten Phrasen wie: ›Wie lassen sich unsere Schulen besser schützen?‹ Alles gut und schön, doch was ist geblieben von der medialen Aufmerksamkeit und den Versprechen der Politiker?«

Er gestikuliert zum Fenster hin, so als wolle er die Dächer draußen fragen, ob sie ihn verstehen können.

»Sehen Sie, verehrte Kollegin, meine Herren Polizisten, da unten, auf dem Schulhof, da gelten nicht selten eigene Gesetze. Da stehen wir Pädagogen häufig völlig alleingelassen da. Von der Gesellschaft und von der Politik, meine ich. Die Politiker nennen das da unten ›bildungsferne Schichten‹, ich nenne das multikulturelle Verwahrlosung. Und wo kommt die her? Um sich diese Frage zu beantworten, braucht man sich nur in den Familien umzuschauen. Wer spricht denn heute noch ein adäquates Deutsch?« Berger winkt ab und verschränkt die Arme vor der Brust. »Nein, nein«, schnaubt er weiter, »hier hat die Politik die Fehler gemacht. Vor etlichen Jahren schon, und das bis heute.«

Der Schulleiter blickt wieder zum Fenster.

»Zudem wird es immer schwerer, fähiges, will sagen belastbares Lehrpersonal zu bekommen. Der Krankenstand ist hoch, und die langfristigen Ausfälle aufgrund von Burn-out werden immer häufiger und sind kaum noch auszugleichen. Die Folgen zeigen sich im immensen Ausfall von Unterrichtsstunden. Was postwendend den Druck von außen erhöht.«

Berger wirft einen flüchtigen Blick auf Marie, und sie sieht, wie Roman Gruber seinem Kollegen zunickt.

»Verstehe. Können Sie uns nun die Namen und die Adressen von diesen beiden jungen Männern geben?«, fragt Jo Degen.

***

Er hat gewusst, dass sie früher oder später bei ihm auftauchen werden. Pierre konnte von Glück sagen, dass er gerade in dem Moment aus dem Fenster guckte, als der Streifenwagen vor dem Hochhaus parkte und die zwei Uniformträger ausstiegen. Er sah, wie die beiden die Kragen ihrer Jacke hochschlugen, um sich vor dem einsetzenden Schneeregen zu schützen, und er glaubte, ihre Flüche von ihren Lippen ablesen zu können.

Bevor die Klingel ertönte, war Pierre schon durch die Wohnungstür. Trotz Übelkeit und Schmerzen. Darauf kann er jetzt keine Rücksicht nehmen. Das Einzige, was ihn nun antreibt, ist der Gedanke an Flucht.

Jetzt kann er sie hören, ihre dumpfen Schritte, ihre Stimmen, die durch das kalte Treppenhaus schallen.

»Was hältst du von ihr?«

»Von Frau Fredehoff? Sie scheint mir ein bisschen überarbeitet zu sein.«

»Überarbeitet? Ich nenne das exzentrisch. Die hat doch überhaupt kein Feingefühl, und als Lehrerin ist sie eine krasse Fehlbesetzung. Hübsch, aber völlig kalt! Und so was lässt man auf Kinder los.«

»Hey, bist du da nicht ein bisschen vorschnell mit deinem Urteil? Du kennst sie doch gar nicht!«

»Oh, mein Kollege versucht sich als Frauenversteher. Sage ich doch die ganze Zeit: Die braunen Augen von Frau Fräulein haben es dir angetan. Du bist nicht mehr objektiv. Wie schnell du die Befragung beendet hast, dabei hat die sich doch gewunden, das hätte dir doch auffallen müssen. Und dann machst du mich auch noch blöde von der Seite an.«

»Himmel noch mal, Roman, und du bist ein ganz schöner Macho! Jetzt hör endlich auf mit dem Quatsch! Konzentrier dich lieber auf deinen Job.«

Für einen Moment Schweigen, nur ein ärgerliches Schnauben ist zu hören. Dann: »Hier, hier sind wir richtig, Fasshall! Na, das ist ja schon mal was: eine Tür mit Namensschild.«

Wieder vergehen ein paar stumme Sekunden.

»Hey Jo, es ist keiner da. Wer weiß, wer uns in diesem Bau aufgedrückt hat? Vielleicht haben sie es sich auch anders überlegt und wollen jetzt nicht mehr mit der Polizei sprechen. Egal. Wir können morgen wieder herkommen. Das Kerlchen wird uns schon nicht durch die Finger gleiten. Degen, komm lass uns Feierabend machen. Wir sind jetzt schon neun Stunden auf den Beinen. Du hast es doch auch selbst gesagt, und du hast recht: Die Kleine wird heute Abend wieder reumütig am Tisch von Mama und Papa sitzen und ihr Brot kauen. Mensch, ich bin müde, und wir müssen noch den Bericht schrei–«

Weiter kommt der Polizist nicht.

»Guten Abend. Mein Name ist Jo Degen, und das ist mein Kollege Roman Gruber. Wir sind von der Wache Chorweiler. Sind Sie Frau Fasshall?«

Schweigen.

»Können wir Ihren Sohn Pierre sprechen?«

»Der, der ist nicht da. Was … was wollen Sie denn von meinem Jungen?«

»Wir hätten da bloß ein, zwei Fragen. Aber die würden wir Ihnen ungern hier im Hausflur stellen. Dürfen mein Kollege und ich hereinkommen?«

Pierre hört, wie sich die Stimmen entfernen und wie die Tür ein Stockwerk tiefer geschlossen wird.

»Verfluchte Bullen, was habt ihr da von einer Kleinen gefaselt? Welche Kleine und was hab ich damit zu tun? Fuckegal! Das geht mir am Arsch vorbei, was ihr mir alles anhängen wollt. Ihr werdet mich nicht schnappen. Ich lass mich nicht noch einmal von euch einsperren.«

Auf jeden seiner Schritte bedacht, geht er leise die Treppenstufen hinunter, an der Wohnungstür vorbei, um dann schnell nach unten zu laufen. Er reißt die Eingangstür auf und rennt nach rechts, rennt die Tiefgarage runter, die schon seit ewigen Zeiten offen steht, und drückt im Vorbeilaufen auf den Lichtschalter. Augenblicke später verlässt Pierre auf seinem Motorroller die Tiefgarage.

15

Sie wird ihn anrufen. Sie muss ihn anrufen. Auch wenn Marie ihn für unfähig hält, so ist er doch der Einzige, dem sie vertraut. Von Emma einmal abgesehen. Doch Emma kann ihr nicht helfen, nicht mit ihrer so gut gemeinten Sorge um ihr Lebensglück.

Marie sitzt in ihrem Auto auf dem Lehrerparkplatz, hält sich ihr Mobiltelefon ans Ohr, während sich der Schneeregen allmählich in Graupelschauer verwandelt.

»Ja, es ist dringend, sonst würde ich Sie wohl kaum anrufen, und nein, es ist keineswegs auf einen anderen Tag verschiebbar.« Marie spürt, wie sich ihre Finger verkrampfen, spürt das harte Plastikgehäuse ihres Handys und wie es sich schmerzhaft in ihre Handfläche drückt. Oh, wie sie es hasst, sich so bedürftig zu zeigen.

»Gut, meinetwegen, wenn es hilft, nennen Sie es einen Notfall. Ja, genau, geben Sie diese Nachricht bitte an Herrn Steffens weiter. Ich werde in einer halben Stunde da sein ... ja, ich werde Zeit mitbringen und warten. Haben Sie recht vielen Dank.«

Wütend schmeißt sie das Mobiltelefon in ihre Handtasche.

»Was die sich einbildet«, zischt sie, während sie den Motor startet. »Fragt mich aus, als hätte sie was zu entscheiden.«

Marie schließt für einen Moment die Augen. Ein heftiges Pochen gegen das Beifahrerfenster reißt sie aus ihren Gedanken. Ihr Fuß rutscht vom Kupplungspedal, und der Wagen macht einen Satz und geht aus.

Marie wagt nicht, sich zu bewegen, wagt nicht, die Augen zu öffnen. Sie atmet schnell, ihre Augen flattern unruhig unter den geschlossenen Lidern.

»Geh weg!«, stammelt sie kaum verständlich.

»Entschuldige, Marie«, hört sie von draußen jemand laut sagen, »aber dein rechter Scheinwerfer tut es nicht. Das solltest du schnell machen lassen, bei den Witterungsverhältnissen.«

Marie erkennt die Stimme sofort. Sie dreht den Kopf und sieht in das schief grinsende Gesicht von Tobias Binder. Sie schlägt kurz die Augen nieder, dreht sich zurück und startet den Wagen ein zweites Mal. Diesmal fährt sie los, ohne sich weiter um ihren Kollegen zu kümmern.

***

»Es wird immer schlimmer«, beginnt die Frau mit leiser Stimme, nachdem sie sich auf die Kante des Stuhls gesetzt hat. Sie schaut Marie dabei nicht an. Ihr Blick scheint sich irgendwo im Wartezimmer verloren zu haben. »Ich weiß, dass ich mir das alles nur einbilde«, fährt die Mittvierzigerin fort.

Sie spricht schnell, und Marie hat Schwierigkeiten, sie zu verstehen.

»Trotzdem, sie verfolgen mich. Der Doktor meint es ja gut, doch er ist nie dabei, wenn sie mich beobachten. Jedes Mal die gleichen Gesichter – das kann doch kein Zufall sein. Oder? Da wird man doch verrü–«

Sie bricht ab und starrt zu Boden, sieht nicht, dass Marie die Augenbrauen hochzieht. Unvermittelt und mit großer Wucht springt die Tür des Wartezimmers auf. Arne Steffens wirkt etwas fehl am Platz, wie er da im Rahmen steht. Marie schaut auf und nimmt die Unsicherheit in seinen Augen wahr. Innerlich schüttelt sie den Kopf.

»Verzeihen Sie bitte mein ungestümes Auftreten, die Klinke ist mir aus der Hand gerutscht.« Er ringt sich ein freundliches und entschuldigendes Lächeln ab und fordert Marie mit einer Handbewegung auf, in seinen Gesprächsraum zu treten.

Die Frau zuckt ob der ausholenden Geste kurz zusammen, blickt jedoch nicht auf. Auch nicht, als Arne Steffens im Raum stehen bleibt und sie für Sekunden schweigend anschaut.

»Frau Weller«, erklärt er schließlich, wobei er betont langsam spricht, »haben Sie bitte noch etwas Geduld, ich bin in einer Viertelstunde für Sie da.«

***

Pierre steht auf der kleinen Buckelbrücke und starrt fasziniert nach unten, wo sich in nur wenigen Metern Entfernung, in einer Rohröffnung hockend, eine fette Kanalratte ausgiebig das nass glänzende Fell putzt, während eine andere, gegen den Strom schwimmend, etwas Längliches im Maul mit sich trägt. Bei genauerem Hinsehen erkennt Pierre, dass es sich dabei um eine kleine Ente handelt. Sie scheint tot zu sein, denn sie bewegt sich nicht. Hingegen kämpft die Ratte gegen die Strömung an und hat sichtlich Mühe, das Tier festzuhalten. Jetzt endlich erreicht sie samt Beute den angepeilten Mauervorsprung, krallt sich mit beiden Vorderpfoten daran fest und zieht sich gewandt nach oben. Kaum ist dies geschehen, lässt sich die Ratte aus der Rohröffnung in das Gewässer gleiten, um im Bruchteil einer Sekunde ebenfalls auf den Mauervorsprung zu gelangen. Ohne die Spur einer Gegenwehr springt das kleinere Tier blitzschnell zurück ins Wasser und überlässt der Fetten den Fang. Schwarze Krallen drücken den Vogel gegen die Mauerkante, und scharfe Vorderzähne trennen blitzschnell den Kopf vom Körper. Der Anblick der zerfetzten Ente lässt Pierre erschaudern.

»Friss oder stirb!«, flüstert er leise und zieht dabei die Schultern hoch. Ob du dich nun wehrst oder nicht – du hast keine Chance, wenn du das Opfer bist!

Ihm ist saukalt, und er hat Hunger. Es sind Stunden her, seit er das letzte Mal etwas gegessen hat. Er greift in seine Jacke und holt die Zigarettenschachtel hervor.

Missmutig klaubt er die letzte Zigarette heraus. Seine Hand ballt sich zur Faust, zerdrückt die Packung, schleudert sie dann wütend in den Kanal.

Mit zittrigen Fingern betätigt er das Feuerzeug und hält die kleine, bläulich gelbe Flamme an die Zigarettenspitze. Sofort frisst sie sich durch das dünne Papier und verbrennt den Tabak. Gierig zieht er das Nikotin in seine Lungen. Nein, sie werden ihn nicht kriegen, bloß muss ihm schnellstens etwas einfallen, um seine beschissene Situation zu ändern.

Er weiß schon, was zu tun ist, doch dafür benötigt er Geld.

Und um es sich zu beschaffen, braucht er Hilfe. Hilfe von seinem besten Kumpel. Wenn er doch jetzt bloß kommen würde!

Pierre fährt sich mit der Hand über die Augen. Außer seinem Handy, dem Roller und den Klamotten, die er am Leib trägt, konnte er in der Eile nichts mitnehmen. Zurück nach Hause kann er nicht mehr – sein Zuhause ist verbrannt. Die Bullen werden alles rund ums Viertel observieren. Und selbst wenn er an denen vorbeikäme, … andere würden ihn verpfeifen. Scheiße, er hängt drin, das mit Beastie wird ihm ein für alle Mal den Hals brechen. Ob er will oder nicht, er muss hier schleunigst weg. Er muss untertauchen, zumindest für eine Weile.

Oh Mann, seine Mom tut ihm so leid – er darf gar nicht daran denken. Er hat sie wieder mal enttäuscht! Und Leonie? Er hat versucht, sie zu erreichen. Null, keine Verbindung, sie muss das Teil ausgestellt haben. Warum Leonie das gemacht hat, kann er sich nicht erklären. Sie macht es nie aus, selbst in der Nacht hat er seine Freundin schon angerufen. Ihr Alter muss es ihr weggenommen haben. Nee, Leonie würde ihr Handy never ever freiwillig abgeben. Da steckt dieser Psycho hinter. Dieses Arschloch. Wenn er ihr was angetan hat … nein, den Gedanken muss er wegschieben, darf ihn nicht zulassen. Nicht jetzt! Er wird sich kümmern, wird Leonie holen, sobald er kann. Verdammt, er braucht doch einen klaren Kopf – doch darin rauscht es.

Die plötzliche Polizeisirene in einiger Entfernung lässt ihn aufhorchen, instinktiv geht er in die Hocke. Sein Herz rast, und er fühlt den klebrigen Schweiß unter seinen Achseln. Wie ein wildes Tier kommt er sich vor, gehetzt von der Meute, das sich kaum zu bewegen wagt. Schließlich ebbt das Geräusch ab, und Pierre erhebt sich langsam wieder. Scharf zieht er die kalte Luft durch die Nase.

»Bleiben Sie, wo Sie sind!«

Die Stimme in seinem Rücken klingt grob und kompromisslos. Pierre fühlt sich mit einem Mal unendlich müde und keiner Gegenwehr mehr fähig. Na und? Dann sollen sie ihn haben, sollen sie ihn einsperren, wegsperren, und das für eine lange Zeit. Drauf geschissen.

***

»Nun, Frau Fredehoff, was ist passiert?«

Seine Stimme sanft, sein Tonfall warm und teilnahmsvoll. Arne Steffens sitzt ihr mit wachen Augen zugewandt gegenüber.

»Meine Schülerin«, beginnt Marie zögerlich, »… meine Schülerin Leonie ist seit gestern Abend verschwunden.«

Arne Steffens hebt die Brauen. »Verschwunden? Was heißt das?«

»Was das heißt?« Marie bereut es bereits jetzt, hergekommen zu sein. »Das heißt, dass Leonie gestern Abend nicht zu Hause angekommen ist!«

»Zu ihren Eltern nach Hause?«

Marie schnappt nach Luft. »Ja, wohin sonst nach Hause?«

Arne Steffens lehnt sich zurück und schlägt die Beine übereinander. Schweigend schaut er sie an. Abwartend.

Oh nein, jetzt kommt die Nummer wieder! Marie möchte sich auf der Stelle seinen Blicken entziehen, doch dann käme nur das Verlassen des Raumes in Frage. Sie fühlt sich wieder so ausgeliefert, so klein in diesem Ledersessel, so hineingepresst. Nein, diesmal nicht! Diesmal wird sie sich diesem Gefühl widersetzen.

»Ist denn die Polizei informiert worden?«

»Die war heute in der Schule«, fährt sie fort. »Sie haben Fragen gestellt, den Schülern und mir. Sie wollten wissen, wie Leonie so ist. Aber was hätte ich denen sagen sollen?«

Was hätte ich sagen sollen?, wiederholt Marie in Gedanken, während ihre Augen verloren durch den Raum gleiten und für Sekunden an einer weißen Einkaufstüte mit auffälligem roten Schriftzug hängen bleiben.

Parfümerie, schießt es Marie durch den Kopf, und sie wundert sich, dass ebendiese Einkaufstüte hier so deplatziert auf sie wirkt. Hat er eine Frau? Oder einen Mann? Plötzlich findet sie es seltsam, dass sie sich in den zwei Jahren der Therapie noch nie gefragt hat, wie er privat lebt. Dabei will er doch so viel von ihr wissen. Im gleichen Moment findet Marie diese Zwiesprache absurd.

Er ist bloß dein Therapeut! Er muss dich nicht interessieren.

»Ja, was hätten Sie denen denn sagen wollen?«

Arne Steffens' Frage beendet ihren inneren Dialog.

»Wie?« Marie starrt ihn unverständlich an. »Können Sie mir mal bitte erklären, was Sie nun von mir hören wollen?«

»Ich glaub, Sie wissen, was ich meine.«

Er macht eine kleine Pause, blickt dabei erst auf seine rechte Hand, dann schaut er sie an und sagt: »Nein, ich bin mir sicher, das wissen Sie.«

Marie hört sich schwer atmen und beobachtet ihre Finger, wie sie sich in die Armlehnen des Sessels zu bohren versuchen.

»Ich ... ich habe dieses Mädchen, Leonie, vor ein paar Tagen ... Paulinchen genannt. Sie stand mir im Klassenraum gegenüber und erwartete von mir, dass ich ihr etwas über ein von ihr verfasstes Gedicht sage. Doch ich konnte ... ich wollte nicht. Sie schimpfte und schrie mich an, dass ich sie sehr wohl verstehen würde. Dann lief sie weg. Am nächsten Tag – mir war unwohl, und ich ging daher nicht zum Dienst – stand sie vor meiner Tür. Sie sagte, sie mache sich Sorgen um mich und ob sie hereinkommen dürfe. Ich verneinte, sagte ihr, dass es mir schon wieder besser gehen würde, und schickte sie nach Hause.«

Marie stockt und spürt plötzlich, wie ihr Tränen über die Wangen laufen. Beinahe verwundert tasten ihre Hände übers Gesicht.

Arne Steffens räuspert sich, greift zu den Papiertaschentüchern auf dem Tisch und reicht sie Marie herüber.

»Und seitdem ist Leonie verschwunden«, stellt der Therapeut fest, während Marie sich die Nase putzt.

»Ja«, antwortet sie knapp.

»Und Sie fühlen sich schuldig.«

Marie nickt.

»Ich glaube zu verstehen. Ihre Schülerin Leonie scheint etwas in Ihnen auszulösen, was im direkten Zusammenhang mit Ihrer jüngeren, verstorbenen Schwester Pauline steht. Möchten Sie über den Inhalt des von Leonie verfassten Gedichts sprechen?«

Marie schüttelt den Kopf.

»Nun«, Arne Steffens verschränkt die Arme über der Brust, »das ist schade. Vielleicht denken Sie noch einmal darüber nach und bringen es bei der nächsten Sitzung mit. Eventuell liegt ja in den Zeilen des Gedichtes irgendwo ein Schlüssel, der Sie, uns, weiterbringt. Aber gut, wenn Sie noch nicht so weit sind, es sich näher anschauen zu können, warten wir halt noch etwas damit. Ich möchte Ihnen aber gerne schon mal etwas mit auf den Weg geben: Die Geschichte des Mädchens, und sollte sie auch noch so frappierende Ähnlichkeiten mit der Ihren aufweisen, so ist sie dennoch nicht Ihre Geschichte. Was sich gleich anhören mag, ist noch lange nicht gleich!«

Sein Tonfall ist ernst und bestimmend.

»Behalten Sie sich das: Gleiches ist nicht gleich!«

Marie nickt, erhebt sich aus dem Sessel und schaut Arne Steffens kurz in die Augen. Er hält ihr die Hand hin, die Marie ignoriert. Stattdessen greift sie in ihre Manteltasche.

»Hier«, sagt sie leise und reicht dem Therapeuten einen Briefumschlag. »Ich hab es für Sie abgeschrieben.«

Sie bemerkt, dass er etwas erwidern will, und schüttelt den Kopf.

»Nein, ich will nicht darüber reden – nicht jetzt!«

Dann sagt sie mit fester Stimme: »Danke! Ich weiß jetzt, was ich zu tun habe!«

Ja, ich werde sie suchen, denkt Marie beim Verlassen der Praxis.

16

»Hey Alter, dein Nervenkostüm hat aber 'ne Menge Löcher! Solltest du bei Gelegenheit mal was dran machen.«

Pierre fährt herum und sieht Golem vor sich, der ihn breit angrinst und belustigt fixiert.

Unvermittelt stürmt Pierre auf ihn zu, sein rechter Arm schießt vor, seine Finger krallen sich blitzschnell in Golems Jackenkragen fest. Mit Wucht zieht Pierre seinen Freund zu sich heran, während er die geballte Linke knapp vor Golems Gesicht abstoppt.

»Arschloch! Mach das nie wieder! Hast du verstanden? Nie wieder!«, zischt er ihn an.

Für einen kurzen Moment verharren die beiden Freunde in dieser Position. Pierre glaubt eine Mischung aus Angst und Wut in Golems Augen zu erkennen. Sekunden vergehen, dann löst er seine Finger vom Kragen und lässt seine Faust sinken.

Pierre dreht Golem den Rücken zu.

»Haste Kippen dabei?«, fragt er mit heiserer Stimme.

Mit dem Handrücken klopft Golem auf Pierres Oberarm und hält ihm wortlos die Schachtel hin. Pierre dreht sich herum und blickt seinem Freund wieder in die Augen. Keine Wut mehr. Er nickt, greift zu und zieht zwei Zigaretten heraus. Er steckt sich beide in den Mund, holt sein Feuerzeug aus der Hosentasche und zündet sie an. Schweigend reicht er seinem Freund eine. Beide rauchen. Pierre merkt, wie stark seine Hände zittern, und er inhaliert tief … wartet, dass der Rauch ihn beruhigt. Schließlich:

»Was hast du?«

»Ein Kiosk«, antwortet Golem knapp.

»Und wo?«

»Dasselstraße. Gegenüber den Bahngleisen. Hat neu aufgemacht. Die Lage ist ideal, alle zwanzig Minuten rattert da ein Zug vorbei, wenn die Bahn mal keine Verspätung hat. Und außer den

Studententypen, die da ihre Partys feiern, und den paar harmlosen Spinnern auf der Straße ist es recht ruhig in der Umgebung. Also keine Konkurrenz, die uns in die Quere kommen könnte. Vor allem an einem Dienstag, da gehen in dieser Straße schon früh die Lichter aus.«

Golem grinst schief. Pierre nickt.

»Klingt machbar«, sagt er und muss ebenfalls grinsen. »Und wann können wir da rein?«

»Der Typ macht in der Woche um Mitternacht die Schotten dicht. Ich hab mir das angeguckt. Der wohnt woanders und fährt mit seinem Auto, so 'nem alten Benz, den er, wenn's geht, vor dem Laden parkt, weg und kommt auch nicht mehr zurück.«

»Und was brauchen wir an Werkzeug?«

Golem schnippt seine Zigarette an Pierre vorbei in den Kanal. »Das Übliche«, antwortet er und zeigt dabei auf seinen Roller, der in Sichtweite auf der anderen Straßenseite hochgebockt steht. Golem blickt in Pierres Gesicht, der ihn skeptisch anschaut. »Hey, ich habe für alles gesorgt. Tarantula, ich bin's – dein bester und einziger Blutsbruder. Entspann dich, alles wird gut!«

»Machst du dir eigentlich keinen Kopp um Beastie?«

Seine Frage scheint Golem zu irritieren, denn er reißt verwundert die Augen auf, antwortet jedoch nicht. Pierre fröstelt es – es liegt nicht an der Kälte.

Schließlich: »Haben wir schon Abnehmer für die Kippen und den Alk? Ich brauch das Geld ganz schnell!«

Golem atmet tief durch, um dann lächelnd zu antworten: »Ja klar! Auch das habe ich bereits für uns abgeklärt. Der alte Zopf-Gerd nimmt uns wieder die ganze Chose für 'nen fairen Preis ab. Er vertickt das Zeug an die Zigeuner … oder an wen auch immer. Kann uns ja egal sein. Hauptsache, wir kriegen die Kohle sofort und auf die Hand. Also los, Alter, lass uns zum Barbarossaplatz fahren. Dort stellen wir unsere Roller ab, und den Rest gehen wir zu Fuß. Ich hab dir auch einen Rucksack mitgebracht.«

Pierre nickt. Golem hat mal wieder an alles gedacht. Und

klar, es wäre doch ziemlich unclever, mit den Kisten direkt vor dem Laden zu parken, trotz der harmlosen Gegend. Bullen gibt's schließlich überall.

Barbarossaplatz. Das Kreischen der Straßenbahnbremsen bohrt sich schmerzhaft in seinen Schädel. Es zwingt ihn dazu, seine Hände schützend auf die Ohren zu pressen.

»Fuck!« Seinem Fluch gelingt es nicht, den Lärm der einfahrenden Bahn zu übertönen. Wütend beobachtet er, wie sich die Türen der Linie 16 öffnen und sich die Massen ins Freie drücken. Angewidert bleibt er stehen und versucht, eines dieser Gesichter zu stellen, indem er es fixiert. Er wartet nur darauf, dass irgendjemand seinen Blick aufgreift, dass ihn jemand provoziert – ihn ansieht oder vielleicht sogar angrinst. Aber nein, von denen tut ihm keiner den Gefallen.

Er spürt mal wieder diesen unbändigen Hass in sich aufsteigen. Unkontrollierbar und drangvoll. Er kann nichts dagegen tun. Nein, er hat keine Ahnung, woher es kommt, dieses Gefühl, das ihn dazu bringt, alles um ihn herum anzuschreien, anzugreifen. Seine Brutalität erschreckt ihn, doch weiß er nicht, wie er sie beherrschen soll. Es ist beinahe so, als würde eine fremde Macht sich seiner bemächtigen. Irgendwas legt plötzlich den Schalter in seinem Hirn um, und er muss prügeln. Dann fühlt er sich innerlich befreit.

»Du musst das in den Griff kriegen«, hatte der Sozifuzzi zu ihm gesagt und was von Anti-Aggressions-Training gelabert. Pierre hatte genickt.

»Feige Studies!«, zischt er und spuckt vor sich auf den Boden. Er hasst diese Typen. Sie glotzen auf ihn herab, von oben. Glauben, dazu das Recht zu haben. Oh, nicht offen, dazu fehlt ihnen der Mut. Nein, aber sobald er ihnen den Rücken zuwendet, quatschen sie über ihn. Diese schlauen Arschlöcher, mit ihren schlauen Arschlochgesichtern. Kommen von überallher und studieren sich blöd – und das in seiner Stadt.

Die denken wirklich, sie seien etwas Besseres als er, bloß weil sie Mama und Papa haben, die ihnen das Studieren bezahlen und ihnen obendrein noch alles andere in den Hintern blasen. Die haben doch gar keine Ahnung vom wahren Leben. Und in ein paar Jahren sind das hier alles Anwälte und Banker und verdienen sich noch blöder.

Golem schaut ihn fragend an.

»Hey Tarantula! Was ist mit dir? Hast du was an den Ohren?«

»Scheiße, nein! Ich hab nur Hunger!«

Golem zieht die Augenbrauen hoch, und sein Gesicht hellt sich auf.

»Sag das doch gleich!«, ruft er und deutet mit seiner Hand auf die gegenüberliegende Straßenseite.

»Lass uns zum Mäcces rübergehen. Ich hab noch einen Zehner in der Tasche, der dürfte ja wohl für Pommes und Burger reichen. Oder willste lieber ins ›Ferkulum‹?«

»Nee, Burger ist schon okay!«

Es ist bereits kurz nach ein Uhr, als die beiden Freunde in die nur spärlich beleuchtete Dasselstraße einbiegen. Der Himmel ist wolkenverhangen, milchig grau, es ist kalt, und in der Luft liegt Schneegeruch.

Pierre verflucht innerlich den Tag, an dem er geboren wurde. Und das tut er in letzter Zeit häufiger.

Er kann jetzt nicht genau sagen, ob sein Zittern der Kälte oder der Nervosität geschuldet ist. Verstohlen blickt er zur Seite – Golem scheint die Seelenruhe selbst zu sein, keine Anzeichen von Angst, weder auf seiner Miene noch in seinen Gesten. Pierre kann Angst erkennen, schon von Weitem. Schon am Gang sieht er, ob jemand Angst hat. Auch die Augen verraten Angst. Augen können ihn nicht belügen. Ebenso wenig wie Körpergeruch. Ja, Angst stinkt, und Pierre kennt diesen Geruch. Kennt ihn nur zu gut.

»Hey Tarantula!« Golems Stimme reißt ihn aus seinen Gedanken. »Was ist los? Du bist so still! Es ist alles cool, mein Bruder! Wir ziehen jetzt das Ding durch und fertig. Sieh doch, wie ich gesagt habe, die Straße ist leer. Kein Schwanz zu sehen! Alles total friedlich hier.«

Golem lacht. »Bis jetzt! Denn jetzt sind wir ja da.«

Er schlägt Pierre auf die Schulter und zwinkert ihm zu.

»Du kannst dich auf deinen Bruder verlassen, das weißt du doch! Oder?«

Pierre schweigt, er hat jetzt keine Lust auf diese Art von Unterhaltung.

Golem stellt sich ihm plötzlich in den Weg, seine Augen suchen Pierres Augen.

»Das weißt du doch!«, wiederholt er, nur diesmal eine Spur schärfer. »Oder etwa nicht? Shit, was ist mit dir? Wieso vertraust du mir nicht mehr? Wir sind doch noch immer Brüder, oder etwa nicht? Blutsbrüder!«

»Ja, Mann, wir sind Blutsbrüder!«, entgegnet Pierre, und er spürt, wie sein Mund trocken wird, während er nach den passenden Worten sucht. Er kennt seinen Freund und weiß, wie schnell Golem mit den Fäusten sein kann. Wie unbeherrscht er sein kann. Und Pierre hofft, dass ihn sein Schweiß nicht verrät. Nein, er ist jetzt nicht in der Verfassung, sich zu schlagen.

»Aber ich bin einfach … einfach ziemlich genervt«, sagt er schließlich. »Die Sache mit Beastie hätten wir so nicht machen dürfen, wir …«

Golem verschränkt die Arme vor der Brust und unterbricht ihn:

»Du hast Schiss, Alter«, sagt er monoton und mit provozierendem Blick. Und er wartet, wartet auf Pierres Reaktion.

»Ja, du hast recht!«, krächzt Pierre. »Ich habe Schiss! Und?«

Er atmet tief durch und fährt dann fort: »Hast du eine Schlägerei vor? Hier und jetzt? Kannst du haben!«

Golem steht nur da, still, und Pierre sieht förmlich, wie es im Hirn seines Gegenübers arbeitet, sieht, wie sich seine Kiefermuskeln kreisförmig bewegen, so als ob er Kaugummi kauen würde, und er spürt, wie sich seine eigene Anspannung Sekunde um Sekunde erhöht. Pierre erwartet jeden Moment den Angriff. Doch da pfeift Golem leise durch die Zähne.

»Hey Tarantula«, seine Stimme klingt beschwörend, während er beide Hände hebt, »ich will mich doch nicht mit dir schlagen. Was denkst du von mir? Du bist mein Blutsbruder! Und … und klar darf man auch mal Schiss haben.«

17

Der Blick auf die Uhr sagt ihm, dass es mal wieder spät geworden ist, aber was soll er machen, er kann jetzt noch nicht nach Hause. Sie hat ja keine Ahnung, in welcher Gefahr sie sich befindet, was wahrscheinlich sogar besser ist.

Marie ist zurzeit in keiner so guten Verfassung, das spürt er, und jedwede Aufregung würde ihren Zustand verschlimmern. Sie ist schwach, und sie ist eine Gefahr für sich selbst. Und sie ist Opfer. Und Täter spüren Opfer auf, werden von ihnen magisch angezogen.

Er schaut hoch zum ersten Stock, zu ihrem Schlafzimmerfenster, und immer noch brennt hinter den Vorhängen Licht. Ja, nach außen tut sie immer so unabhängig, so arrogant, ja, und das muss man sagen: Sie wirkt nicht selten überheblich. Doch er weiß, das ist alles nur Fassade. Oh ja, er kennt ihre hin und wieder schroffe Art, mit Menschen umzugehen, sie von sich wegzustoßen. Und ja, auch mit ihm geht sie zuweilen … aber darüber sieht er hinweg … Auch wenn sie ihn mit ihrer herablassenden Art verletzt. Auch wenn sie ihn damit zu erniedrigen versucht. Manchmal würde er ihr schon gerne … Seine Hände ballen sich zu Fäusten, und ein raues Stöhnen dringt über seine Lippen.

Rasch geht er auf das Haus zu, geht zur Eingangstür. Seine Hand schnellt aus der Jackentasche und umschließt die Türklinke. Er fühlt die Kälte des Metalls. Ein kurzer Druck dagegen, dann zieht sich seine Hand wieder in die Jacke zurück.

»Gut so«, flüstert er und dreht sich um. Von hier kommt niemand ins Haus rein. Einen Augenblick bleibt er mit dem Rücken an der Tür gelehnt stehen.

Gedankenverloren starrt er zur Straße. Sie liegt verlassen, selbst in dem roten Backsteinhaus ist alles still. Erste Schneeflocken fallen vereinzelt zu Boden, doch das registriert er nicht. Mechanisch ertasten seine Finger die Schachtel in seiner Jackentasche.

Ohne seinen Blick abzuwenden, holt er eine Zigarette heraus, steckt sie sich in den Mund und zündet sie an. Er sieht den kleinen Jungen, wie er aufrecht in seinem Kinderbettchen sitzt. Er blinzelt ängstlich.

»Du bist so schwach. Ich frage mich ernsthaft, ob ich es war, der den Schoß deiner Mutter befruchtet hat.«

Klar und deutlich hört er die Stimme, doch kann er nur die Umrisse des Mannes erkennen. Das Gesicht liegt im Schatten des Mondes, dessen heller Schein durch den Spalt im Vorhang auf den Jungen fällt.

Jetzt greifen große Hände nach dem wimmernden Kind, packen es an den Armen und ziehen es hoch. Überdeutlich ist der dunkle Fleck vorne auf der Schlafanzughose zu sehen.

»Jetzt besudelst du dich auch noch wie ein räudiger Hund. Ich schäme mich für dich, mein Sohn!«

Wieder dieser Würgreiz, doch lässt er zumindest die Bilder verschwinden. Er beugt sich vornüber und spuckt aus. Sein Hals ist rau und trocken. Mit dem Handrücken wischt er sich über den Mund und stellt sich auf. In diesem Augenblick hat er jegliches Zeitgefühl verloren und weiß nicht, wie lange er schon hier vor ihrem Haus steht.

Der Schlüssel passt. Er steckt bereits im Schloss, er muss ihn bloß noch herumdrehen. Wenn sie keine Kette vorgelegt hat, kann er ihr in ein paar Minuten ganz nah sein. Dieser Gedanke lässt ihn erschaudern, und eine heiße Woge der Erregung durchströmt seinen Körper.

Regungslos steht er da, Daumen und Zeigefinger am Schlüssel, genießt er das Innehalten.

Deutlich vernimmt er den eigenen Atem, der stoßweise aus seinem geöffneten Mund kommt. So weit hat er sich noch nie vorgewagt. Ein wenig ist er über sich selbst verblüfft. Über seine Kühnheit, seinen Mut. Ein unbestimmtes Gefühl sagt ihm, dass es heute sein wird. Die Sehnsucht bemächtigt sich seiner. Es gelingt ihm nicht, das Zittern, das seinen Körper erfasst, zu kontrollieren. Doch er zwingt sich zur Ruhe, lenkt sich ab, indem er sich zweimal hart ohrfeigt. Der Schmerz erreicht ihn nicht sofort, dann aber wird er schnell zu einem heftigen Brennen. Automatisch streicht er sich über die glühenden Wangen. Ein zufriedenes Grunzen begleitet das Gefühl.

»Ziel erreicht«, flüstert er leise, »Blockade gelöst, die Lebensenergie kann wieder frei fließen.«

War es Zufall gewesen, dass sie ihren Schlüsselbund hatte liegen gelassen?

Wollte sie, dass er die Gelegenheit nutzt, sich einen Zweitschlüssel anfertigen zu lassen? Ein Dreh nach rechts. Klack! Warten.

Ein weiterer Dreh nach rechts. Klack. Gleichzeitig legt er seine linke Hand auf die schmiedeeiserne Türklinke. Wieder warten.

Er hört seinen Herzschlag. Die Hand drückt sich nach unten, langsam, und er spürt einen leichten Widerstand. Sollte sie die Sicherungskette benutzt haben, wird er nicht ins Haus kommen. Dann wird er es akzeptieren.

Es wäre ein klares Zeichen, dass sie nichts von ihm will. Noch nicht.

Ein Spiel. Sie bestimmt das Tempo. Noch zögert er. Nein, er wird es akzeptieren, wird keine Gewalt anwenden.

Seine Zunge fährt ein paarmal nervös über die Unterlippe.

Wenn es so wäre, würde er nach Hause fahren und vielleicht noch mal alles überdenken. Dabei ist er schon alles durchgegangen. Oh, sie kann ihm nicht vorwerfen, er sei planlos, ein unverantwortlicher Phantast. Er ist gut vorbereitet, kann jederzeit mit ihr verschwinden. Die Koffer sind gepackt, Marie! Er schmunzelt. Du wirst stolz auf mich sein!

Doch sie bestimmt das Tempo. Darauf bedacht, kein Geräusch zu verursachen, erhöht er das Gewicht seiner linken Hand und drückt mit der rechten behutsam gegen die Tür. Fast wie von selbst öffnet sie sich, und sogleich fühlt er die angenehm warme Luft, die sich schmeichelnd auf sein Gesicht legt. Die Tränen, die ihm über die Wangen laufen, ignoriert er, und er beeilt sich, ins Haus zu kommen.

Lautlos schließt er die Tür hinter sich und bleibt dann stehen.

Konzentriert versucht er, alle Eindrücke, die in diesem Moment auf ihn einströmen, aufzunehmen.

Begierig zieht er den Geruch des Hauses in sich ein. Er glaubt, ihr Parfüm auf der Zunge zu schmecken, und wieder überkommt ihn eine Welle der Euphorie und der Erregung, nur diesmal um einiges stärker und intensiver. Ja, er ist nach Hause gekommen! Da wo sie ist, ist sein Zuhause. Wo sie liegt, da will auch er liegen – will sie endlich, endlich spüren …

Seine Augen benötigen Zeit, um sich an die Dunkelheit zu gewöhnen. Der fahle Mondschein, der durch die breite Fensterfront des Wohnzimmers in den Hausflur fällt, hilft ihm, seine Umgebung schemenhaft zu erkennen.

Noch etwas unsicher setzt er einen Fuß vor den anderen, steht schließlich vor dem Treppenaufgang. Die Finger seiner Linken umschließen den Handlauf, und er zieht sich vorsichtig hoch. Das Knarren der Treppenstufen überrascht ihn, und er verharrt für einen Moment auf der Stelle. Doch das Geräusch verhallt anscheinend ungehört, denn es bleibt still im Haus. Den Kopf in den Nacken gelegt, setzt er seinen Weg nach oben fort.

Ob sie ihn kommen hört? Wartet sie womöglich schon auf ihn? Was wird sie sagen? Was wird er antworten?

Schweißperlen treten auf seine Stirn, vervielfachen sich und laufen ihm in die Augen. Es brennt höllisch, doch er unterdrückt einen Fluch. Seine Hand sucht in seiner Hosentasche nach einem Taschentuch, findet es und zieht es heraus. Irgendetwas rutscht mit, fällt. Das Geräusch beim Aufprall des Haustürschlüssels auf der Holzstufe unter ihm hallt durch die nächtliche Stille des Hauses. Er glaubt, sein Herz würde in diesem Moment aufhören zu schlagen und dass seine Beine ihm augenblicklich ihre Dienste verweigern. Panisch krallt er sich mit beiden Händen am Geländer fest und kneift reflexartig die Augen zusammen. Unendlich lange Sekunden später begreift sein Verstand, dass auch dieses Geräusch folgenlos bleiben wird.

Er bückt sich, und seine Finger bewegen sich zittrig über das

Holz der Treppenstufe und ertasten schließlich den Schlüssel. Er stellt sich auf, sein Rücken schmerzt, und er ist erschöpft.

Die Vernunft sagt ihm, es wäre besser, jetzt zu gehen. Umzukehren. Es nicht bis zum Äußersten zu treiben.

Du musst jetzt zu ihr, schreit die Stimme in ihm. Du kannst jetzt nicht einfach gehen, jetzt wo du ihr so nahe bist. Nur noch ein paar Schritte! Hörst du sie nicht atmen? Kannst du sie nicht riechen? Sie will, dass du zu ihr gehst. Sie braucht dich. Du kannst unmöglich gehen, ohne sie gesehen zu haben. Geh rauf zu ihr! Sei ihr nah! Geh rauf, geh rauf!

Er weiß nicht, wie er in ihr Schlafzimmer gekommen ist, und es ist ihm auch egal. Leise geht er auf das Fenster zu und zieht vorsichtig den Vorhang einen Spalt auf. Und wieder hilft der Schein des Mondes, seine Phantasie zu beflügeln. Sein Blick saugt sich an ihr fest, gleitet über sie, erahnt dabei den Körper, dessen Umriss sich unter der Decke abzeichnet, und ist berauscht von diesem Bild. Wie sie daliegt, einfach nur daliegt, ruhig und sanft, die Augen geschlossen.

Sie würde selbst im Tod nichts von ihrer Anziehungskraft verlieren. Er wendet seinen Kopf ein wenig zur Seite – die Leuchtziffern der Uhr zeigen zwei Uhr zwanzig.

18

»Wat glaubt ihr Jungs eigentlich, wen ihr vor euch habt?«

Was wie eine Frage klingt, ist keine. Und auch die darauf folgende bedarf keiner Antwort.

»Haltet ihr beiden mich fürs fucking Sozialamt?«

Der untersetzte Typ mit der ergrauten Pferdeschwanzfrisur schaut ihnen lauernd ins Gesicht. Seine stahlblauen Augen springen bedrohlich zwischen ihnen hin und her.

Pierre weiß, dass er sein Gegenüber nicht unterschätzen darf. Jeder, der es mal tat, tut es danach nie wieder. Es heißt, einige von ihnen hätten im Rhein so viel Wasser geschluckt, dass sie aufgedunsen und ziemlich tot Tage später als Titelbild auf dem »Express« erschienen seien. Natürlich alles nur Gerüchte. Wie auch immer, auf diese Art Publicity kann Pierre gut verzichten.

»Juut, Jungs«, fährt der Mann fort und wechselt, nachdem er festgestellt hat, dass seine kurze Ansprache den gewünschten Erfolg zeigt, in seinen berühmt-berüchtigten Sing-Sang-Plauderton. »Also, da isch euch Jungs juut leiden kann, jebe ich euch für den janzen Kladderadatsch vier große Scheine! Damit seid ihr juut bedient.«

Ohne eine Antwort abzuwarten, greift der Mann sich in die Gesäßtasche und zieht ein abgewetztes, prall gefülltes Portemonnaie hervor. Das Aufflackern in Golems Augen registriert er auf Anhieb.

»Nit dat de wat meinst, Kerlchen«, spottet er mit knurriger Stimme, und wie auf Stichwort wird der schmutzig graue Vorhang hinter ihm geräuschvoll beiseitegeschoben. Aus dem dahinterliegenden Zimmer tritt ein hünenhafter Mann, der mit auffallender Gelassenheit einen Baseballschläger betrachtet, den seine rechte Faust fest umschlossen hält.

»Und komm mir ja nit auf unjesunde Jedanken«, beendet der Hehler seine Warnung und grinst triumphierend.

Friss oder stirb!, schießt es Pierre durch den Kopf.

»Scheiße«, flucht er und schlägt mit der flachen Hand gegen einen Laternenmast. »Vierhundert Euro für gut dreißig Stangen Zigaretten und sechs Flaschen Whiskey. Das komplette Zeug ist mindestens das Vierfache wert. Und dafür das ganze Risiko und die Schlepperei! Von wegen fairer Preis! Dieses verfluchte Arschloch ...!«

»Mensch Alter, sei ruhig und lass uns von hier verschwinden«, flüstert Golem eingeschüchtert und zieht seinen Freund am Arm. »Der kann uns doch hören! Los komm, ich habe keine Lust auf diesen Baseball-Typen.«

Nur unwillig lässt sich Pierre mitziehen. Golem hat recht, das weiß er. Das Geschäft ist gelaufen. Jetzt auf Protest zu machen kommt einem Selbstmordversuch gleich. Und trotzdem ... irgendwann wird er es diesem Sack heimzahlen.

Pierre presst ein tiefes Heulen durch die geschlossenen Zähne angesichts des einsetzenden Schneefalls, der nun stärker wird. Die einzelnen Flocken scheinen sich bereits in der Luft zu einem dichten Teppich zu verweben. Mit staksigen Schritten und den Händen in der Hosentasche, bewegen sich die beiden Freunde wortlos durch die nächtliche Altstadt.

Es ist halb drei, und um diese Uhrzeit und bei diesem Wetter sind selbst rund um den Dom nur wenige Menschen unterwegs.

***

Golem und er hatten ihre Motorroller am Barbarossaplatz abgestellt, und dorthin müssen sie jetzt zurück. Pierre sprach sich gegen die Fahrt mit der KVB aus, zu viele Kontrolleure, zu viele Kameras, und so hatten sie nach dem Bruch in der Dasselstraße mit der schweren Beute zu Fuß zum Eigelstein gehen müssen.

Zopf-Gerd betreibt auf dieser berühmt-berüchtigten Straße eine Kneipe, oder besser: eine heruntergekommene Spelunke. Jedoch mehr als Tarnung und weniger, um mit dem Laden ernsthaft Geld verdienen zu wollen. Der Hehler hat seine Finger überall drin. Wodrin genau, will Pierre gar nicht wissen. Bei dem Gedanken an ihn und den abgezockten Deal spürt er, wie sich sein Magen zusammenzieht.

Verdammt, er hatte schon beinahe an den Erfolg der Aktion geglaubt. Die Kiosktür war keine ernsthafte Herausforderung, ja, es war fast zu einfach gewesen. Anscheinend hatte keiner was von dem Bruch mitgekriegt. Keine Streifenbullen, keine Nachbarn, keine Studies. Ja, sie waren schnell drin gewesen. Und zum Glück hatte es der Besitzer noch nicht geschafft, eine Alarmanlage einzubauen, die sie zu übertriebener Hast genötigt hätte. Alles cool gelaufen – bis auf diesen Sack!

Wie weit soll ihn denn die Hälfte des Hehlergeldes bringen? Zweihundert Euro! Ha, damit kommt er gerade mal aus der Stadt. Und dann? Wo soll er unterkommen? Und Leonie?

Unvermittelt spürt Pierre Golems harten Ellenbogen in seinen Rippen. Der Schmerz lässt ihn kurz aufstöhnen, und in Sekundenschnelle verwandelt sich sein Schreck in Wut.

»Hallo, hast du ’nen Knall?«, zischt er seinen Freund scharf an, der wie angewurzelt stehen bleibt und wortlos mit dem Kinn auf einen roten Zeitungskasten deutet. »Was?«, entfährt es Pierre, und nur widerwillig folgt er dem Blick seines Kumpels. Stumm überfliegt er die Schlagzeile und versteht sie nicht! Liest sie noch einmal und noch ein weiteres Mal. Liest jedes der Wörter einzeln, hält sich an dem Foto fest, doch ohne den Zusammenhang verstehen zu können. Vor Pierres Augen beginnen die Buchstaben zu tanzen, und ihm wird schlagartig übel. Golem greift seinen Arm, stützt ihn, verhindert, dass er einfach so wegkippt. Für einen Moment starrt Pierre mit leerem Blick seinen Freund an. Dann schüttelt er langsam den Kopf, und ein markerschütternder Schrei zerreißt die Stille.

»Neinnnn!«

Golem muss all seine Kräfte aufbringen, um Pierre zu halten. Ein Mann mit dicker Wollmütze, der sein Nachtlager auf der Hohe Straße vor dem Eingang eines Nobelschuhladens aufgeschlagen hat, fährt erschrocken hoch.

»Alter, mach die Augen zu und schlaf weiter!«, schmettert

Golem ihm schroff entgegen. Verstehend nickt der Obdachlose Golem zu, um sich sogleich mit einem Grunzen wieder hinzulegen.

Mit Tränen in den Augen windet sich Pierre aus der Umklammerung seines Freundes, geht zu dem Zeitungskasten und pocht mit dem Finger gegen das Klarsichtfenster.

»Ein verzweifelter Vater fragt: Wo ist unsere Leonie?«, steht da, in großer weißer Schrift auf rotem Grund, und daneben ein Bild von ihr, wie sie ernst in die Kamera schaut. Pierre kennt das Foto nicht. Hat es noch nie gesehen.

»Verdammt!«, presst er krächzend heraus und spuckt auf den Boden. »Verdammt!«, wiederholt er, reibt sich mit dem Ärmel seiner Jacke über den Mund, um dann mit erstickter Stimme fortzufahren. »Jetzt weiß ich auch, was die Bullen wollten, als sie Mom vom Sofa holten. Die waren nicht wegen Beastie bei mir, nee, die wollten von mir wissen, wo Leonie steckt. Und ich wette, die glauben, ich hätte was mit ihrem Verschwinden zu tun. Wie viel Scheiße kann man eigentlich am Arsch haben? Die werden mich jagen … bei so was, bei Entführung, kennen die Bullen kein Pardon. Ohne Frage, ich bin für die die erste Wahl! Das hat ihr Alter denen gesteckt, der hat Beziehungen, kennt alle Wichtigtuer. Der will mir da was anhängen, hundertpro. 'ne leichte Art, mich loszuwerden. Wahrscheinlich hat er … Aber das lass ich nicht mit mir machen! Der soll mich …«

»Is schon klar! Aber was wirst du jetzt tun?«, unterbricht Golem Pierres Redeschwall.

»Was wohl? Ich werde Leonie suchen! Verstehst du nicht? Wenn ihr was passiert ist, dann … dann knall ich mich vor 'nen Zug. Ich muss sie finden! Muss einfach! Ansonsten ist mein verschissenes Leben rein gar nichts mehr wert. Aber erst mal fahre ich zur Hütte und penn da. Nach Hause kann ich eh nicht mehr. Ich muss dringend schlafen, danach kann ich besser denken.«

»Hey Alter«, protestiert Golem, »in der Hütte ist es viel zu kalt. Da frierst du dir den Arsch ab. Komm besser mit nach Porz zu meiner Schwester. Da ist es zwar eng, aber warm.«

Pierre zuckt mit den Schultern, zögert, antwortet nicht. Sein

Blick streift ziellos über die Fensterfronten der Schildergasse. Überall in den Läden weihnachtet es sehr, auch wenn die Lichter in den Auslagen ausgeschaltet sind. Was ist, wenn Leonie etwas zugestoßen ist? Der Gedanke macht ihn rasend. Ich werde ihn töten! Ich werde ihren Alten mit meinen bloßen Händen umbringen. Langsam. Werde jede Sekunde dabei auskosten. Nicht die Bullen, nicht die Presse, nicht einer seiner ganzen Kontakte wird ihm dann noch nützen. Ich werde …

»Na, was ist jetzt?« Golems Stimme holt ihn zurück.

»Ich weiß nicht«, antwortet Pierre gedehnt und denkt dabei an das drei Monate alte Baby von Golems Schwester.

»Hach, hab dich nicht so. Ich bin sicher, dass da auch noch was im Kühlschrank auf uns wartet. Hast du gar keinen Hunger?«

»Scheiße, ja – ich hab Hunger. Und okay, ich komm mit. Aber ich muss in ein paar Stunden noch was Dringendes erledigen.«

Dieses Dringende ist ihm gerade erst in den Kopf geschossen. Eine Möglichkeit, noch ein paar Euro zu machen und vielleicht etwas zu erfahren.

Doch diese spontane Eingebung behält Pierre für sich.

19

Freitag, 14.12.

In der Nacht kam der Schnee. Sie wurde wach, kurz nach halb drei, und sie hatte die Flocken am Fenster stehend kommen sehen. Mit Freude hat Marie beobachtet, wie die ersten vereinzelt und kaum wahrnehmbar zu Boden fielen. Wie sie sich beinahe zaghaft niederließen, auf den Bäumen, auf den Sträuchern und schließlich auf dem Rasen. Wie sie zahlreicher wurden und allmählich alles um sie herum dicht bedeckten.

Sie hatte lange Zeit damit verbracht, aus dem Fenster zu starren, um sie willkommen zu heißen. Bis sie es nicht mehr aushielt, die Verandatür aufzog und mit nackten Füßen durch den Garten lief.

Der Morgen war grau, und auch jetzt, kurz vor zehn Uhr, ist der Himmel voller dunkler Wolken. Auf den Tischen des Lehrerzimmers liegen die aktuellen Ausgaben der Tageszeitungen.

»Hast du das gelesen?« Bettina Schwarz weist mit dem Kopf auf die aufgeschlagene Seite, während sie im Stehen den Kaffee in ihrer Hand umrührt.

»Nein, habe ich nicht«, antwortet sie knapp und versucht, an der korpulenten Frau vorbeizukommen. Doch die Kollegin stellt sich ihr in den Weg.

»Hast du nicht?«, hakt sie erstaunt nach. »Solltest du aber, schließlich ist sie deine Schülerin.«

Sie blickt Bettina Schwarz an. Beobachtet, wie sie den Löffel aus der Kaffeetasse zieht und ihn mit der Zunge ableckt. Angewidert drängt sie sich an ihr vorbei und geht auf einen der freien Plätze zu.

Die meisten ihrer Kollegen unterhalten sich stehend. Einige von ihnen lautstark, andere tuschelnd. Sie vermeidet den Blickkontakt, kann sich aber des Gefühls nicht erwehren, dass alle sie anstarren.

Mit der rechten Hand zieht sie den Stuhl zurück, lautlos,

setzt sich und stellt sich ihre Tasche auf den Schoß. Sie hat die Brotdose bereits hervorgeholt, da spürt sie, wie sich jemand hinter sie stellt. Und wie sich zwei Hände auf ihre Schultern legen. Augenblicklich zuckt sie zusammen, die Hände werden hochgerissen.

»Entschuldige«, hört sie die Stimme dicht an ihrem Ohr, »ich wollte dich nicht erschrecken.«

Das runde Gesicht von Tobias Binder beugt sich zu ihr runter.

»Darf ich?«

Ohne eine Antwort abzuwarten, setzt er sich neben sie.

»Die Kollegin Schwarz hat leider recht«, flüstert er, wiegt dabei den Kopf hin und her und schiebt sich noch ein Stück näher an sie heran. »Leonie Schmitke ist deine Schülerin. Und sie wird seit vier Tagen vermisst. Da wäre ein bisschen Anteilnahme und Interesse schon angebracht. Findest du nicht?«

Seine Wortwahl und sein Tonfall gefallen ihr nicht. Sie rückt von ihm ab, als er sich kurz wegdreht, um nach der Tageszeitung zu greifen.

Tobias Binder zieht die Augenbrauen hoch. »Du bist ganz schön arrogant, weißt du das?«, zischt er und legt ihr den aufgeschlagenen Artikel auf die Brotdose. »Hier! Ich würde es lesen«, sagt er halblaut, während er aufsteht. »Macht einen besseren Eindruck. Man könnte sonst glauben, du würdest dich nicht für deine Schüler interessieren. Wenn dir menschliche Empfindungen auch fremd sein mögen, tu jetzt wenigstens so, als ob du welche hättest.«

Ihr ist heiß. Sie hat das Gefühl, dass ihr Blut kocht und dass sie innerlich verbrennt. Am liebsten würde sie jetzt aufspringen und davonlaufen. Am liebsten würde sie schreien. Doch sie hat Angst, dass sie dann nicht mehr aufhören könnte zu schreien. Sie blickt auf. Niemand schaut zu ihr herüber. Sie schlägt die Augen nieder, blickt auf das Foto des Mädchens und zwingt sich dazu, den darunterstehenden Artikel zu lesen:

Wer hat Leonie Sch. gesehen?

15-Jährige wird vermisst
Polizei: Gesuchtes Mädchen kam nicht zu Hause an.

Köln. Seit letzten Mittwoch wird die 15-jährige Leonie Sch. vermisst. An diesem Tag verließ sie, laut Polizei, nach dem Unterricht ihre Schule in Köln-Chorweiler. Sie soll von dort aus zu ihrer Lehrerin nach Bergheim gefahren sein. Vermutlich hatte die Schülerin die Lehrerin wegen einer für sie schlecht ausgefallenen Klassenarbeit sprechen wollen. Nach einem klärenden Gespräch, so die Polizei, habe die Pädagogin die 15-Jährige nach Hause geschickt. Dort ist die Schülerin jedoch nicht angekommen.

Für die Polizei »deutet nichts darauf hin, dass das Mädchen Opfer einer Straftat geworden ist«, sagte eine Behördensprecherin. Auf Anfrage teilte sie mit, Leonie sei schon einmal im vergangenen Sommer nicht nach Hause gekommen. Die Ermittler fragen: »Wer hat Leonie nach dem 12. Dezember gesehen?«, und appellieren an das Mädchen, sich bei seinen Eltern, einer Jugendschutzstelle oder der Polizei zu melden.

Die 15-Jährige ist 1,60 Meter groß, schlank und trug eine olivgrüne Jacke mit Fleece-Innenfutter, einen grünen Pullover, eine verwaschene Jeans, schwarze Nylonstiefel und lila Handschuhe. Hinweise dazu unter 0204 120.

20

Sonntag, 16.12.

Marie umschließt die warme Tasse mit beiden Händen und beobachtet den korpulenten Mann dabei, wie er sich ihr gegenüber schnaufend in den weißen Ledersessel fallen lässt.

Sie kann seine Anspannung förmlich auf ihrer Haut spüren. Es ist nicht mehr viel übrig geblieben von dieser lässigen Überheblichkeit, mit der er sie noch vor einem halben Jahr gemustert hatte.

»Und Ihre Frau ist wo?«, fragt sie.

»In Kur«, antwortet Herr Schmitke einsilbig.

»Was sagt Ihre Frau zu Leonies Verschwinden?«

»Ich habe es ihr noch nicht gesagt.«

»Sie haben sie noch nicht informiert – ihre Tochter wird seit vier Tagen vermisst, und Sie …! Denken Sie nicht, dass Ihre Frau ein Recht darauf hat?«

»Meine Frau ist sehr labil«, fällt Schmitke Marie barsch ins Wort, »sie … sie ist depressiv, und ich will sie nicht beunruhigen. Was soll das für einen Sinn haben?, frage ich Sie. Sie kann hier nichts tun. Es wäre nichts gewonnen damit. Außer dass die Nachricht von Leonies Verschwinden ihren Genesungsprozess empfindlich stören würde. Ich habe mit ihrem behandelnden Arzt gesprochen und mir versichern lassen, dass man darauf achten wird, dass sie keinen Zugang zur Tagespresse hat. Wie gesagt: Ihr Genesungsprozess darf unter gar keinen Umständen gestört werden.«

»Genesungsprozess?«, wiederholt Marie erstaunt.

»Möchten Sie noch etwas Kaffee?«, fragt Schmitke ungeduldig und schaut ihr dabei in die Augen.

Der Ton seiner Stimme klingt in Maries Ohren wie die Aufforderung zu gehen.

Doch sie hält seinem Blick stand und bleibt auf ihrem Platz sitzen.

»Nein, vielen Dank«, antwortet sie. »Haben Sie eine Vorstellung, wo sich Ihre Tochter aufhalten könnte?«

»Das habe ich doch alles schon der Polizei gesagt. Jetzt kommen Sie daher und stellen mir die gleichen sinnlosen Fragen«, die Stimme des Mannes überschlägt sich. »Was geht es Sie überhaupt an? Kommen an einem Sonntag in mein Haus und führen sich auf … Sie sind bloß Leonies Lehrerin. Fällt das seit Neuem in Ihr Aufgabengebiet? Haben Sie keine eigenen Kinder, um die Sie sich sorgen können?«

Mit einer jähen, fahrigen Handbewegung fegt Schmitke seine vor ihm stehende Tasse vom schweren Steintisch. Sie fällt zu Boden und zerbricht.

Erschrocken fährt Marie zusammen, sieht verwundert dabei zu, wie schnell sich der beleibte Mann aus dem Sessel hievt, um eiligst aus dem Wohnzimmer zu gehen.

Marie schaut ihm nach, bis er fluchend in der Küche verschwindet. Dann richtet sie ihre Aufmerksamkeit auf den dunkelbraunen Fleck, der sich bereits auf dem hellen Teppich ausgebreitet hat.

Ob das wieder rausgeht?, schießt es ihr durch den Kopf.

Sie blickt sich um. An den Wänden hängen abstrakte Gemälde, und auf der Staffelei am Fenster erkennt sie eine fast fertige Seidenmalerei, deren Figuren sie ein wenig an die Werke von Keith Haring denken lässt.

»Ein Hobby meiner Frau«, sagt Schmitke beiläufig und mit bebender Stimme, während er ein feuchtes Tuch auf den Kaffeefleck legt. »Und sie wird sich aufregen, wenn sie das hier sieht.«

Marie beobachtet ihn, wie er sich hochstemmt und mit hochrotem Kopf seinen Platz wieder einnimmt.

»Es tut mir leid, wenn ich Sie erschreckt haben sollte, aber Sie regen mich auf!«, erklärt er kurzatmig. Er schnauft und schließt kurz die Augen. »Ich weiß nicht, wo Leonie sich gerade aufhält«, fährt er schließlich fort. »Ich habe keine Ahnung, wo sie sein könnte. Sie ist ohne erkennbaren Grund einfach abgehauen. Letzten Sommer ist sie schon mal für eine Woche weggeblieben und hat uns nie gesagt, wo sie untergekommen war. Und auf die Frage, warum sie abgehauen ist, hat sie geantwortet, dass sie das Ganze hier nicht mehr ausgehalten habe. Und wenn sich hier nichts ändern würde, wolle sie in ein Internat. Aber ich lass mich doch von einem kleinen Mädchen nicht erpressen. Internat! So eine spinnerte Idee!«

»Haben Sie versucht, Ihre Tochter anzurufen?«

»Sie hat ihr Handy nicht mit. Daher kann auch die Polizei sie nicht orten.«

»Sie hat ihr Handy nicht mitgenommen? Finden Sie das nicht merkwürdig? Sie ist ein Teenager, ohne Handy fühlen sich Teenager heutzutage … unvollständig.«

Schmitke winkt ab und zündet sich eine Zigarette an.

»Ich habe es ihr abgenommen«, antwortet er.

Marie zuckt fragend mit den Schultern.

»Weil sie ständig SMS von diesem … Versager erhalten hat.«

»Sie meinen den Jungen, den Sie zusammengeschlagen haben. Ich habe Sie gesehen, Herr Schmitke. Hier direkt gegenüber, auf dem Supermarktparkplatz, haben Sie ihn –«

»Genug!«, unterbricht der Mann Marie erneut und schlägt mit der flachen Hand auf den Tisch.

Das Geräusch, das von dem mächtigen Schlag ausgeht, dröhnt ihr empfindlich in den Ohren. Sie beobachtet, wie sich Schmitke seinen Handballen reibt, der jetzt eine deutliche, stark rötliche Verfärbung annimmt.

»Mein Gott«, ruft er laut, »meine Tochter ist irgendwo da draußen, wer weiß, ob sie überhaupt noch … und Sie führen sich hier auf wie die Heilige Inquisition!«

»Ich hab gesehen, was Sie mit dem Jungen gemacht haben«, hält ihm Marie mit fester Stimme entgegen.

»Ach, was wollen Sie schon gesehen haben? Ich habe diesem Dreckskerl eine Lektion erteilt. Das ist alles.«

»Sie haben blindlings auf den am Boden liegenden Jungen eingetreten. Sie hätten ihn umbringen können!«

Bevor Schmitke antwortet, winkt er ab und zündet sich erneut eine Zigarette an.

»Der Dreckskerl hat sich hier rumgetrieben«, erklärt er unwirsch und zieht den Rauch tief ein, um ihn sogleich wieder aus den Nasenflügeln entweichen zu lassen. »Der wollte Leonie vorm

Haus abfangen, das habe ich nur verhindert, und das ist wohl nicht nur mein gutes Recht, sondern auch meine Pflicht. Immerhin ist unsere Tochter noch minderjährig.«

»Sie haben ihn zusammengeschlagen. Zusammengetreten«, beharrt Marie.

»Und wenn schon, ich habe sie bloß beschützt.«

»Er ist der Freund Ihrer Tochter.«

»Wer sagt das?«

»Leonies Klassenkameraden.«

Schmitke blickt auf. Er schaut Marie direkt in die Augen. In seinem Blick liegt Verachtung, und Marie spürt, wie sich alles in ihr anspannt.

»Was reden Sie da? Meine Leonie hat nichts mit ihm. Sie will nichts von diesem Versager. Rein gar nichts. Er hat sich vor unserem Haus auf die Lauer gelegt, dieser Dreckskerl. Er wollte Leonie entführen. Wollte sie zu Handlungen zwingen, die sie niemals mit ihm tun wollte. Mit seinen dreckigen Fingern … Aber dem habe ich es gezeigt. Der wird sich nie wieder in die Nähe meiner Tochter trauen. Nie wieder! Mein kleines Püppchen. Ich lasse es nicht zu, dass irgendein dahergelaufener Schwachkopf sich an meiner Tochter vergeht.«

»Herr Schmitke, warum will Ihre Tochter nicht mehr bei Ihnen wohnen?«

»Dieser Dreckskerl«, keucht er und knetet sich dabei die Hände, »dieser Dreckskerl. Ich habe ihm gesagt, dass ich ihn umbringen werde, wenn er Leonie …«

Der Mann bricht ab, und ein heftiges Schluchzen lässt den massigen Körper erzittern.

»Herr Schmitke«, Maries Stimme ist klar und fest, »Ihre Tochter hat mir ein selbst verfasstes Gedicht gegeben, kurz bevor sie verschwand. Sie wollte, dass ich es lese. Ich glaube, in diesem Gedicht geht es um Missbrauch. Missbrauch im Elternhaus. Haben Sie Ihre Tochter missbraucht, Herr Schmitke?«

Marie sitzt in ihrem Auto, gegenüber von Schmitkes Haus. Sie fährt sich mit der Hand übers Gesicht. Ihre Stirn ist kühl und feucht. Sie zittert. Komm, komm wieder runter! So leicht lässt du dich doch nicht in die Knie zwingen. Du hattest ihn fast so weit. Los, atme tief durch … Er wird dir nichts tun können, dazu ist er viel zu schwach. Du bist ihm überlegen, bist stärker als er. Atme tief durch. Atme tief.

Als das Zittern endlich nachlässt, greift Marie in ihre Handtasche, sucht und findet das Handy und wählt seine Nummer.

»Hallo Herr Steffens, entschuldigen Sie, dass ich Sie an einem Sonntag anrufe, aber ich denke, es wird Sie interessieren«, spricht sie in das Telefon und kommt sofort zur Sache: »Ich war bei Leonies Vater und habe ihn mit dem Gedicht konfrontiert. Habe ihn direkt gefragt, ob er sich an seiner Tochter vergeht. … Wie er reagiert hat? Ha, er hat mich rausgeschmissen … Nein, ohne körperliche Gewalt. Geschrien hat er, das hat ausgereicht. Er hat mir gedroht, von wegen Verleumdung. Er hat sogar gesagt, er wisse, wo ich wohne. … Ja, mir ist klar, dass Sie das nicht gut finden. … Ja, ich weiß, Sie sorgen sich um mich, aber ich kann schon auf mich aufpassen. … Nein, ich habe keine echten Beweise, aber glauben Sie mir, mein Gefühl täuscht mich nicht. Und es kann durchaus sein, dass der feine Herr Schmitke auch etwas mit dem Verschwinden seiner Tochter zu tun hat. Was? … Nein, seine Frau ist in Kur. Und er hat ihr nichts von all dem erzählt. Nein, er hat ihr nichts von Leonies Verschwinden gesagt … angeblich, weil er sie nicht beunruhigen wollte. … Ja, sie ist laut Schmitke depressiv. Aber das ist doch mehr als merkwürdig, finden Sie nicht? Sie ist die Mutter! … Mit dem Gedicht zur Polizei gehen? Ja, vielleicht … ich denk drüber nach … Das ist es doch nicht! Nein, ich versuche keineswegs, Polizei zu spielen … lassen Sie mich ausreden … es geht bei dieser Sache auch um mich, außerdem ist sie meine Schülerin. … Richtig, Herr Steffens, Gleiches ist nicht gleich, habe ich behalten. Ich fahre jetzt nach Hause. … Ja, ich melde mich. Ansonsten bis nächste Woche.«

21

Das Garagentor schließt sich hinter ihr. Der Schnee, der in der vergangenen Nacht gefallen war, ist liegen geblieben und dämpft nun die Geräusche ihrer Schritte. Am Himmel jagen Scharen grauschwarzer Wolken über das Haus hinweg, die sich vor dem blauen Hintergrund zu immer neuen Formen verdrehen.

Im schwachen Schein der Straßenlaterne bemerkt sie die Fußspuren, die einmal zum Eingang hin- und wieder zurückführen. Abrupt bleibt sie stehen und dreht sich um. Ihre Augen verengen sich, suchen die nähere Umgebung ab, doch die Winterdämmerung gibt nur die schemenhaften Umrisse der drei gegenüberstehenden Bäume preis. Automatisch wandert Maries Blick zu dem roten Backsteinhaus hinüber. Kein Licht. Sie schaut auf die Uhr: kurz nach zehn, die gute Seele scheint schon zu schlafen.

Zögernd verharrt sie auf der Stelle. Außer ihrem Herzschlag hört sie nichts. Von unten spürt sie mit einem Mal die Kälte in sich hochsteigen. Sie schüttelt sich. Dann verzieht sie die Mundwinkel.

»Der Briefträger!«, entfährt es ihr halblaut. Mit schnellen Schritten geht sie auf das Haus zu, den Schlüssel bereits in der Hand. Der Schatten, den sie aus dem Augenwinkel plötzlich, jedoch zu spät wahrnimmt, schießt seitlich auf sie zu. Sein Körper presst sie brutal gegen die Haustür. Unfähig, sich zu bewegen oder zu schreien, fühlt sie, wie die Spitze eines kalten, metallischen Gegenstands droht, sich durch die Haut ihres Halses zu bohren.

»Keinen Laut«, keucht die Stimme hinter ihr, »sonst steche ich dich ab. Ich schwör's dir, ich stech dich ab!«

Die Stimme überschlägt sich.

»Los, los! Schließ endlich die verdammte Tür auf!«

Maries Hand zittert. Die Finger halten den Schlüssel krampfhaft fest, versuchen, ihn zum Schloss zu führen. Strengen sich an, ihn in den Zylinder zu stecken. Doch sie kann es nicht verhindern. Der Druck zwischen Daumen und Zeigefinger erstirbt. Tränen schießen ihr in die Augen, und der Schlüsselbund fällt zu Boden.

»Verflucht! Bist du zu blöd, 'ne Tür aufzuschließen?«

Marie spürt, wie der Angreifer die Spitze von ihrem Hals nimmt, wie er an ihr herunterrutscht, und sie sieht, wie seine Hand nach dem Schlüssel greift.

»So, jetzt zeig ich dir mal, wie das geht!«, hört sie ihn sagen. Sein rechter Arm legt sich von hinten hart um ihren Leib und zerrt sie ein Stück zur Seite.

Sie kann nicht sehen, was er tut, kann es nur vermuten. Dann vernimmt sie, wie sich der Schlüssel im Schloss dreht, und sie spürt, wie die Tür sich öffnet.

»Los, rein!«, herrscht der Mann sie an und versetzt ihr einen Stoß. Nur mit Mühe gelingt es Marie, sich auf den Beinen zu halten. Sie hält den Kopf gesenkt. Dreht sich nicht um. Will ihn nicht ansehen müssen. Will sich nicht seinen Blicken ausgesetzt fühlen. Will nicht wissen, wie er aussieht. Will nicht wissen, wer er ist.

»Du bist schuld! Hast mir die Bullen auf den Hals gehetzt!«

Ohne aufzuschauen, schüttelt sie den Kopf.

»Nein?«, höhnisch klingt die Stimme, die jetzt bedrohlich näher kommt. Heißer Atem an ihrem Ohr. Marie nimmt den scharfen Nikotingeruch wahr.

»Nein?«, wiederholt die Stimme, diesmal härter, fordernder. »Ha, du hast doch mit den Bullen gesprochen, oder etwa nicht?«

»Nein!«

»Was!«

»Ja!«

»Was denn jetzt? Ja oder nein?«

»Ja! Verdammt ja! Ich habe mit der Polizei gesprochen! Aber was soll ich ihnen denn gesagt haben?«

»Genau!«, die Stimme zittert vor Wut und kippt ins Hysterische. »Genau das will ich ja von dir hören! Was hast du über mich gequatscht? Was?«

»Über Sie? Nichts! Überhaupt nichts! Ich kenne Sie doch gar nicht! Großer Gott, ich weiß doch gar nicht, wer Sie sind!«

»Du lügst doch! Wegen dir sind die Bullen bei mir zu Hause aufgeschlagen. Ich hab sie doch gehört, wie sie von dir gesprochen haben. Hältst du mich für blöd?«

Keine Antwort abwartend, packen Hände ihren Kopf, reißen ihn hoch. Gefährlich schnell und kraftvoll. Marie hat keine Chance.

»Guck mich an! Ich will, dass du mir ins Gesicht siehst, wenn du mich anlügst.«

Sie presst die Augenlider zusammen.

»Guck mich an!«, schreit ihr die Stimme entgegen.

***

»Mein Gott«, zischt er und zieht nervös an seiner Zigarette, »was mach ich jetzt nur?« Zum wiederholten Mal bewegt er sich auf das Haus zu, um auf halbem Weg wieder zurück zu seinem Auto zu gehen, ohne dabei den Blick von der Eingangstür zu nehmen.

»Ich habe es kommen gesehen – sie bringt sich immer wieder in Gefahr. Sie ist und bleibt Opfer. Doch ihre Arroganz verbietet es einem, zu helfen.« Oh natürlich, er könnte die Polizei rufen, anonym … sicher könnte er das. Könnte den Beamten erklären, was er beobachtet hat, zufällig beobachtet hat. Dass ein Mann eine Frau vor ihrer Tür bedrängt hat und dass beide Personen im Haus verschwunden sind. Ja, das könnte er … aber … wem wäre damit geholfen? Er müsste immer noch darum kämpfen, von ihr gesehen zu werden.

Würde er jetzt rüberlaufen, gegen die Tür hämmern oder um das Haus rennen, zur Terrasse, und dort die Fensterscheibe einschlagen, um den Angreifer … ja, dann wäre doch alles aus. Es kommt immer auf den Zeitpunkt an, auf den richtigen Zeitpunkt. Jetzt ist es noch zu früh, dass er sich ihr offenbart. Und er hat schließlich auch seine Verpflichtungen. Nein, er steht zu seinem Wort. Er wird mit ihr weggehen, schon bald.

Wenn ihr aber was passiert? Jetzt, in diesem Moment! Wo er

hier draußen steht und hadert … dann wäre es Schicksal. Ja, so wie damals. Und wie davor. Oh nein, er hätte seiner Mutter nicht helfen können. Vater hätte es verhindert. Und überhaupt, er war ein Kind. Ihr Schicksal lag nicht in seinen Händen. Das mit seiner Frau ist da schon eine andere Sache. Ist es vielleicht sein Schicksal, sein Kismet, alle Frauen, die er liebt, nicht beschützen zu können? Und wenn ja: Kann man seiner Bestimmung entgehen? Und warum betrauert er die Frauen, Scheiße noch mal! Er ist es doch, der Trauer trägt – sein Leben lang.

***

Der Druck gegen die Schläfen wird stärker. Sie kann ihren Kopf nicht bewegen. Tränen rinnen ihr die Wangen hinunter, und sie öffnet die Augen, widerstrebend. Das Gesicht vor ihr erscheint unscharf, aber sie kennt es. Natürlich, er ist der Junge, der von Leonies Vater auf dem Supermarktplatz so brutal zusammengeschlagen wurde. Die Tränen verrinnen, und ihr Blick wird klarer.

»Du weißt, wer ich bin!«

Ein triumphierender, überheblicher Klang liegt in seiner Stimme. Doch seine Augen sagen ihr etwas anderes. Er lässt sie los und wendet sich ab.

»Leonie spricht viel von Ihnen.«

Sein Kopf fällt ruckartig nach vorn. Eine dichte schwarz-blaue Haarsträhne rutscht ihm dabei ins Gesicht und verdeckt das rechte Auge und die Nase.

Mit dem Daumen drückt er die Klinge zurück in die Fuge und steckt das geschlossene Stilett in die Gesäßtasche seiner Jeans.

»Was … was willst du von mir?«

Pierre zuckt mit den Schultern.

»Eigentlich bin ich hier, weil ich Geld brauche. Aber das spielt jetzt auch schon keine Rolle mehr. Es geht vielmehr um die Bullen. Die verdächtigen mich. Die glauben doch tatsächlich, ich hätte was mit Leonies Verschwinden zu tun. Die waren bei uns, wollten mich holen. Aber ich hab die bereits erwartet. Fuck!

Hab gesehen, wie die Bullenkarre in unsere Straße fuhr. Da bin ich abgehauen. Nee, die kriegen mich nicht! Die wollen mich doch nur fertigmachen. Kenn ich alles schon. Die glauben mir doch kein Wort.«

»Und, hast du was mit Leonies Verschwinden zu tun? Hast du ihr was angetan?«

Sein Kopf fliegt herum. Er starrt sie an. Wut spiegelt sich in seinen Augen.

»Ey, was denken Sie? Glauben Sie, ich bin ein Psycho? Ich liebe Leonie! Ich würde ihr nie etwas antun!«

»Das, das glaube ich dir sogar! Aber vielleicht hältst du sie ... versteckt ... aus Liebe!«

»Bullshit!«, schreit es aus ihm heraus, und er schlägt sich mit der flachen Hand hart gegen die Stirn. Drei-, viermal. »Wäre ich dann hier?«, stöhnt er und sackt in die Knie. »Verflucht, ich mach mir Sorgen! Wir wollten nach ... ach, warum erzähle ich Ihnen das? Die Bullen sollten sich besser mal Leonies Eltern vornehmen. Vor allem ihren Vater. Der Alte ist nicht ohne. Der hat sie nicht mehr alle. Dem ist alles zuzutrauen.«

Seine Stimme klingt plötzlich weinerlich.

Ja, das glaube ich auch, denkt Marie.

»Und was willst du von mir? Ich weiß auch nicht, wo sie ist!«, sagt sie.

Er schüttelt den Kopf und drückt sich wieder hoch.

»Ich hab Leonie ein paarmal hierhergefahren. Sie wollte das so. Sie wollte nur sehen, ob Sie zu Hause sind. Wir standen dann da, wo die Bäume stehen, gegenüber. Ich hab dann immer eine Zigarette geraucht. Danach sind wir wieder gefahren.«

Pierre macht eine Pause und blickt kurz zu ihr herüber. Ein beinahe scheuer Blick.

»Was haben Sie eigentlich neulich vor Leonies Haus gemacht? Ich hab Ihren Wagen erkannt. Sie sind nicht ausgestiegen. Warum?«

Marie schweigt.

Pierre macht eine wegwerfende Handbewegung.

»Na, ist ja auch egal«, raunt er. »Leonie vertraut Ihnen. Und seit dem Elternsprechtag sind Sie für Leonie so was wie 'ne Heldin. Dem Alten die Hand festgehalten, ha, das hat sich noch keiner getraut. Selbst ihre Mutter nicht. Die Alte ist auch total kaputt!« Pierre verzieht die Mundwinkel zu einem schwachen Lächeln und starrt einen Augenblick vor sich auf den Boden. Seine Stimme ist leise, als er weiterspricht: »Leonie sagt immer, dass Sie in Ordnung seien. Dass Sie alles verstehen würden. Und dass Sie auch eine Außenseiterin wären. Leonie sagt, sie seien seelenverwandt. Doch wenn sie nicht bei Ihnen ist …«

Wieder zuckt er mit den Achseln, eine Gebärde, die seine wunde Seele widerzuspiegeln scheint.

»Sie sprach davon, sich umzubringen, wenn Sie ihr nicht helfen. Verflucht, was soll ich noch auf dieser verschissenen Welt, wenn Leonie den Abflug gemacht hat?«

Pierre wartet nicht auf eine Antwort, sondern dreht sich um und geht zur Tür. Kurz davor bleibt er unvermittelt stehen, und ohne sich umzudrehen, sagt er mit erstickter Stimme: »Sagen Sie den Bullen, ich habe nichts mit Leonies Verschwinden zu tun, sagen Sie, dass sie hinter dem Falschen her sind. Und … und ja, wenn Sie die sind, für die Leonie Sie hält: Besuchen Sie Beastie im Krankenhaus … und richten Sie ihm von mir aus, dass es mir leidtut! Ach ja: Beastie heißt Heiko – Heiko Schneider –, und vergessen Sie das bitte nicht!«

Er öffnet die Haustür, tritt hinaus und zieht sie beinahe lautlos hinter sich ins Schloss.

Mit einem Mal ist es still im Haus. Es ist dieselbe Stille wie damals. Wenn er gegangen war. Wenn er die Tür hinter sich zugemacht hatte. Dann war es still in ihrem Zimmer. Und still in ihrem Kopf.

»Hab keine Angst, Paulinchen! Er ist weg!«

***

Sein Puls jagt durch seine Venen, so rasend schnell, dass ihm fast übel davon wird, und die Hitze in seinem Inneren scheint ihn verbrennen zu wollen. Er hat sie gesehen, die Angst. In ihren Augen. Todesangst. Und dieser Anblick berauschte und erschreckte ihn gleichermaßen. Macht und Ohnmacht. Die Gefühle wechselten sich ab und lassen ihn nun taumelnd zurück. Verwirrt steht er da, mit dem Rücken zur Tür, hinter der er vor wenigen Minuten ein Leben zurückgelassen hat, ein Leben, das er beinahe genommen hätte.

Hätte er es wirklich gekonnt? War er dazu in der Lage? Noch nie hatte er einem Menschen ein Messer an die Kehle gehalten. Noch nie war er so dicht davor gewesen, die Grenze zu überschreiten. Es hatte nicht viel gefehlt, und er hätte sich verloren. Dann hätte es kein Zurück mehr gegeben. Er war so in Rage gewesen …

Ja, verdammt, er muss lernen, seine Wut zu kontrollieren.

Dabei hatte sie ihm echt leidgetan, wie sie da vor ihm lag, wimmernd auf dem Boden. So hilflos! Er wollte es auf der Stelle ungeschehen machen, sich entschuldigen, ihre Tränen wegwischen und sie aufheben. Es hatte geschmerzt, und das tat es immer noch. Ein Schmerz, wie ein glühender Stachel im Herzen, und dieser Schmerz hatte ihn ratlos gemacht. Und diese Ratlosigkeit steigerte sich von Sekunde zu Sekunde und machte ihn immer aggressiver.

Pierre geht mit hängenden Schultern die Stufen hinunter. Leonie hat recht, die Lehrerin scheint korrekt zu sein. Vielleicht wird sie sogar ein gutes Wort für ihn bei den Bullen einlegen. Wird denen erklären, dass er nichts mit Leonies Verschwinden zu tun hat. Ja, vielleicht wird sie das tun.

Er zieht sich den Helm auf und geht ein paar Schritte die Straße runter zu seinem Roller. Leonie! Wo soll er sie suchen? Er setzt sich auf den Sattel und startet den Motor. Wo? Wo bist du, mein Engel? Dem Lichtkegel folgend, fährt Pierre den Jasminweg bis zur Hauptstraße. Er wird in dieser Nacht, trotz der eisigen Temperaturen, im Königsforst pennen, auch auf die Gefahr hin, dass er sich alles abfriert … Na klar! Die Waldhütte! Warum ist er da nicht gleich drauf gekommen. Natürlich! Leonie versteckt sich in der Hütte! Eine vage

Hoffnung macht sich in ihm breit und treibt seine Laune schlagartig in die Höhe.

***

Es ist ungewöhnlich hell in dieser Nacht. Pierre ist froh darüber, denn er wird ein Stück durch den Wald zur Hütte gehen müssen, und das ohne Taschenlampe. An die hatte er bei seiner Flucht nicht gedacht. Der Himmel ist sternenklar, und der Vollmond taucht alles in ein unwirkliches Licht, als er den Roller über den Schotterasphalt des Parkplatzes lenkt. Den wenigen Pkws, die in großen Abständen abgestellt sind, schenkt er keine Aufmerksamkeit. Auch die Einfamilienhäuser auf der anderen Seite mit den Vorgärten, denen man das nahende Weihnachtsfest ansieht, interessieren ihn nicht. Ihm sind die Lichterketten, die Rentierfiguren und der lebensgroße Weihnachtsmann samt Schlitten ziemlich egal.

Pierre, angetrieben von nur dem einen Gedanken, Leonie bald fest in seinen Armen zu halten, hat sich während der Fahrt von Bergheim bis hierher alles genauestens überlegt. Denn eines ist klar: Er will auf gar keinen Fall ohne einen Plan vor ihr stehen. Und er hat sich geschworen, sie nie wieder loszulassen. Er wird mit ihr fortgehen. Woanders neu anfangen. Irgendwo hatte er mal gelesen, dass Grenzen nur im Kopf existieren und dass man sich frei fühlt, wenn man Ballast abwirft und zu sich selber findet. So ganz hat er das zwar nicht kapiert, das mit dem Ballast und dem Zu-sich-Finden, aber vielleicht ist da ja was dran. Und bestimmt weiß Leonie damit was anzufangen, wenn er vor ihr steht und er es ihr ins Ohr flüstert. Sie wird stolz auf ihn sein. Und sie wird Augen machen, wenn er ihr sagt, dass er vorhat, seinen heiß geliebten Roller zu verkaufen, um mit ihr abzuhauen. Mit der Kohle, die die Kiste bringt, den zweihundert Euro von Zopf-Gerd und dem, was eventuell noch bei Gelegenheit zu holen ist, dürfte ein Bahnticket für zwei Personen drin sein.

Er stellt den Motorroller am Ende des Parkplatzes nahe der Koppel ab. Im Frühjahr ist sie voller Pferde – Leonie liebt Pferde.

Pierre geht den befestigten Waldweg zu Fuß, will kein Aufsehen erregen, hat keinen Bock auf Stress. Denn sollte er laut knatternd durch die Natur fahren, hätte er mindestens die Gassigeher am Hals. Die rufen dann gleich die Polizei.

Still und wie erstarrt liegt der Wald vor ihm. Das Mondlicht lässt den gefallenen Schnee, der die abgeholzten, sauber aufgestapelten Stämme bedeckt, bläulich glitzern. An manchen Stellen knirscht der gefrorene Boden unter Pierres Schritten, was ihn davon abhält, statt zu gehen zu laufen. Es fällt ihm unglaublich schwer, nicht einfach loszurennen, ihr entgegenzulaufen – seine Sehnsucht treibt ihn an, bohrt sich in seine Eingeweide und packt sein Herz mit harter Hand, so fest, dass es ihm wehtut. Immerhin nimmt er weder Kälte noch Müdigkeit wahr.

Jetzt, jetzt ist es nicht mehr weit. Er sieht den überdachten Rastplatz, von dem der gegenüberliegende schmale Pfad zum Versteck führt.

Der Anblick der Hütte versetzt Pierre augenblicklich in Hochstimmung. Fast zugleich hört er ein lautes, durchdringendes Stöhnen. Wie ein Stromschlag durchfährt es ihn. Instinktiv verharrt er auf der Stelle, geht ein wenig in die Hocke und dreht den Kopf in die Richtung, in der der Klageton ausgestoßen wurde.

Einer mächtigen Erhebung gleich steht sie da, eine massige Gestalt, etwas nach vornübergebeugt, mit dem Rücken zu ihm, in gut zehn Metern Entfernung. Und die Gestalt bewegt sich, fällt auf die Knie und stößt einen gellenden Schrei aus, der Pierre bis ins Mark trifft. Es hält ihn nichts mehr an seinem Platz. Eine dunkle Vorahnung lässt ihn jegliche Bedenken vergessen. Er schnellt aus seiner Deckung hoch, rennt los, dort hinüber, auf die Person zu. Ohne Rücksicht. Ohne Vorsicht.

Er sieht den Mann, wie er auf dem Waldboden kauert, schwer atmend, wie seine Hände unkontrolliert zittern an den schlaff herabhängenden Armen. Und er sieht den regungslosen Körper, und der Mann dreht seinen Kopf. Rot unterlaufene Augen glotzen ihn fragend an, und über die blutleeren Lippen dringen unverständliche Wortfetzen. Pierre hebt den rechten Arm, denkt nicht nach, holt einfach nur aus und lässt den Helm auf den

Schädel des Mannes krachen. Er sieht nicht das Blut, das aus der klaffenden Wunde schießt, und auch nicht, wie die beleibte Gestalt zur Seite wegkippt. Seine Finger streichen sanft über Leonies Wangen, streichen ihr eine Strähne aus dem kalten Gesicht, und sein Mund berührt zärtlich den ihren.

»Mein kleiner Engel, ich bin da! Jetzt wird alles, alles wieder gut!«

22

Montag, 17.12.

»Frau Fredehoff, was haben Sie sich denn dabei gedacht?«, beginnt Schulleiter Berger. Es entgeht Marie nicht, wie sehr er sich bemüht, sachlich zu bleiben. Berger lässt seinen Worten ein lang anhaltendes Kopfschütteln folgen. Für ein paar Sekunden bleibt die Frage im Raum stehen, und Berger schaut mit einem Ausdruck völligen Unverständnisses zum Fenster. Er hatte sie auf dem Flur abgefangen, noch bevor sie in das Lehrerzimmer gehen konnte. Jetzt sitzt sie ihm gegenüber, noch im Mantel, und ärgert sich darüber, dass sie sich wieder mal so ausgeliefert, und ja, so schuldig fühlt.

Warum hatte sie ihm nicht sagen können, dass sie doch bitte erst mal ihre Sachen wegbringen wolle, bevor sie zu einem Gespräch mit ihm bereit sei. Was ist das für eine Art, sie so schroff abzufangen, ohne Begrüßung, und dann dieser Tonfall! Und überhaupt: Und was will er eigentlich von ihr?

»Martin, also Herr Schmitke, hat mich gestern Abend angerufen«, fährt Berger fort, ohne seinen Blick vom Fenster zu wenden, »er war außer sich! Und ... ich bin es auch! Wie kommen Sie dazu, ihn mit derartigen ungeheuerlichen Mutmaßungen zu konfrontieren?«

Schulleiter Berger ringt sichtlich damit, seine Fassung nicht komplett zu verlieren. Streng blickt er Marie an.

Du und dieser Schmitke? Wie passend!

»Ihr Verhalten ist absolut inakzeptabel!«, ereifert er sich, ohne eine Antwort von ihr abzuwarten. »Sie bringen nicht nur meinen Parteifreund Martin Schmitke, jawohl, meinen Parteifreund – und nicht nur Parteifreund –, in Misskredit, sondern auch meine, unsere Schule! Herr Schmitke engagiert sich seit Jahren aktiv im Vorstand des Fördervereins, und ich muss Ihnen ja nicht sagen, wer eben in den letzten Jahren sich finanziell so maßgeblich an der Sanierung der Toilettenanlagen und der Turnhalle beteiligt hat. Und ... Martin Schmitke hat einflussreiche Freunde. Auch in der Politik … Frau Fredehoff, es gibt Menschen, die brauchen bloß zum Telefonhörer zu greifen, und kurz danach bewegt sich was, wenn Sie verstehen, was ich meine!«

Ah, daher weht der Wind. Wie abgeschmackt!

Schulleiter Berger erhebt sich aus seinem Sessel und geht zum Fenster. Mit dem Rücken Marie zugewandt, ergreift er wieder das Wort: »Mir scheint, Sie haben sich da in was verrannt, verehrte Frau Kollegin. Und Sie haben sich erheblich im Ton vergriffen. Um ehrlich zu sein, hätte ich Ihnen mehr Feingefühl zugetraut. Also ich meine, wenn Sie schon auf eigene Faust Befragungen durchführen, was nun in keiner Weise zu Ihren Aufgaben als Lehrerin gehört …«

Der Klang seiner Stimme hat mit einem Mal an Schärfe verloren.

Berger dreht sich um. Er blickt Marie mit einem etwas verunglückten Lächeln an, und sogleich spürt sie, wie sich ihre Nackenhaare hochstellen.

»… also, Ihr Engagement bezüglich der Schülerin in allen Ehren«, sagt er, »doch lassen Sie die Ermittlungen bitte die Polizei führen. Die versteht was davon.«

Mit langsamen Schritten geht er auf Marie zu. Er bleibt vor ihr stehen und schaut immer noch lächelnd auf sie herab.

»Wissen Sie, Herr Schmitke ist ein wirklich feiner Kerl«, erklärt er. »Manchmal wirkt er etwas rau und unfreundlich, aber das ist nur der äußere Kern. Wenn man ihn näher kennt, schätzt man seine ehrliche, erfrischende Art. Bei ihm weiß man immer, wo man dran ist. Hart, aber herzlich.« Berger lacht kurz auf und schwadroniert dann weiter: »Ja, und er hat es auch nicht leicht. Seine Frau ist depressiv, und seine Tochter treibt sich viel zu häufig mit diesen jungen Kerlen herum. Ich kann das sehr gut nachempfinden, auch wenn ich selber keine Kinder habe, dass er sich da so seine Gedanken macht. Er arbeitet viel, hat vielleicht zu wenig Zeit für seine Tochter. Nun ja, als Manager in einem Automobilkonzern ist man halt der Erste, der kommt, und der Letzte, der geht. So schließt er erst spätabends die Haustür auf, da liegt Leonie meist schon im Bett. Und glauben Sie mir, Frau

Fredehoff, er tut alles für seine Tochter – er würde sich für sie zerreißen. Na ja, und da kommen wir zu seinem wunden Punkt. Martin ist nicht mehr ganz gesund. Er hat massive Herz-Kreislauf-Probleme. Dabei ist er gerade mal Anfang vierzig. Ich kenne ihn noch aus der Zeit, wo er Kampfsport betrieben hat. Schwarzer Gürtel in Karate, da hätten Sie ihn mal sehen sollen. Ein absoluter Frauentyp. Ja, und heute? Das ungesunde Essen, die vielen Zigaretten, der Kaffee … und dann noch viel zu wenig Bewegung.«

Was geht das mich an? Weshalb erzählst du mir das?

»Warum ich Ihnen das alles erzähle?«, beantwortet Berger Maries unausgesprochene Frage, und das Lächeln verschwindet aus seinem Gesicht. Er hält kurz inne, so als ob er einen Gedanken zu Ende denken müsste, seufzt und nickt ihr dann zu. »Weil er mein Freund ist und ich mir Sorgen um ihn mache, ernsthafte Sorgen, und ich Sie hiermit inständig bitte, in Zukunft von solchen Belästigungen abzusehen!«

Belästigungen? Sie ballt die Fäuste.

Berger macht eine kurze Pause.

»Ja«, räumt er schließlich ein, »er hat den Jungen verprügelt. Das hätte er nicht tun sollen, aber manchmal muss man die jungen Kerle schon mal etwas härter anpacken. Nicht, dass ich das jetzt pauschalisieren oder gutheißen will, doch … also ich hatte auch einen strengen Vater, und seine harte Hand hat mir nicht geschadet.«

Wieder lacht Berger auf.

»Schließlich ist ja was aus mir geworden!«

Marie hat ihn die ganze Zeit über nicht aus den Augen gelassen, und jetzt, wo Berger sich vor sie kniet, versucht sie sich seiner Nähe zu entziehen, indem sie sich tiefer in den Sessel drückt. Tiefer und tiefer.

Doch sie kann seinem nikotingeschwängerten Atem nicht ausweichen. Ruckartig dreht sie ihren Kopf zur Seite, ihr Magen rebelliert, und ihr Hals scheint wie zugeschnürt. Aus dem Augenwinkel sieht sie sein Gesicht näher und näher kommen.

Übergroß. Unfähig, sich zu bewegen, spürt sie plötzlich etwas Feuchtes auf ihrem Ohr, spürt sein Gewicht auf ihrer Brust.

Sein Mund!, hämmert es in ihrem Kopf. Sein Mund!

Warum, meine Rose? Warum verhältst du dich mir gegenüber so abweisend? Das verletzt mich! Ich bin dein Vater, ich liebe dich! Nur ein Kuss, was ist schon dabei? Und du hast es doch immer so sehr genossen. Ist es wegen deiner kleinen Schwester? Glaub mir, Marie, ich leide ebenso wie du darunter. Höllenqualen! Keine Nacht, in der ich mich nicht wälze und mein Hirn zermartere, warum sie uns das angetan hat.

Vielleicht, meine Rose, vielleicht hättest du besser auf sie aufpassen sollen.

»Und Marie«, hört sie ihn schmeichelnd flüstern, »ich sorge mich auch um dich. Ich beobachte dich. Du wirkst mitunter so … so abwesend, so als stündest du unter Drogen. … Bitte verstehen Sie mich nicht falsch, ich halte Sie durchaus für eine fähige Lehrkraft … aber die Kollegen, sie … na ja …«

Marie blickt auf und sieht, dass Berger am Schreibtisch sitzt und seine Tasse zum Mund führt. Sie beobachtet sein Schlucken, während er sie über den Rand der Tasse hinweg anstarrt. Dann setzt er sie langsam wieder ab und fährt fort: »… die Kollegen lassen Bemerkungen fallen«, sein Tonfall ist jetzt wieder sachlicher, distanzierter, »und ich trag nun mal die Verantwortung für die Schüler und auch für das mir anvertraute Kollegium. Daher muss ich jeder Irritation nachgehen. Das verstehen Sie doch, oder, Frau Fredehoff? Schön! Ich bin froh, dass wir das klären konnten, und ich denke, wir haben uns verstanden!«

23

»Hat er die 15-jährige Leonie Sch. entführt?«, lautet die Überschrift vom »Express«. Daneben platziert ein Farbfoto, das einen jungen Mann auf einem Motorroller zeigt, der der Kamera eine Flasche Bier entgegenstreckt. Das Gesicht des Jugendlichen wurde mit einem schwarzen Balken unkenntlich gemacht.

»Hey, den kenne ich doch«, hörte sie Kollegin Schwarz lauthals poltern, »Motorroller, auf dem Lehrerparkplatz. Diese Horde Jugendlicher. Der eine, der ein wenig größer ist, der seinen Kopf immer etwas höher streckt. Wisst ihr noch? Der, der immer eine Spur lässiger als die anderen auf seinem Roller sitzt.«

»Na, da hat ja die Polizei ihren Kidnapper! Und wenn du mich fragst: Deine Schülerin lebt schon nicht mehr.« Über das Gesicht von Tobias Binder huscht ein verzerrtes Lächeln.

»Was macht dich so sicher, dass dieser Junge der Entführer von Leonie ist? Nur weil er von diesem Blatt an den Pranger gestellt wird? Das kommt doch wohl einer Vorverurteilung gleich, oder siehst du das etwa anders? Also, welche Beweise hast du, dass er der Kleinen etwas angetan hat?«

Sie schaut Binder von der Seite an, beobachtet ihn dabei, wie er die Zeitung in der Mitte zusammenfaltet, um sie dann mit der Handkante bündig zu streichen. Ihr Tonfall ist scharf und laut.

»Weil der Kollege Binder ebenso wenig wie ich die Augen vor der Wirklichkeit verschließt«, sagt der Schulleiter, der mit versteinerter Miene und schweren Schritten das Lehrerzimmer betritt. »Dieser Junge hatte von Anfang an eine schlechte Prognose gehabt. Man betrachte sich nur mal das Elternhaus. Diese Mutter … Aber lassen wir das jetzt …«

Er sieht sie kurz an, wartet auf eine Entgegnung. Doch sie schweigt, und er wendet sich ab.

»Geschätzte Kolleginnen, geschätzte Kollegen«, beginnt der Schulleiter seine Ansprache, »wie Sie sicherlich alle aus den Medien erfahren haben, wird der ehemalige Schüler Pierre Fasshall, einige von uns kennen ihn auch unter dem etwas skurrilen Namen Tarantula, seit heute offiziell von der Polizei gesucht. Er ist dringend tatverdächtig, seine Freundin, unsere Schülerin Leonie Schmitke, entführt zu haben.«

Schulleiter Berger hält kurz inne, räuspert sich und fährt dann fort: »Laut Aussage des leitenden Ermittlungsbeamten haben sich die Anhaltspunkte und Indizien verdichtet, sodass man von diesem schrecklichen Tatbestand ausgehen muss. Ob die Schülerin zum jetzigen Zeitpunkt noch lebt, ist mehr als ungewiss. Ich bin angehalten, Sie zu bitten, dass Sie, wenn Sie über sachdienliche Hinweise verfügen, diese unverzüglich der Polizei mitzuteilen haben. Zudem werden die Behörden heute noch Fahndungsfotos der beiden Jugendlichen an unserer Schule aushängen.«

Wieder macht der Schulleiter eine kurze Pause. Er schaut betreten zu Boden, um sich dann wieder aufzurichten und weiterzusprechen: »Ich brauche Ihnen ja nicht zu sagen, wie tief erschüttert ich bin. So etwas an unserer Schule … das, das hat es noch nie gegeben. Dies ist ein tiefschwarzer Tag für uns alle! Wie schnell ist ein guter Ruf dahin, egal wie engagiert hier jahrelang …«, abrupt bricht er ab, lässt den Satz für einen Moment unvollendet und reibt sich mit der Hand über den weißen kurzen Kinnbart. Scharf zieht er die Luft durch die Nase ein, seine Brust hebt sich sichtbar, wodurch der schwere Körper noch breiter erscheint. Ebenso geräuschvoll atmet er wieder aus. »… hier jahrelang mit viel Herzblut und Sachverstand gearbeitet wurde«, beendet er schließlich seinen Satz.

Erneutes bedeutungsvolles Schweigen.

Der Schulleiter nickt seinem Kollegium knapp zu, sein starrer Blick streift Maries Gesicht, dann verlässt er das Lehrerzimmer.

Marie schließt für einen Moment die Augen, um die triumphierenden Blicke ihres Kollegen Binder nicht ertragen zu müssen. Sie ballt die Fäuste. Oh, zu gerne würde sie ihn schlagen.

»Keine Frage, der Kerl hat sie umgebracht«, flüstert Binder ihr beim Herausgehen zu. »Der war doch irre. Der hat sie vergewaltigt und dann umgebracht. Und dann hat er sie verbuddelt.«

»Hör auf!«

Sie bleibt stehen und schaut ihn angewidert an. Seine Mundwinkel zucken, und in seinen Augen glaubt sie Verachtung zu sehen. Und Hass. Erschrocken tritt sie einen Schritt zurück. Seine Hand umfasst unvermittelt ihren Unterarm. Marie fährt zusammen, reißt sich los.

»Was hast du bloß immer?« Tobias Binder schüttelt den Kopf. »Du tust gerade so, als hätte ich die Cholera.«

»Ich will nicht, dass du mich antatschst.«

»Marie!«, ruft er ihr halblaut nach. »Entschuldige, ich …«

Doch Marie ist schon auf dem Weg zum Ausgang. Und sie schaut sich nicht um. Sie lässt ihn stehen. Einfach so.

Er sieht ihr nach, lange. Selbst als sie schon durch die Glastür ins Freie getreten ist und sich seinen Blicken entzieht, hält er den Kopf in jene Richtung gewandt, in der sie verschwunden ist.

Tobias Binder muss unwillkürlich schlucken, und er spürt, dass er schwitzt. Der Schweiß sammelt sich im Haaransatz und läuft nun langsam die Stirn herunter. Unangenehm. Hektisch zieht er ein Stofftaschentuch aus der Seitentasche seines Jacketts und wischt sich damit übers Gesicht.

»Frigides Biest!«, presst er hervor.

Der dumpfe Schmerz der ewigen Zurückweisung, der schon seit Monaten in seinem Herzen schwelt, ist zu einer lodernden Flamme geworden.

»Frigides Biest!«, wiederholt er und lässt dabei den Kopf im Nacken kreisen.

Binder hört die Schritte nicht, die sich ihm hinter seinem Rücken nähern. Erst als sich eine Hand schwer auf seine Schulter legt, dreht er sich erschrocken um und schaut in das ernste Gesicht des Schulleiters.

»Na, na, Herr Kollege! Auch wenn ich unter Umständen die Beweggründe Ihrer sprachlichen Entgleisung verstehen kann, dulden kann ich sie jedoch an meiner Schule nicht.«

Und ohne eine Erklärung Binders abzuwarten, fährt Berger fort: »Was halten Sie von einem gemeinsamen Besuch auf dem Weihnachtsmarkt. Einige Kollegen haben den Vorschlag gemacht, und ich würde Sie alle gerne auf einen heißen Punsch einladen.

Na, was meinen Sie?«, fragt er, und als er sieht, dass Tobias Binder den Kopf schütteln will, setzt er rasch und bestimmend hinzu: »Ach was! Ich frag Sie ja gar nicht – Sie kommen einfach mit. Schließlich habe ich eine Verantwortung meinem Kollegium gegenüber. Jedem Einzelnen! Und spätestens nach dem vierten Glas Glühwein sehen auch Sie die Welt mit anderen Augen!«

Beim Verlassen des Schulgebäudes bemerkt sie, dass der Himmel sich verdunkelt und ein scharfer Wind aufkommt, der von Norden über die Stadt fegt. Eisig ist die Luft, Schneeluft. Sie schlägt den Kragen ihres Mantels hoch, wünscht, sie hätte heute früh daran gedacht, sich einen Schal umzubinden, zieht den Kopf ein und lässt sich vom Wind zu ihrem Wagen treiben.

***

Sie steckt den Schlüssel ins Schloss, erschrickt über das klackende, metallische Geräusch, das das Drehen verursacht, und hält inne. Dann drückt sie vorsichtig die Tür auf. Für einen kurzen Moment bleibt sie auf der Schwelle stehen und lauscht atemlos in den Korridor hinein. Den schwachen Lichtstrahl, der vom ersten Stock herunterscheint und sich sanft auf die hellen Marmorfliesen gelegt hat, registriert sie mit einem warmen Lächeln. Erleichtert atmet sie aus, und die Anspannung fällt wie eine schwere Last von ihr ab. Sie fühlt sich leicht, ja beinahe beschwingt. Marie kann sich nicht erinnern, jemals so ein Gefühl gehabt zu haben. Sie behält das Lächeln, als sie die Haustür zusperrt, sich zur Garderobe dreht, um den Mantel aufzuhängen und ihre Umhängetasche abzustellen.

»Ich bin wieder da!«, ruft Marie im Vorbeigehen hoch, um sogleich ihren Einkauf in die Küche zu bringen. Ihre Sing-Sang-Stimme lässt sie breit schmunzeln. »Ich koche uns was Schönes«, ruft sie etwas lauter, doch nicht minder melodiös. Und mehr zu sich sagt sie: »Heute gönne ich mir was.«

Noch bevor sie die Tasche mit den Lebensmitteln auspackt, zieht sie den Bordeaux aus dem Weinregal, holt den Korkenzieher aus der Schublade und öffnet die Flasche. Rasch füllt sie das Glas, um sogleich einen Schluck daraus zu trinken. Marie schaut für einen Moment lächelnd ins halb volle Weinglas, dann setzt sie es ab und holt den mittleren Edelstahltopf samt Deckel und den kleineren Stieltopf aus dem Schrank. Sie lässt Wasser in den größeren Topf ein und stellt ihn auf die Herdplatte. Plötzlich hat Marie das unbestimmte Gefühl, dass jemand hinter ihr steht und sie beobachtet. Und dann ist es ihr, als nähme sie einen leichten Druck von der Seite wahr und spüre den Kopf des Mädchens an ihrem Arm.

»Du meine Güte! Erschreck mich doch nicht so!«, entfährt es Marie erbost, und sie sackt dabei ein wenig in sich zusammen. Doch der verängstigte Blick des Mädchens bringt das Lächeln auf Maries Gesicht zurück. Ein sanftmütiges Lächeln. Spielerisch hebt Marie den Zeigefinger und deutet mit dem Kopf nach unten. »Und du läufst schon wieder auf Strümpfen durchs Haus. Rennst die glatte Holztreppe herunter und …«

Sie stockt, und von der einen zur anderen Sekunde scheint sich alles um sie herum zu drehen. Marie sucht Halt an der Arbeitsplatte. Unvermittelt laufen ihr die Tränen über die Wangen.

»Ja, ich weiß, du hast so viele Fragen, und ich muss dir so viel erklären. Aber ich will dich nicht noch einmal so sehen«, fährt sie mit erstickter Stimme fort, »so wie damals, im Krankenhaus.«

Schluchzend vergräbt sie das Gesicht in ihren Händen. Das Mädchen spricht zu ihr, leise und vermeintlich viel zu weit entfernt.

Marie sieht auf, wischt sich mit den Handballen über die Augen und muss sich etwas herabbeugen, um es zu verstehen.

»Du warst so lange weg!«, flüstert das Mädchen, das jetzt seine Arme fest um Maries Hüften schlingt und dabei die Stirn gegen ihre Brust drückt. »Ich war alleine«, schluchzt es.

Marie nickt. »Ja, ja, ich weiß, und es tut mir leid. Doch ich konnte nicht anders. Damals.«

Für einen Moment bleiben beide in dieser Position verschmolzen. Dann befreit sich Marie mit sanfter Gewalt aus der Umklammerung.

»Lass mich erst etwas für uns kochen«, sagt sie und streicht dabei dem Mädchen zärtlich über den Kopf, »dann essen wir gemeinsam, und danach werde ich dir alles erklären.«

Marie schaut auf und sieht ihren fragenden Blick.

»Nein, es ist nichts«, erklärt sie und korrigiert sich dann: »Ach, ich hatte einen kleinen Streit mit einem Kollegen. Nichts Besonderes.« Marie lacht hell auf. »Dieser Typ ist ein … Vollidiot. Er glaubt, er müsse mir ständig beweisen, was für ein unwiderstehlicher Kerl er doch sei. Lächerlicher Wicht, nicht der Rede wert. Wir lassen uns von dem nicht den Abend verderben.«

Schweigend sitzen sie sich gegenüber. Marie isst, das Mädchen nicht.

»Hast wohl keinen Hunger. Na ja, dann mache ich dir nachher, bevor du ins Bett gehst, ein Brot. So wie früher. Weißt du noch? Mama hatte nie etwas davon bemerkt, wenn ich dir abends noch heimlich ein Marmeladenbrot nach oben brachte. Mama hatte sich große Sorgen um dich gemacht, weil du nichts … also, weil du so wenig gegessen hast. ›Paulinchen‹, hatte sie immer gesagt, ›du isst wie ein Vögelchen. An dich kommt nichts dran!‹«

Marie steht auf, räumt die Teller ab und zwinkert dem Mädchen zu.

»Warte einen winzigen Moment! Ich schmeiß das hier jetzt schnell in die Spülmaschine, und dann machen wir beide uns einen gemütlichen Abend vor dem Fernseher. Vielleicht mit einer heißen Schokolade? Na, was hältst du davon?«

Aufmunternd blickt sie dem Mädchen ins Gesicht. Doch es bleibt stumm, schaut sie nur an. Und schaut ihr nach.

»Oder magst du lieber einen Film auf DVD?«, fragt Marie aus der Küche heraus. Mit dem Zeigefinger auf den Mund klopfend, kehrt sie zum Tisch zurück, die Stirn gekräuselt. »Hm, ich hätte da so ’ne deutsche Liebeskomödie mit Matthias Schweighöfer im Angebot, die könnte dir gefallen.«

Eine Weile sagt keiner etwas, bis das Mädchen schließlich im Ton einer Feststellung zu Marie spricht: »Du wolltest es mir doch erklären.«

Marie schließt für einen kurzen Moment die Augen. Sie versucht ihre Gedanken zu ordnen, versucht sich zu konzentrieren. Dann öffnet sie sie wieder und fixiert schweigend eine kleine Spinne, die ein Stück über den Holzfußboden läuft, um dann rasch am Tischbein hochzukrabbeln. Im Winter kommen sie immer rein. Schlaue Tiere. Wahre Überlebenskünstler.

»Ja«, antwortet Marie schließlich und nickt. »Du hast ein Recht darauf, es zu erfahren.«

Ihr Körper strafft sich, als sie zu dem Mädchen sagt: »Komm mit nach oben. Ich werde dir etwas zeigen.«

24

Der kleine Junge friert. Er friert in seinem dünnen Pyjama. Und er weint leise. Obwohl der kleine Junge mit seinen nackten Füßen im Schnee steht, steht er kerzengerade da, nur sein Gesichtsausdruck ist flehentlich auf den groß gewachsenen Mann gerichtet. Doch der schaut hartherzig auf ihn herab und schüttelt bedächtig den Kopf. Oh ja, und da ist noch jemand. Die Frau hinter der Glasschiebetür. Sie liegt, nur mit einem Morgenmantel aus Seide bekleidet, mit angezogenen Beinen auf den tiefdunklen Holzdielen. Sie scheint auch zu weinen. Ihr Gesicht feucht, ihr Kopf vom Boden leicht abgehoben, blickt sie auf den Jungen, ihre geöffnete Hand streckt sich ihm entgegen, will ihn wohl greifen, will sich an ihm festhalten.

Er weiß, die Glut seiner Zigarette kann ihn verraten. Doch der starke Schneeregen schreckt ihn davon ab, den Wagen zu verlassen. Eventuell will er sogar, dass sie ihn entdeckt. Der Gedanke gefällt ihm und lässt das schmale Lächeln in seinem Gesicht breiter werden. Sie würde es verstehen, würde sein Tun genau so verstehen, wie es gemeint ist: Er ist der beschützende Schatten in der Nacht. Er passt auf sie auf. Ob sie enttäuscht von ihm ist? Ja gut, das könnte sein. Vielleicht glaubt sie, er hätte sie im Stich gelassen, aber das hat er nicht! Bald wird er es ihr erklären, und sie wird es verstehen. Wenn es wirklich gefährlich für sie geworden wäre, hätte er eingegriffen. Nein, er hatte alles unter Kontrolle gehabt. Jederzeit! Sie ist auf seinen Schutz angewiesen. Marie hat so viele gegen sich aufgebracht. Ja, er wird es ihr sagen müssen – sie hat sich Feinde gemacht! Und auch wenn sie sich dagegen sträubt und sich noch selbst im Weg steht, er ist ihr nah. Er drückt die Zigarette aus und schaltet das Radio an.

Rod Stewart singt: »*Can you hear me, can you hear me. Through the dark night, far away …*« Sein Finger betätigt den Kippschalter, und das Fahrerfenster gleitet lautlos nach unten. Sein Blick streift das rote Backsteinhaus. Mit einem zufriedenen Knurren registriert er, dass dort alles im Dunkeln liegt.

»I am dying, forever crying to be with you, who can say …«

Eine Windböe schlägt Regen ins Innere des Wagens und gegen sein Gesicht.

»Verfluchtes Dreckswetter!«, schimpft er.

»We are sailing, we are sailing home again, 'cross the sea. We are sailing stormy waters, to be near you, to be free.«

»We are sailing, we are sailing«, stimmt er mit ein, während er sich mit dem Pullover über seine Augen reibt. Bei der Stelle *»stormy waters«* lacht er kurz auf. Er lässt die Scheibe wieder bis zur Hälfte hochfahren. Der untere Wohnbereich des Hauses ist erleuchtet.

Sein müder Blick sucht die Uhr – zwanzig Uhr fünfundzwanzig.

Ohne seine Augen von Maries Haus abzuwenden, greift er neben sich auf den Beifahrersitz. Die Finger seiner rechten Hand ertasten die raue Oberfläche des mit den Jahren spröde gewordenen Lederrucksacks, öffnen ihn und ziehen eine Brotdose hervor.

»Hab keine Angst, Marie, ich bin da. Wache bei dir. Alle haben dich alleingelassen. Allein mit deinem Leid. Ich lasse dich nicht allein. Auf mich kannst du dich verlassen«, flüstert er kauend.

Denn: Er kennt seine Aufgabe. Auch wenn Marie es ihm oftmals schwer macht, er gibt sie nicht auf. Abermals greift er neben sich, nur schaut er diesmal hin. Der Kaffee dampft, als er ihn aus der Thermoskanne in den Becher gießt. Sogleich breitet sich das kräftige Aroma im Innenraum des Kombis aus, um sich letztlich als dünner, milchiger Film auf die Scheiben zu legen.

Aber er wird mit ihr reden müssen, ob sie will oder nicht. Und er wird streng sein. Er muss streng sein. Schließlich kann sie nicht von ihm erwarten, dass er die alleinige Verantwortung für sie übernimmt. Marie muss lernen, sich ihm gegenüber zu bekennen, dann kann er ihr auch helfen. Verflucht, sie muss begreifen, dass sie ihm vertrauen kann. Ihm allein – wenn sie sonst schon niemandem vertraut.

Er spürt, wie Zorn in ihm hochsteigt, und führt rasch den warmen Becher an seine Lippen. Ist er denn für sie bloß ein Zuschauer ihrer selbst? Marie muss sein ehrliches Interesse doch bemerken. Oh natürlich, sie ist misstrauisch. Hat schlechte Erfahrungen gemacht. Sich fallen zu lassen fällt ihr unendlich schwer. Er versteht das! Versteht, dass sie Zeit braucht. Aber er ist auch nicht aus Stein. Ist ein Mensch mit Gefühlen! Auch er hat seine Grenzen – seine Schmerzgrenzen. Hat er nicht ebenfalls ein Recht auf Anerkennung und Liebe? Er sehnt sich so sehr nach ihrer Nähe. Braucht ihre Berührung! Will sich mitteilen! Er hat doch Pläne. Nein, lange wird er nicht mehr warten können. Wenn Marie keine Entscheidung treffen kann, dann muss er für sie entscheiden. Manchmal muss man Menschen zu ihrem Glück zwingen. Sein Vater hätte schon längst gehandelt. Der hat in seinem Leben nie gezaudert, hat immer klare Kante gezeigt. War kein Jammerlappen, so wie … Andere nannten ihn rücksichtslos, aber Fakt bleibt, sein Vater hatte ein Rückgrat. Gut, Mutter hatte unter ihm gelitten, doch sie war schwach … er wollte ihr helfen, doch sie wollte sich nicht helfen lassen. Mutter hat sich in sich verloren!

In kleinen, hastig getrunkenen Zügen rinnt ihm der heiße Kaffee die Kehle hinunter und verteilt sich als wohliges Gefühl in seinem Körper. Er fährt sich übers Gesicht, spürt die Bartstoppeln über seine Handfläche kratzen und bemerkt aus dem Augenwinkel, dass das Licht im Dachgeschoss angeschaltet ist.

»Marie, was tust du da oben? Du solltest vorsichtig mit dir umgehen.«

Wieder wirft er einen Blick auf die Uhr und sieht, dass es bereits kurz nach einundzwanzig Uhr dreißig ist. Doch er kann jetzt nicht fahren, kann sie nicht allein lassen. Unmöglich. Es könnte etwas Unvorhersehbares passieren. Nein, er muss ein Auge auf sie haben, zumindest solange sie wach ist. Gedankenverloren öffnet er den Knopf seiner rechten Brusttasche, die Finger ertasten das Mobiltelefon und ziehen es heraus. Das bläuliche Licht auf dem Display fordert seine Aufmerksamkeit, und er lässt seinen Daumen die Taste drücken.

***

Marie zählt die Stufen.

»Weißt du«, fragt sie fröhlich und dreht sich zu dem Mädchen um, das hinter ihr die Treppen hinaufsteigt, »wie viele Stufen man emporklettern muss, um ins Himmelreich zu gelangen?«

Das Mädchen schüttelt den Kopf.

»Sage und schreibe dreitausendsiebenhundertfünfzehn! Ja, so viele Stufen musst du erklimmen, um an Gottes Pforte anklopfen zu können. Wahnsinn, oder? Aber das soll unser beider Geheimnis bleiben. Schwörst du's?«

Marie bleibt stehen und hält den Kopf schief. Sie lächelt das Mädchen aufmunternd an, doch es bleibt stumm.

»Och, komm schon«, sagt Marie und stülpt die Unterlippe vor, »sei keine Spielverderberin. Schwör jetzt!«

Das Mädchen schlägt die Augen nieder und schüttelt erneut den Kopf.

»Dann eben nicht«, sagt Marie und geht die Treppenstufen weiter nach oben.

Zwei, drei Stufen, dann bleibt sie schlagartig stehen. Sie hört keine Schritte mehr hinter sich. Ihr Herz beginnt zu rasen, sie wankt kurz. Ihre Hand umklammert das Geländer. In ihrer Panik wirbelt sie herum, sucht und findet das Mädchen nicht mehr.

»Wo, wo bist du?«

Marie hört noch den Klang der eigenen Stimme. Dann wird ihr schwarz vor Augen, sie sackt zusammen.

Meine Blume, du musst besser auf dich achtgeben. Immer muss ich mir Sorgen um dich machen. Nein, Paulinchen schläft schon. Aber schau doch bloß mal, wie dünn du geworden bist. Deine Beinchen sehen fast aus wie Streichhölzer. Und dein Bauch … Sie spürt seine Lippen, seine feuchten Lippen auf ihrem Bauch. Seine Hände streicheln die Innenseiten ihrer Oberschenkel.

»Marie, was ist mit dir?«

Gedämpft dringt die Stimme zu ihr durch. Eine weinerliche Stimme. Ihre Augenlider bewegen sich unkontrolliert, und sie fühlt die Trockenheit in ihrem Mund. So langsam wird das Bild vor ihren Augen schärfer, und Marie erkennt vor sich das rotfleckige Gesicht des Mädchens, spürt den heißen Atem. Eine kleine, kalte Hand legt sich auf ihre Stirn.

»Es geht schon wieder«, versucht Marie das Mädchen zu beruhigen. »Ein kleiner Schwächeanfall«, erklärt sie lächelnd, »nichts weiter. Ich hab meine Tage, da bin ich immer etwas wacklig auf den Beinen.«

Marie zwinkert dem Mädchen zu und flüstert mit einem verschwörerischen Unterton: »Wenn du mir hilfst, schaffe ich die dreitausendsiebenhundertfünfzehn Stufen locker, aber auf jeden Fall die, die in die obere Etage führen.«

Marie grinst schief.

»Ich kann ja schlecht hier auf den Treppenstufen übernachten.«

Das Mädchen nickt hektisch, und Marie legt den Arm um seine Schulter. Schweigend erreichen sie das ausgebaute Dachgeschoss. Maries Beine werden plötzlich so schwer, dass sie befürchtet, nicht mehr weitergehen zu können. Das Mädchen neben ihr scheint ihr Zögern zu bemerken. Es wendet den Kopf zur Seite, wohl in der Hoffnung, in Maries Gesicht etwas ablesen zu können. Dann folgt sie ihrem Blick, der auf die Tür am Ende des Flurs gerichtet ist.

»Also los jetzt!«, hört Marie sich sagen. »Es ist bloß das Elternschlafzimmer. Die Hölle erwartet uns ganz sicher nicht hinter dieser Tür.«

In dem Zimmer ist es kalt. Die Deckenlampe wirft ein trübes Licht auf das Bett darunter. Trockene, alte, verbrauchte Luft. Das Kratzen im Hals lässt Marie ein paarmal schlucken, doch kann das den Hustenanfall nicht verhindern.

»Ja«, erklärt sie schließlich mit belegter Stimme, »du hast recht, hier müsste mal gelüftet werden. Aber es wird sich jetzt, wo du da bist, so einiges ändern.«

Sie weist mit dem Kopf zum Bett hin. »Ja, genau. Setz dich dorthin.«

Ohne weiter auf das Mädchen zu achten, geht Marie zum Schrank und öffnet die Flügeltüren. Sie muss sich auf die Zehenspitzen stellen, muss sich strecken, um an die große braune Holzkiste ganz oben im Schrank zu gelangen.

»Ha, hab sie!«, sagt sie mit einer Spur des Triumphes in der Stimme und nimmt die Holzkiste mit beiden Händen vorsichtig heraus, um sie gleich darauf vor die Füße des auf dem Bett sitzenden Mädchens zu stellen.

Marie setzt sich vor der Kiste auf den Boden und schaut lächelnd zu dem Mädchen hoch.

»Weißt du, was dadrin ist?«

Das Mädchen mustert die Holzkiste. In der Mitte des Deckels ist ein Kreis zu sehen, in den zwei gekreuzte Revolver eingraviert sind. Es schaut Marie fragend an – in seinem Blick eine Mischung aus Furcht und Unverständnis. Es öffnet den Mund, will etwas sagen, doch Marie legt ihm den Zeigefinger auf die Lippen und schüttelt den Kopf.

»Pscht, hab keine Angst«, sagt sie lächelnd, während sie mit der anderen Hand den Deckel langsam anhebt und ihn schließlich aufklappt.

Die Augen des Mädchens weiten sich, als Marie das weinrote Kordtuch wegnimmt und der verchromte Revolver sichtbar wird.

»Damit wollte er sich umbringen«, sagt sie und holt die Waffe aus der Kiste. Marie steht auf, setzt sich neben das Mädchen aufs Bett und hält sich den Revolver an die Schläfe. »Ungefähr so.«

Das Mädchen fährt erschrocken zurück.

»Du musst keine Angst haben«, flüstert Marie und lässt die Hand mit dem Revolver in den Schoß sinken. Ihr Blick entfernt sich, als sie fortfährt: »Ich bin damals mit ins Krankenhaus gefahren. Die Ärzte sagten: ›Ihre Schwester wird überleben, aber sie wird mit größter Wahrscheinlichkeit behindert bleiben.‹ Sie sagten, das Gehirn sei zu lange ohne Sauerstoffzufuhr gewesen.«

Marie atmet aus und hebt die Schultern.

»Der Stationsarzt sagte zu mir, dass meine Schwester ihr Leben mir zu verdanken habe, da ich so umsichtig reagiert hätte.«

Marie lacht bitter.

»Ha, umsichtig! Leben zu verdanken! Was denn für ein Leben? Ich habe ihr das Leben gerettet? Hab ich das? Ich habe ihr ein Leben gerettet, das schon lange nicht mehr ihr gehörte.«

Marie schaut zur Decke. Tränen laufen ihr über die Wangen. Sie bemerkt sie nicht. Sie wischt sie nicht weg, und das Mädchen schaut den Tränen nach, wie sie auf Maries Oberschenkel tropfen und dort kleine dunkle Flecken auf der Jeans hinterlassen.

»Ich habe sie gesehen. Durch die Scheibe. An lauter Schläuchen und Geräten war sie angeschlossen. Verdammt, ich konnte ihr Gesicht nicht sehen. Ich wollte ihre Augen sehen, wollte ihre Hand halten, wollte ihr nah sein, wollte um Verzeihung bitten … doch sie haben mich nicht in das verdammte Zimmer gelassen. Haben sie einfach nicht. Ich hatte keine Chance, es ihr zu sagen, wie entsetzlich leid es mir tut … das alles …«

Marie beißt sich auf die Unterlippe und schweigt. Für einen Moment sitzt sie einfach nur da. Dann: »Nach ein paar Stunden habe ich sie angerufen. Ich wollte nicht, doch die Ärzte sagten, ich sollte es tun. Schließlich seien es ja unsere Eltern, und sie hätten ein Recht darauf, informiert zu werden. Und wenn ich es nicht tun würde, müssten sie sie verständigen. Doch sei es als ältere Schwester ja auch irgendwie meine Aufgabe. Scheiß-Aufgabe! Sie kamen dann. Mutter war völlig hysterisch und schrie immer wieder was von ›meine Kleine‹, tja, und er? Er hat nur mal kurz durch die Scheibe gestarrt und sofort angefangen, lauthals zu schluchzen. Erbärmlich. Ich fand das damals peinlich. Und dann ist er über den Gang gelaufen, wie von Sinnen, und hat gebrüllt: ›Ich halte das nicht aus! Ich halte das nicht aus!‹ und ist schreiend durch den Eingangsbereich aus dem Krankenhaus gerannt. Als ich abends nach Hause kam, um ein paar Sachen für Pauline zu packen – Mutter war im Krankenhaus geblieben –, sah ich ihn genau hier, er saß da, wo du jetzt sitzt, und heulte vor sich hin. Die Tür war offen, und ich hörte sein Jammern. Ich stand im Türrahmen und beobachtete ihn. Sah, wie seine sonst so akkurat nach hinten gekämmten Haare – er benutzte immer so ein Haarfett, es roch kräftig-herb nach Kastanie und ließ die Haare glänzen – strähnig über die Augen in sein Gesicht hingen. Ich habe sie nicht gesehen, erst als er den Kopf anhob und mich zu bemerken schien, hob er die Hand, und ich sah, wie er sich die Pistole an die Schläfe drückte. In dem Moment hatte ich nur Verachtung für ihn übrig. Was war er doch für ein erbärmlicher Wicht! ›Tu es‹, habe ich leise gesagt. Gefleht habe ich. ›Tu es doch!‹ Dann ist alles vorbei, und alles wird gut. Aber er tat es nicht, sondern fing bloß an, vor sich hin zu brabbeln.«

»Grundgütiger Gott! Was ist nur geschehen? Was ist nur geschehen mit uns? Wir waren doch eine so glückliche Familie. Marie, meine Marie. Mein großes Mädchen, warum? Sag mir, warum hat deine Schwester, meine kleine Blume, sich das angetan? Wie konnte sie mir das antun? Sie wollte sich töten. Warum? Damit hat sie sich versündigt an Gott! Weshalb hat sie nicht mit mir gesprochen? Ihr wisst doch, ihr könnt mir all eure Gedanken anvertrauen, könnt mir eure Sorgen anvertrauen. Ich bin euer Vater.«

»Ich werde fortgehen. Sobald Pauline aus dem Krankenhaus entlassen wird, werde ich gehen.«

Erschrocken schaut er auf. Marie sieht in die weit aufgerissenen, blutunterlaufenen Augen und beobachtet beinahe fasziniert, wie ihm der Speichel aus den Mundwinkeln rinnt. Dann wendet er den Kopf wieder nach vorne und nickt abwesend.

»Dann werde ich mich umbringen«, sagt er mit tonloser Stimme.

Kaum ein Versprechen, denkt Marie und dreht sich um. Sie geht in ihr Zimmer, zieht die schwarz-weiß karierte Sporttasche unter dem Bett ihrer Schwester hervor und öffnet den Kleiderschrank. Sie hört die Schritte, wie sie sich schwerfällig nähern, wie sie jetzt das Zimmer betreten, doch sie dreht sich nicht nach ihnen um. Er kann ihr keine Angst mehr machen. Ihre Hände sind ruhig, kein Zittern. Marie legt fünf T-Shirts in die Tasche und streicht sie glatt. Sie holt zwei Schlafanzüge aus dem Schrank, und die Schritte bleiben unmittelbar hinter ihr stehen. Marie kann die Blicke förmlich spüren, wie sie sich an ihren Rücken heften. Seinen Atem im Nacken, hört sie seine Stimme kraftlos sagen:

»Du darfst mich jetzt nicht auch noch verlassen.«

Marie schweigt und lässt die Arme sinken. Sie starrt auf die Schlafanzüge in ihren Händen für einen kurzen Moment, dann legt sie die Kleidungsstücke in die Tasche und antwortet fast beiläufig: »Ich habe dich bereits vor langer Zeit verlassen. Vor sehr langer Zeit.«

»Marie! Marie, hör doch, das Telefon!« Es ist die Stimme des Mädchens, das sie aus der Vergangenheit reißt.

25

All seine Sinne sind angespannt. Die Kapuze seiner Sweatjacke tief in die Stirn gezogen, kommt er sich vor wie ein Raubtier auf Beutezug, und dieser Vergleich gefällt ihm. Ja, es erregt ihn, und er genießt dieses Kribbeln in seinem Magen. Die Angst und die gleichzeitige Euphorie haben ihn fest im Griff, treiben ihn an und isolieren ihn zugleich. Abschotten hilft, wenn man keine Rücksicht nehmen kann.

Nein, er lässt ihn nicht zu, den Gedanken, dass sein Vorhaben verwerflich oder gar unmoralisch sein könnte. Es ist ganz einfach: Er muss es tun und darf sich dabei nicht erwischen lassen – das allein sind die Spielregeln. Friss oder stirb.

Es ist ihm zuwider, und es kostet ihn große Überwindung. Dieses Gedränge, diese Menschen, die ihm so respektlos nahe auf die Pelle rücken, ihre Körper gegen den seinen drücken, und die dabei augenscheinlich jegliches Schamgefühl abgelegt haben. Oh ja, er hasst es, hier zu sein, und es bereitet ihm erhebliche Mühe, die aufkeimende Wut zu zügeln. Doch die Nähe ermöglicht ihm, unauffällig potenzielle Opfer auszuspähen, sich ihnen unbemerkt zu nähern, um dann im richtigen Moment zuzugreifen.

Pierre lässt sich über das Kopfsteinpflaster des Weihnachtsmarktes schieben. Er nimmt die penetrante Geruchsmixtur aus gebrannten Mandeln, Zuckerwatte, Backfisch und Bratwurst wahr, hört die fröhlichen Weihnachtslieder aus den Boxen dröhnen und fragt sich, ob Weihnachten ihm jemals etwas bedeutet hat.

Der Baum, schwer beladen mit Lametta, Goldstaub und Kugeln. Die bunte Lichterkette, eine Spur zu kitschig, selbst für einen achtjährigen Jungen, der seinen Blick so gerne auf die Päckchen darunter richten möchte, doch der stattdessen an seiner auf der Couch schlafenden Mutter haften bleibt. Unschlüssig steht er da, in seinem Power-Ranger-Jogginganzug, und schaut auf seine nackten Füße. Seine Mom will, dass er Pantoffeln trägt, gerade jetzt im Winter, wo die kalte Luft unter der Türritze hindurchkriecht, weil die Hauseingangstür mal wieder sperrangelweit offen steht, und sich auf die PVC-Platten im Bad und im Flur legt. Aber Pierre hat keine Pantoffeln mehr, die hatte Mom schon vor Wochen in den Müll geschmissen, sie waren ihm zu klein geworden.

Der Typ mit dem Rucksack drängt sich vom Glühweinstand kommend direkt vor ihn, und es hätte nicht viel gefehlt und er wäre ihm auf seine Sneakers gestiegen. Nichts geht mehr. Der Menschenfluss gerät ins Stocken. In der einen Hand einen Becher, in der anderen das Portemonnaie und einen Handschuh zwischen den Zähnen, lässt der Mann seinen Rucksack zu Boden gleiten. Er geht in die Knie, legt das Portemonnaie auf seine Oberschenkel und zieht den Reißverschluss der Außentasche auf. Pierre schaut auf ihn herab. Beobachtet, wie der Mann seine Geldbörse verstaut. Pierre taxiert den Typ mit der Alpakamütze unter ihm auf Anfang zwanzig. Schmächtig, so groß wie er selbst, mit strohblondem Kinnbart. Und er scheint alleine hier zu sein. Als er sich wieder aufrichtet, blickt er Pierre ins Gesicht und lächelt.

»Ganz nett voll hier«, sagt er und kichert. »Aber mit ein bisschen Stoff aus dem Becher macht das nix mehr.«

Er nimmt einen kräftigen Schluck und grinst Pierre breit an.

»Is bereits mein drittes Gesöff. Schmeckt immer besser. Bei uns in Siegen, also ich komm von da weg, gibt es auch Weihnachtsmärkte, auch schöne, aber keiner ist so gemütlich wie der hier bei euch in Köln. Ups …«

Der junge Mann kommt näher, und Pierre riecht deutlich die Alkoholfahne.

»… ich hab mich noch gar nicht vorgestellt – ich bin der Carsten, Carsten mit ›C‹ vorne. Und ich studiere hier bei euch in Köln im ersten Semester Germanistik auf Lehramt. Jawoll, ich gestehe, ich will mal Deutschlehrer werden.«

Pierre bleibt stumm, lässt Carsten, der nun ein wenig wankt, nicht aus den Augen.

»Und … und wie heißt du?«

»Zorro.«

Carsten stutzt, um sogleich schallend aufzulachen.

»Haha, du bist lustig, du hast Humor. Typisch Rheinländer! Das mag ich so an euch. Köln is 'ne echt bunte Stadt, mit lauter lieben Menschen, die immer gut drauf sind.«

Und er setzt abermals den Becher an seine Lippen, um den Rest hinunterzustürzen.

»Und wo haste deine Maske gelassen, Zorro?«

»Zu Hause. Ich bin inkognito unterwegs.«

Carsten zeigt mit dem Finger auf ihn.

»Du bist es! Duuuu bist es!«

Pierre nickt und ringt sich dabei ein Lächeln ab.

»Zorro«, lallt Carsten, »darf ich dich zu einem Heißgetränk deiner Wahl einladen?«

Pierre behält das Lächeln und nickt erneut.

»Also zwei Glüh…wein für uns beide. Ein kleines bisschen Geduld, bin gleich wieder zurück. Versprochen!«

Pierre schaut erst Carsten hinterher und sich dann um. Niemand scheint Notiz von ihnen zu nehmen.

»Verdammisch voll am Tresen«, meckert Carsten, der nach zehn Minuten wieder vor Pierre steht.

»Aber für das Getränk hier«, er drückt ihm einen der beiden Tassen in die Hand, »lohnt sich das Anstellen.«

Übermütig prostet er Pierre zu, spitzt dann die Lippen und pustet in seinen Becher. Pierre sieht seine glasigen Augen und wie sich seine Wangen röten. Mit kleinen, jedoch gierigen Zügen schlürft Carsten den heißen Glühwein und achtet nicht darauf, wie sein Gegenüber langsam in die Hocke geht, seine Tasse auf den Boden abstellt und zugreift.

»Wa… weischt du«, erklärt Carsten, wobei der Versuch, deutlich zu sprechen, ihm jetzt hörbar schwerfällt, »wir Siegerländer sind gar … sind nicht sooooo schtur und abweisend, wie immer behauptet wird, wir können auch anders …«

Carsten schwankt, hebt den Becher zum Mund, trinkt und merkt nicht, dass sich Pierre den Rucksack über die Schulter hängt, merkt auch nicht, wie er sich langsam von ihm entfernt, um schließlich in der Menschenmenge abzutauchen.

»Was für ein Clown!«, denkt Pierre grinsend, während er sich beeilt, vom Weihnachtsmarkt herunterzukommen. »Das war fast ein wenig zu einfach.«

Er läuft über die Straßenbahnschienen, lässt den Neumarkt hinter sich, rennt durch die Clemensstraße, und erst kurz vor dem Mauritiuskirchplatz wechselt er vom Laufen ins Gehen. Ohne seine Umgebung aus den Augen zu lassen, ziehen seine Finger den Reißverschluss auf und holen das Portemonnaie hervor. Pierre wirft einen raschen Blick hinein und schätzt die Beute.

»Fünfundzwanzig und ein paar Zerquetschte – besser als nichts«, konstatiert er. »Mal sehen, ob der gute Carsten auch ein Handy in seinem Rucksack hat.«

»Hey, ich bin's!«

Pierre steht schutzsuchend vor dem einsetzenden Schneeregen im Eingangsbereich des Agrippabades und hält sich das Mobiltelefon dicht vor den Mund.

»Nein, ich bin nicht bescheuert«, zischt er. »Mir ist klar, dass die Bullen mein Handy orten können, daher habe ich es ja auch in den Rhein geschmissen. Ich rufe von einem sauberen Teil an … – ja, Golem, geklaut. Ist aber jetzt total unwichtig. … Ja, auch wo ich bin, ist völlig egal. Mensch, jetzt hör mir doch mal zu und mach die Musik leiser, ich hab keinen Bock, so zu schreien und alles zu wiederholen, hier sind Leute. … Ja, ich brauch dich. … Nein, du musst nicht herkommen. Du musst mir einen Gefallen tun. … Ja, am besten heute noch. Du musst zu Leonies Lehrerin … was? … Nein, Golem, ich kann da nicht hin … die Bullen suchen mich, haste das vergessen? Dich haben die nicht im Visier, du kannst dich frei bewegen. … Okay, das will ich dir ja gerade erklären, verdammt. … Ja, ich bin ruhig. Also, die Frau heißt Marie Fredehoff, yo, Fre-de-hoff, die Lehrerin … Ja, die ist cool, die ist korrekt. Schreib es dir auf, die wohnt in Bergheim-Glesch. … Ja, ich weiß, am Arsch der Welt, aber mit deiner Karre biste in 'ner schlappen Dreiviertelstunde da. Die

Adresse ist Jasminweg 3 oder 4, so genau weiß ich das nicht. Frei stehendes Haus, heller Klinkerstein, gegenüber steht ein fetter Baum. Kannst du gar nicht verfehlen. … Mann, es ist wichtig! Sag ihr, Leonie geht es gut, und sie soll den Bullen verklickern, dass sie freiwillig mit mir zusammen ist. Es ist ganz wichtig, dass du ihr das eindringlich rüberbringst. Ich brauche Luft … wir brauchen Luft. Sie muss für uns sprechen – für mich und Leonie. … Scheiße, nein, Golem, ich kann sie nicht anrufen, die Frau hat 'ne Geheimnummer. Sag ihr, dass Leonie sie in den nächsten Tagen besuchen wird. Hey, die Frau ist die Einzige, die uns helfen kann, aus dieser Nummer ansatzweise schmerzfrei rauszukommen. Leonie und ich haben keinen Bock darauf, ständig die Bullen im Nacken zu haben. … Ja, vielleicht macht sie eine paar Scheine für dich locker … aber Golem, tu ihr nichts. Ich meine das verflucht ernst! Wenn du sie anrührst … alles klar, ich vertrau dir. Okay, ich muss los. … Klar weiß ich, dass ich mich auf dich verlassen kann. Hätte ich dich sonst angerufen? … Yo, ich meld mich wieder.«

26

»Natürlich, ich weiß, wie spät es ist«, er ist bemüht, seiner Stimme den aggressiven Unterton zu verbieten, »ich bitte Sie nur, mal nach ihr zu sehen. Sie brauchen doch bloß mal kurz über den Flur … ja natürlich, brauche ich Ihnen das nicht zu erklären. Und sicher, auch das Pflegepersonal hat ein Anrecht auf Schlaf und Freizeit. … Ja, ich brauche auch nicht mehr allzu lange, versprochen, und ab morgen werde ich auch wieder früher … ja, vor zwanzig Uhr zu Hause sein. … Selbstverständlich zahle ich Ihnen für Ihre Leistung die volle Stunde Abendzuschlag extra. … Ja, ich weiß das zu würdigen. Haben Sie herzlichen Dank.«

Der Schneeregen hat aufgehört, und er öffnet die Wagentür und steigt aus. Die feuchtkalte Luft vertreibt seine Müdigkeit, doch sein Rücken schmerzt vom langen Sitzen, und die Kälte tut ihr Übriges, um ihn zu peinigen. Er streckt sich und lässt den Kopf im Nacken kreisen. Nein, er kann jetzt noch nicht fahren. Nicht, solange das Licht drüben brennt.

Es drängt ihn, sich zum Haus zu schleichen. Vielleicht kann er, vor ihrer Tür lauschend, etwas aufschnappen. Vielleicht muss er Marie davor bewahren, sich etwas anzutun. Der Gedanke formiert sich in seinem Kopf, wird größer, und der Drang, loszulaufen, wird stärker. Er ist bereits im Begriff, seinen Wagen zu verschließen, als er ein Motorengeräusch hört, das rasch näher kommt. Geduckt läuft er auf die andere Straßenseite und versteckt sich dort im Schatten des Hauses. Der Roller fährt direkt auf das Einfamilienhaus zu, stoppt dann jedoch noch knapp vor dem Bürgersteig, und der Motor verstummt. Eine schlaksige Gestalt steigt ab, nimmt den Helm herunter und geht geradewegs auf das Haus zu.

Schon wieder so einer dieser jungen, miesen Burschen!, schießt es ihm durch den Kopf. Diesmal würde er jedoch früher handeln. Diesmal würde er nicht mehr tatenlos und feige zusehen und abwarten. Ohne einen weiteren Gedanken zu verschwenden, tritt er aus seiner Deckung heraus und stellt sich dem jungen Mann in den Weg.

»Einen wunderschönen guten Abend«, sagt er und fährt unvermittelt fort: »Ich habe Sie schon erwartet und möchte Ihnen gerne was zeigen. Kommen Sie mit, es wird nicht lange dauern!«

Verwundert schaut ihm der Junge ins Gesicht.

»Hey Mann, was, was willst du von mir?«

Das werde ich dir gleich zeigen, kleiner Hosenscheißer!

Er lächelt und zeigt mit dem Finger an ihm vorbei.

»Dort drüben«, erklärt er freundlich, »steht mein Wagen. Sehen Sie ihn?«

Aus dem Augenwinkel registriert er, wie der junge Mann seinem Fingerzeig folgt und nickt.

»Und?«

»Na, in meinem Wagen habe ich etwas, das Sie ganz sicher interessieren wird.«

Er sieht, dass sein Gegenüber herablassend die Stirn kräuselt.

»Und, was sollte das denn sein?«, erwidert der Junge gelangweilt.

»Na, kommen Sie«, antwortet er noch immer freundlich und geht an ihm vorbei. »Sie werden doch keine Angst vor mir haben.«

Er lacht hell und winkt dem Jungen am Auto stehend aufmunternd zu.

»Kommen Sie, kommen Sie!«

Warum zögerst du? Bist wohl doch nicht so obercool, wie du tust. Na komm, komm schon her! Ja, steck deine Hände ruhig in die Hosentaschen – wenn dich das mutiger macht, soll es mir recht sein. Na also, so ist es brav. Setz nur einen Fuß vor den anderen. Ja, willst lässig wirken, willst mir imponieren – geschenkt, Kleiner. Nur noch ein Stück … warum bleibst du denn jetzt auf halber Strecke stehen?

»Hey Mann, bist du ’ne Schwuchtel, oder was?«

»Ach, wo denken Sie hin! Ich möchte Ihnen bloß was zeigen, was Sie bestimmt gebrauchen können.«

Sei nicht so schüchtern … na, es geht doch …

»Okay, Alter, und wo haste jetzt meine Überraschung?«

»Na hier«, sagt er, während er lächelnd den Kofferraum öffnet. »Hier. Ganz allein für dich.«

Der Junge hat keine Chance. Und für einen Sekundenbruchteil mag er es bereuen, nicht auf seine innere Stimme gehört zu haben. Doch das Letzte, was er höchstwahrscheinlich hört, ist das Geräusch von berstenden Knochen. Schädelknochen. Seinen Schädelknochen. Und er fällt, fällt auf den nassen Asphalt. Halt- und würdelos schlägt er auf.

Sein Körper, seine Gliedmaßen zucken unkontrolliert. Der Angreifer wird unwillkürlich an das Froschexperiment aus seiner Schulzeit erinnert. Als er dem toten Frosch mit zitternden Fingern das Metallplättchen durch das Maul in den Magen geschoben hatte. Ein Blick zur Seite, in das hochrote Gesicht von Fabian. Sie nickten sich zu, und sein Klassenkamerad drehte vorsichtig den Knopf des Trafos, Strom floss durch die Drähte in das Plättchen, und der tote Frosch hüpfte auf dem Tisch hoch und runter, runter und hoch. Lustig sah das aus, aber auch ein bisschen schaurig. Und jedes Mal, wenn das Tier herunterfiel, machte es »Platsch« und »Platsch« und »Platsch« ... Abrupt hören die Zuckungen auf, beinahe unerwartet.

Verwundert blickt er hinab, hebt den Fuß ein wenig an, um mit der Spitze ein-, zweimal in die Seite des regungslosen Körpers zu stoßen. Keinerlei Reaktion.

»Jetzt habe ich dich wohl überrascht. Hab ich recht?«

Er betrachtet den Leichnam und kratzt sich am Hinterkopf. Den wohligen Schauer, der ihm dabei über den Rücken läuft, nimmt er mit einem unbestimmten Gefühl wahr. Befremdlich faszinierend, denkt er. Es ist so leicht. Ein einziger Schlag und das Leben ist beendet, von einer auf die andere Sekunde aus und vorbei. Dieses junge Leben. Aber er ließ mir keine Wahl. Was hätte er anderes tun sollen? Er zwingt sich, den Blick von seinem Opfer abzuwenden, um sich dem Schraubenschlüssel in seiner Faust zuzuwenden.

Er hält ihn immer noch. Kann nicht loslassen. Die Hand noch erhoben, als hätte er den Schlag noch gar nicht ausgeführt. Irgendwie scheint es, als habe der Arm nichts mit ihm zu tun, so, als gehöre er nicht zu ihm. Die Kofferraumbeleuchtung offenbart das Blut, das vom Ende des Schraubenschlüssels auf den Toten tropft.

Was tust du hier? Die eigene Stimme erschreckt ihn und lässt ihn zusammenzucken. Was hast du getan? Du kannst jetzt nicht bleiben, du musst fort!

Augenblicklich öffnet sich seine Faust, und der Schraubenschlüssel fällt auf den toten Körper. Lautlos.

Bevor er sich nun bückt, um den Jungen in den Kofferraum zu legen, schaut er noch einmal über das Dach des Kombis zum Haus hinüber. Das Licht ist erloschen.

Ein kurzer, flüchtiger Blick auf das rote Backsteinhaus. Dunkelheit auch bei der Alten drüben. Er nickt zufrieden.

Entschlossen packt er zu und setzt den Leichnam aufrecht hin. Der tote Körper ist schwer, und es bereitet ihm einige Mühe, ihn am Umkippen zu hindern. Den Rücken des Leichnams vor dem Gesicht, schieben sich seine Arme links und rechts unter den Achseln des Toten hindurch, seine Hände falten sich vor dessen Brust. Doch beim Versuch, den toten Jungen anzuheben, rutscht ihm der schlaffe Körper aus den Armen und fällt seitlich zu Boden. Gleichzeitig setzt der Regen wieder ein und nimmt rasch an Heftigkeit zu. Eiskalte Tropfen treffen ihn im Nacken, und er flucht laut, als er fühlt, wie ihm das Wasser den Rücken hinunterläuft.

Diese ganze Situation kommt ihm mit einem Mal völlig grotesk vor. Er muss sich setzen. Erschöpft lässt er sich auf der Kante des offenen Kofferraums nieder.

Wenn sie wüsste, was er gerade für sie tut und was er schon alles für sie getan hat, dann würde sie ihn mit anderen Augen sehen.

Natürlich weiß er ihre Blicke zu deuten, diese Blicke, die ihn geringschätzig mustern, und die Blicke, die an ihm vorbeischauen. Demonstrativ vorbeischauen. Diese Blicke, sie tun weh und verletzen ihn zutiefst.

Ja, sie ist verletzend, doch nur, weil sie selbst verletzt ist, wer wüsste das besser als er?

Er schaut auf die Uhr – gleich halb zwölf –, er hat Zeit. All seine Kräfte sammelnd, steht er auf, geht in die Knie, und diesmal gelingt es ihm, indem er den Jungen mit beiden Händen am Hosengürtel packt, ihn hochhievt und dann in den Kofferraum des Kombis bugsiert. Schnell hebt er noch den Helm und den Schraubenschlüssel von der Straße auf, wirft beides auf die Ladefläche und verschließt dann den Kofferraum.

Augenblicke später sitzt er hinter dem Steuer, startet den Motor und fährt los. Den Roller wird er danach holen und in unmittelbarer Nähe der Bahngleise abstellen. Es wird nach Selbstmord aussehen. Tragisch. So ein junger Bursche. Wirklich tragisch.

***

Er betritt die Wohnung, ohne das Licht anzuschalten. Nachdem er die Tür hinter sich leise geschlossen hat, zieht er im Flur geräuschlos die Schuhe aus und hängt die schwere Winterlederjacke samt Schal an den Garderobenhaken. Dabei berührt seine Hand wie zufällig den blauen Kaschmirmantel seiner Frau, der auf einem Bügel ebenfalls an der Garderobe hängt. Es ist das Blau ihrer Augen, und er kommt dem Verlangen nach, sein Gesicht in den weichen Stoff des Mantels zu vergraben. Er glaubt, den schwachen Duft ihres Parfüms wahrzunehmen, und er saugt ihn begehrlich ein.

Sie waren glücklich gewesen. Und dann dieser Unfall. Die Ärzte sprachen vom apallischen Syndrom. Von einer schweren Schädigung des Gehirns. Von einem Schädel-Hirn-Trauma. Sie lag einen Monat auf der Intensivstation, komatös, und musste künstlich beatmet und ernährt werden. Er erfuhr von den Ärzten, dass bis zu siebzig Prozent der Wachkomapatienten zu Hause gepflegt werden können. »Mit der entsprechenden professionellen Unterstützung müsste dies zu bewerkstelligen sein«, sagte der Chefarzt zu ihm. So kaufte er die Nachbarwohnung, suchte sich eine Krankenschwester und ließ sie dort einziehen. Sie wohnt dort mietfrei, zudem zahlt er ihr ein Gehalt.

Lautlos öffnet er die Tür des Schlafzimmers, setzt einen Fuß hinein und hält kurz inne. Das Licht, das von der kleinen Nachttischlampe abstrahlt, ist schwach und vermag den Umriss des Körpers nicht in Gänze zu erhellen. Doch die wohlgeformten Gesichtszüge der Frau sind auch jetzt noch gut zu erkennen.

Die gleichmäßigen Atemgeräusche beruhigen ihn, und er tritt an ihr Bett. Sie ist immer noch eine so wunderschöne Frau. Ihre Augen sind geschlossen, doch er sieht, wie sich die Pupillen unter den Lidern heftig bewegen. Zärtlich streicht er ihr durch das inzwischen leicht ergraute Haar. Sie mochte ihr langes, vormals hellblondes Haar. Es war dick und kräftig gewesen, und sie trug es meist zu einem Zopf geflochten, nicht fest am Kopf oder gar streng, sondern eher locker zusammengebunden. Und weil sie ihr langes Haar so mochte, hatte er es nicht übers Herz bringen können, es abschneiden zu lassen. Auch wenn dies bedeutet, dass das Waschen und das Pflegen erheblich mehr Arbeit macht.

»Es tut mir so leid«, stammelt er tränenlos, »so unendlich leid.«

Eine Weile schaut er auf sie herab. Schweigend. Dann sagt er: »Ja, ich weiß, dass es Mord ist.«

Er wendet sich ab, will sie nicht mehr ansehen müssen.

»Aber was hätte ich denn machen sollen? Ich musste sie vor diesem brutalen Kerl schützen.«

Er geht auf sein Bett zu, dabei zieht er sich den Pullover über den Kopf und setzt sich dann auf die Bettkante. Ein Blick auf die Armbanduhr – gleich halb fünf. Er nimmt die Uhr ab und legt sie auf den Nachttisch.

»Der junge Mann war sofort tot. Ich habe ihm auf den Kopf geschlagen ... mit dem Schraubenschlüssel. Es ging alles furchtbar schnell. Er war ganz arglos, hat sich nicht gewehrt. Konnte sich wohl auch nicht wehren. Ein dürrer Kerl ... nein, er hatte nicht damit gerechnet. Hatte er mir wohl auch nicht zugetraut, so arrogant, wie der mich gemustert hat. Aber ich war ihm in diesem kurzen Moment über. Diese jungen Kerle ...«

Auf der Bettkante sitzend, zieht er sich erst die Hose aus, dann die Strümpfe.

»Oh nein«, sagt er und schüttelt vehement den Kopf, »nicht dass du denkst, ich sei stolz auf das, was ich getan habe. Nein, so ist es nicht.«

Er steht auf, legt die Strümpfe beiseite und hängt die Hose zusammengelegt über einen Stuhl. Er bleibt im Raum stehen, unschlüssig, seinen Blick auf seine Frau gerichtet.

»Du weißt, ich verabscheue Gewalt. Du kennst mich.«

Wieder wendet er sich ab. Schaut zu Boden.

»Ich kann nicht noch weitere Schuld auf mich laden. Ich habe Mutter nicht beschützen können. Ich habe dich nicht beschützen können. Und … jetzt kann ich nicht zusehen, wie Marie … Marie braucht mich … mehr als je zuvor.«

Er dreht sich um, geht in das angrenzende Badezimmer und schließt die Tür hinter sich.

27

Dienstag, 18.12.

Marie steht am Schlafzimmerfenster und blickt hinaus auf die Straße. Nur der Lichtschein der Laterne sorgt für etwas Helligkeit im Dunkel. Die Nacht war kurz gewesen, und die nächtlichen Telefonanrufe hatten sie sehr durcheinandergebracht und verängstigt. Die ersten Male hatte sie noch abgehoben.

Marie konnte das leise Atmen an ihrem Ohr hören. Nein, sie hatte es sich nicht eingebildet. Wer war dieser Mensch? Und warum tat er so etwas? Irgendwann war sie hoch in ihr Schlafzimmer und hatte die Tür geschlossen. Sie hörte zwar das Telefon noch immer, doch die Entfernung gab ihr ein Gefühl der Sicherheit. Aber der Schlaf war nicht tief und nur von kurzer Dauer gewesen, denn irgendein Geräusch ließ sie hochfahren. Und da: plötzlich dieser Lärm draußen. Sie stand auf und ging im Dunkeln zum Fenster hinüber. Sie schaute hinaus, so wie jetzt, und versuchte, etwas in dem trüben Licht der Straßenlaternen zu erkennen. Für Einzelheiten reichte es nicht. Aber die Stimmen vor ihrem Haus hatte Marie gut hören können, wenn sie auch nicht alles verstehen konnte. Es waren zwei Männer gewesen, die miteinander sprachen. Die Gesichter konnte sie nicht erkennen, nur als einer der Männer plötzlich zu ihr hinaufsah, trat sie erschrocken vom Fenster weg. Sie ist dann in ihr Bett gegangen. Ab da erinnert sich Marie an nichts mehr. Sie muss wohl eingeschlafen sein.

Der Rotwein, schießt es ihr durch den Kopf. Ja, zu viel Rotwein. Marie schüttelt sich, und mit einem Mal spürt sie, wie sich die Kälte auf ihrem Körper ausbreitet. Sie wendet sich vom Fenster ab, verschränkt die Arme vor der Brust und geht zur Tür. Ihr Blick streift die Uhr, gleich Viertel nach sechs. Es wird ein langer Tag werden, denn sie hat sich für heute einiges vorgenommen. Aber Marie fühlt sich stark genug, ihr selbst auferlegtes Pensum zu bewältigen – trotz Schlafmangels. Auf ihrer Prioritätenliste steht der Besuch im Krankenhaus an oberster Stelle. Inständig hofft sie, von dem Jungen dort etwas über Leonie zu erfahren. Etwas, das ihr hilft, das Mädchen zu finden. Mit raschen Schritten betritt sie das Badezimmer, zieht ihren Pyjama aus und stellt die Dusche an. Sie stöhnt laut auf, als sie der kalte Wasserstrahl trifft.

***

Die großen Scheinwerfer tauchen die Szene in ein unwirklich gleißendes Licht. Das Gebiet rund um die Bahnschienen ist mit rot-weißem Kunststoffband weiträumig abgesperrt.

Die junge WDR-Fernsehreporterin ist sichtlich mitgenommen.

»Nach ersten Erkenntnissen der Polizei ist es auf der Bahnstrecke hinter mir, auf einem offenen Abschnitt zwischen zwei Tunneln, zu einem tragischen Unglück gekommen. In den frühen Morgenstunden ist dort ein Mann auf die Gleise gesprungen und von der S-Bahn-Linie 11 erfasst worden. Dabei erlitt der Mann tödliche Verletzungen. Es muss von Selbstmord ausgegangen werden.«

Die Reporterin nimmt den Blick von der Kamera und wendet sich der Polizistin zu, die nun ins Bild kommt. Marie erkennt die Umgebung, greift automatisch zur Fernbedienung und macht den Ton lauter.

»Neben mir steht die Hauptkommissarin Uta Meltzer«, erklärt die junge Frau, »sie und etliche ihrer Kollegen sind seit der Nacht im Einsatz. Frau Meltzer, was können Sie den Zuschauern zum jetzigen Zeitpunkt sagen? Wie weit sind die kriminaltechnischen Ermittlungen?«

Sie hält der Polizistin das Mikrofon hin.

»Wir können noch nicht viel sagen«, antwortet die Beamtin. »Bei der Person, die von dem Zug erfasst wurde, handelt es sich um einen jungen Mann im Alter von siebzehn Jahren. Seine Identität konnte bereits geklärt werden. Die Eltern des Jungen wurden informiert und werden psychologisch betreut. Die Spurensicherung wird noch bis in die späten Morgenstunden andauern. Erst dann kann der Zugbetrieb wieder aufgenommen werden. Zurzeit ist die Bahnstrecke für die Unfallaufnahme auf beiden Seiten voll gesperrt. Momentan sind noch einige Rettungskräfte der Polizei im Einsatz.«

Die Reporterin nickt verstehend.

»Wie geht es dem Zugführer?«, will sie wissen. »Das, was heute früh hier passiert ist, muss doch der Alptraum eines jeden Fahrers sein.«

»In der Tat«, antwortet die Polizistin. »Der Lokführer ist der unmittelbare Augenzeuge. Er erkennt die Suizidabsicht bereits aus großer Entfernung, ist jedoch nicht in der Lage, den Zug rechtzeitig zum Stillstand zu bringen, sondern erlebt den Tod des Suizidenten, ohne etwas tun zu können.«

»Schrecklich«, sagt die Reporterin.

»Ja, und wie bei jedem Unglück steht auch hier der Zugführer unter einem erheblichen Schock. Er wird, ebenso wie die Fahrgäste, von Fachleuten betreut.«

»Vielen Dank für diese erste Stellungnahme, Frau Meltzer.«

Die Beamtin nickt der jungen Frau zu, und die Kamera folgt ihr noch ein Stück. Marie sieht, wie sie auf einen Kollegen zugeht, der ein paar Meter abseits steht und dem Interview offensichtlich zugesehen hat. Sie legt den Kopf in den Nacken und schließt für einen Moment die Augen. Als Marie sie öffnet, ist die junge Reporterin wieder auf dem Bildschirm zu sehen.

***

Er hört die Stimme, hört, was sie sagt: »Hey, jetzt hast du es geschafft! Du kommst ins Fernsehen, in die Früh- und Abendnachrichten, und wirst auf einen Schlag berühmt.«

Nein, an Schlaf war nicht zu denken gewesen, und nun ist er völlig übernächtigt. Und als er sich in der Küche einen Kaffee machen wollte und das Radio anschaltete, knallte ihm sogleich die Nachricht entgegen. Er hatte das Gefühl, zu ersticken, und musste raus. Überhastet kippte er den Kaffee hinunter, sah noch schnell nach ihr und saß wenig später in seinem Kombi. Der Wagen hatte ihn hierhergebracht, ohne dass es ihm so richtig bewusst geworden war. Und jetzt ist er hier, mitten unter diesen unzähligen Schaulustigen, ist einer von denen, die den Ermittlungsbeamten gaffend bei der Arbeit zuschauen.

Wenn ihr wüsstet, wer neben euch steht.

Fast hätte er laut losgelacht, und ihm fällt die alte Binsenweisheit vom Täter, der zum Tatort zurückkehrt, ein.

Er zündet sich eine Zigarette an und beobachtet die Polizistin, die eben noch vor der Kamera stand und jetzt ihr Gesicht verzieht. Sie scheint keine Lust zu haben, auf die spöttische Bemerkung ihres Kollegen einzugehen.

»Komm, ich hab genug von dieser Medienpräsenz«, knurrt die Beamtin schließlich, während sie mit schnellen Schritten an ihm vorbeigeht.

»Komm, Uta, ich meinte das im Ernst«, hört er den anderen rufen, »du hast gut ausgesehen, so im Glanz der Scheinwerfer, mit unaufgeregter Stimme und dem gewissen Etwas im Blick. Warte doch, ich komm mit!«

Beinahe belustigt beobachtet er, wie die genervte Polizistin zurückschaut und dabei mit den Augen rollt.

Er schüttelt den Kopf. Wie ein altes Ehepaar. Absurde Vorstellung, die die beiden angesichts dessen, was hier vor wenigen Stunden passiert ist, abliefern. Wie krank ist diese Welt?

»In Ordnung, du hast deinen Spaß gehabt, doch nun reicht es auch. Bitte!«

Der Polizist lässt reumütig die Schultern hängen. »Hab verstanden«, antwortet er. »Und wo willst du jetzt hin? Hallo, du hast ja vielleicht einen Schritt drauf. Bleib doch mal stehen!«

»Lass uns da vorn einen Kaffee trinken«, erwidert die Beamtin und zeigt auf einen Schnellimbiss, der sich unweit der abgestellten Übertragungswagen befindet. Und er blickt ihnen nach und beobachtet, wie sie sich mit einiger Mühe ihren Weg durch die geschäftige Menge der Fernsehtechniker, Reporter, Rettungskräfte und die herumstehenden Schaulustigen bahnen.

***

Marie schaltet den Fernseher aus. Für einen Moment bleibt sie stehen – die Fernbedienung in der Hand, starrt sie auf den schwarzen Bildschirm. Wieder hört sie die Mädchenstimme. Deutlich, wenn auch noch weit entfernt, dringen die Rufe an ihr Ohr.

Ihr Name! Marie! Marie! Und die Stimme kommt näher und klingt jetzt eindringlicher. Nun sind es kleine Schreie, die aus dem Nichts zu kommen scheinen … oder nein … sie dringen direkt aus dem Fernseher zu ihr. Plötzlich flammt der Bildschirm auf, und Marie blickt auf das Mädchen mit dem roten Kleid, wie es mit dem Rücken zu ihr auf dem Kinderbett sitzt. Marie sieht, wie es den Kopf langsam hin und her wiegt, exakt wie das Pendel einer Standuhr, und sie vernimmt das leise Summen. Eine Melodie, deren Text ihr nicht sofort einfällt. Doch das Summen wird bei jedem Schwingen lauter, und Marie hört die Stimme, die nun dazu singt:

Es tanzt ein Bi-Ba-Butzemann in unserm Haus herum, bidebum, es tanzt ein Bi-Ba-Butzemann …

Seine Stimme!

Er rüttelt sich, er schüttelt sich, er wirft sein Säcklein hinter sich

Sie kann ihn nicht sehen.

Es tanzt ein Bi-Ba-Butzemann …

Er soll aufhören!

»Er wirft sein Säcklein her und hin, was ist wohl in dem Säcklein drin?«

Entsetzt über die eigene Stimme, fährt Marie zusammen. Das Mädchen auf dem Bett reißt den Kopf zu ihr herum. Groß sind die Augen, die sie nun anstarren, und weit aufgerissen ist der Mund. Und obwohl sie keinen Ton hört, vernimmt Marie den lautlosen Schrei.

28

Das Gebläse übertönt das Motorgeräusch. Ihm ist kalt. Kalt ist auch das Lenkrad, und er verflucht sich, heute früh keine Handschuhe mitgenommen zu haben. An der Ampel stehend, blickt er kurz in den Rückspiegel und registriert mit einem Knurren seine tiefen Augenränder. Oh mein Gott, er sieht so müde aus! Der Kleintransporter vor ihm drückt dicke grauweiße Abgaswolken durch den Auspuff und nimmt ihm die Sicht.

Doch er weiß sie wenige Meter vor sich, in ihrem Wagen sitzend. Sie hat an ihre Handschuhe gedacht, und sie hat wieder den halblangen beigefarbenen Wollmantel mit dem großen Kragen an, den sie fast immer hochgeschlagen trägt.

Ein galliges Lachen entfährt ihm – oh ja, er war dabei, als sie den Mantel kaufte. Er hatte ihr zu dem Kauf geraten, still und aus dem Hintergrund. Er hätte ihn auch gerne für sie bezahlt, aber … na ja. Er schüttelt den Gedanken ab, die Ampel zeigt Grün, der Kleinlaster fährt los, und er hängt sich dran.

Sie hat sie genommen, ihre Medikamente. Sie hat daran gedacht, und jetzt wirken sie. Und es geht ihr besser.

Er wird zufrieden mit ihr sein. Sie grinst. Aber sie muss ihn anrufen, gleich nach dem Unterricht. Sie muss ihm erzählen, was sie vorhat.

Nein, sie wird ihm nichts von dem kleinen Rückfall von heute Morgen erzählen, zumindest nicht am Telefon. Sie ist ja brav und hält sich an seine Verordnungen. An seine Befehle! Wieder huscht ein Lächeln über ihr Gesicht.

Ja, ja, er meint es gut mit ihr.

Sie lenkt ihren Wagen auf das Schulgrundstück, fährt in eine der freien Parkbuchten und schaltet den Motor aus.

»Herr Berger hat sich krankgemeldet«, ruft die Sekretariatsangestellte ihr im Vorübergehen knapp zu und verschwindet in ihrem

Büro, noch bevor Marie irgendetwas erwidern kann. Sie bleibt kurz stehen und schaut etwas ratlos zu der jetzt geschlossenen Tür.

»Ich wünsche Ihnen auch einen schönen Tag!«, sagt sie halblaut.

»Seiner Frau geht es nicht so gut«, raunt seine Stimme ihr flüsternd zu.

Wieder eine Spur zu nah, denkt sie ärgerlich und dreht sich um.

Oh mein Gott, du siehst ja fürchterlich aus! Du solltest mal mit dem Rasieren anfangen und dir danach eine ordentliche Portion Schlaf gönnen.

»Ich weiß, ich sehe etwas gerädert aus«, greift er ihre Gedanken auf. Marie durchzuckt es. Bin ich so leicht zu durchschauen?

»... ich brüte wohl gerade was aus. Es kribbelt und kratzt.«

»Dann tu mir den Gefallen und bleib auf Abstand!«

Tobias Binder räuspert sich und lässt die Mundwinkel hängen.

»Das weitet sich ja zu einer wahren Epidemie aus«, sagt er unvermittelt, während er neben ihr den Flur hochgeht.

»Was meinst du? Die Grippe?«

Tobias Binder plustert die Wangen auf und presst ein verächtliches »Ach Quatsch« heraus. Er schüttelt den Kopf und fährt fort: »Nein, ich meine diese gelangweilten Kids, die nichts, aber auch gar nichts auf die Reihe kriegen und die mit ihren Aktionen die Nachrichten füllen!«

Sein Unterton missfällt ihr, wie schon so oft. Und dass seine Hand wie zufällig die ihre berührt, nervt sie ungemein. Was will er nur ständig von ihr? Merkt er nicht, dass es ihr unangenehm ist?

»Unsere Verbildungsinstitution«, spricht er ungerührt weiter, »kommt ja nicht mehr aus den Schlagzeilen heraus. Erst eine bis heute vermisste Schülerin, dann ein Gewaltverbrecher und jetzt ein Exschüler, der den Freitod wählte. Spinner sind das für mich, die so aus dem Leben treten. Denen geht es doch bloß um Aufmerksamkeit, und das um jeden Preis!«

Binder stößt ein höhnisches Lachen aus und versucht dabei, einen Blick von Marie zu erhaschen. Erfolglos.

»Wenn du mich fragst«, fährt er schließlich fort, »hängen die alle mit drin. Waren doch alle drei in der gleichen Gang. Die sind doch alle durchgeknallt. Man verabredet sich heutzutage im Netz zum kollektiven Selbstmord. Und wenn du mich nach dem Grund fragst: Dieser Golem, der Name allein ist schon blankes Theater, hat ebenfalls etwas mit dem Verschwinden der Kleinen zu tun. Ich möchte gar nicht wissen, wo diese schrägen Typen sie verbuddelt haben.«

Ohne ihren Schritt zu verlangsamen, betritt Marie durch die offene Tür das Klassenzimmer. Noch sind die Plätze vor ihr verwaist, und es ist still im Raum.

Marie liebt diesen flüchtigen Augenblick der Stille. Jetzt hat sie den Platz, um sich zu sammeln, sich innerlich vorzubereiten. So wie es eine Bühnenschauspielerin tut, die kurz vor ihrem Auftritt steht.

Warum ist sie Lehrerin geworden? Diese Frage stellte ihr einmal ihr Therapeut. Marie beißt sich auf die Unterlippe. Seltsam, dass ihr das gerade jetzt in den Sinn kommt. Sie hatte auf die Frage bloß mit den Schultern gezuckt und geschwiegen. Was hätte sie auch antworten sollen? Etwa, weil sie Kinder so mochte? Weil sie immer schon jungen Menschen etwas beibringen wollte? Oder weil sie in dem Beruf der Lehrerin ihre Bestimmung sah? Sie hatte im Nachhinein noch lange darüber nachgedacht, ohne jedoch »ihre« Antwort darauf gefunden zu haben.

Marie rückt den Stuhl ein Stück vom Schreibpult ab und setzt sich. Hat sich wohl so ergeben, denkt sie, während sie die Materialien für die erste Stunde aus der Tasche holt. Sie hatte Mathematik studiert, weil ihr Zahlen einfach lagen.

Schon vor der Einschulung zeigte sich ihre große Neigung gegenüber allem, was mehr als paarweise vorhanden war. So konnte sie bereits im Alter von vier Jahren fehlerfrei bis fünfzig zählen und war der Stolz ihrer Eltern gewesen. Marie zählte alles, was sie sah: Gummibären, Salzstangen, Stofftiere, Fische im Aquarium, Schafe auf der Wiese, Treppenstufen, Schritte … Sie konnte einfach gar nicht anders, als alles zu zählen. Marie kann sich ein Schmunzeln nicht verkneifen. Diese Marotte hat sie mit den Jahren zum Glück abgelegt. Wobei sie sich noch immer hier und da dabei ertappt, wie sie zum Beispiel die Buchstaben in einem Text zählt – so wie jetzt gerade.

Marie hat im Laufe der Jahre begriffen, dass die meisten Menschen sie nicht verstehen. Und umgekehrt: dass sie zum Leben der meisten Menschen keinen Zugang findet und die Welt da draußen ihr wohl für ewig fremd bleiben wird. Und sie hat verstanden, dass sie sich, wie es so schön im therapeutischen Sprachgebrauch heißt, sozialverträglich verhalten muss, will sie nicht ihre Eigenständigkeit verlieren. Dazu gehören die Medikamente und der regelmäßige Besuch beim Therapeuten. Nach dem Zusammenbruch vor knapp zwei Jahren und dem anschließenden Psychiatrieaufenthalt hat sie sich geschworen, alles dafür zu tun, der Gesellschaft keinen Grund mehr zu liefern, sie abermals wegzuschließen.

Tobias Binder steht unentschlossen im Türrahmen und sieht Marie dabei zu, wie sie auf dem Stuhl sitzt, so gerade, so anmutig, und wie sie geschäftig Hefte sortiert, in ihnen blättert, knappe Einträge darin vermerkt, um sich danach im Lehrerkalender Notizen zu machen. Das alles tut sie, ohne ihn eines Blickes zu würdigen. Warum kommt er sich in ihrer Gegenwart immer vor wie ein kleiner, dummer Schuljunge? Warum hat er in ihrer Nähe immer das Gefühl, er müsse sich ständig bei ihr entschuldigen? Verdammt, er hasst sich dafür. Ja, er hatte sie damals in der Düsseldorfer Altstadt ermuntert, mehr als ein Glas Wein zu trinken. Was soll's? Er hat sie nicht gezwungen! Und was war schon dabei gewesen? Es wurde spät, und sie war plötzlich nicht mehr in der Lage, sich gerade auf den Beinen zu halten. Was hätte er denn tun sollen? Er hatte sie doch gefragt, ob er ein Taxi rufen soll, und sie hatte Ja gesagt. Er kannte ihre Adresse damals noch nicht, und sie war auf dem Rücksitz eingeschlafen. Also sind sie zu ihm gefahren. Nein, er hatte sie nicht gezwungen! Zu nichts!

Tobias Binder unterdrückt den Drang, laut zu fluchen, zwingt sich stattdessen dazu, wortlos zu gehen.

29

Marie bemerkt den Polizisten erst, als sie schon fast gegen ihn gelaufen ist. Erschrocken blickt sie hoch: »Ähm, entschuldigen Sie, war in Gedanken.«

Jo Degen lächelt sie freundlich an und nickt. »Kenn ich«, antwortet er augenzwinkernd, »passiert mir auch ständig. Erst remple ich die Leute an, und dann verhafte ich sie.«

Marie schaut unsicher zu ihm auf. Degens Lächeln erstirbt augenblicklich, und er blickt zerknirscht zu Boden.

»Na, das nenne ich doch mal einen missglückten Anfang!«, ruft er halblaut und reibt sich die Hände. Dann räuspert er sich und fragt: »Können wir ein Stück gehen? Hier, vor der Eingangstür, mit den ganzen Kindern …«

Marie nickt. »Natürlich, ich muss sowieso zum Parkplatz.«

»Ich habe von dem Tod des Jungen gehört«, beginnt Jo Degen, »er ist doch in der Gang um das verschwundene Mädchen, Ihrer Schülerin, gewesen, richtig?«

Marie nickt: »Schon, aber ich kannte ihn nicht, das hatte ich Ihnen ja schon letztens gesagt. Ihn nicht und die anderen auch nicht.«

»Ich weiß. Aber Leonie Schmitke ist immer noch nicht aufgetaucht, wir haben keine Anhaltspunkte über ihren Verbleib, und dann das. Soviel ich weiß, ist es noch nicht klar, ob es sich bei der Todesursache um Selbsttötung handelt oder ob hier ein Fall von Fremdverschulden vorliegt.« Marie bleibt stehen.

»Mord?« Sie spricht es aus, ohne den Polizisten anzuschauen. »Aber warum? Und wer könnte so etwas tun?«

Jo Degen zuckt mit den Schultern: »Für Mord gibt es aus Sicht des Täters immer irgendeinen Grund: Eifersucht, Habgier oder aus dem Affekt. Wir halten es für denkbar, dass die Tat im Zusammenhang mit dem Verschwinden Ihrer Schülerin steht. Dass sie sich gekannt haben, ist ja sicher. Und was Pierre Fasshall angeht: Wir waren bei ihm zu Hause. Er war schon nicht mehr da. Seine Mutter hat uns sein Zimmer gezeigt. Da lag sein Kopfkissen – es war voller Blut.« Degen macht eine kurze Pause, und auch Marie hängt ihren Gedanken nach. Könnte etwa Pierre etwas damit zu tun haben? Sollte sie mit Degen darüber reden? Was würde es bringen?

»Na ja«, unterbricht er ihre Gedanken, »die Kollegen von der Kripo ermitteln zurzeit noch in alle Richtungen. Und das ist auch ein Grund, warum ich mit Ihnen sprechen wollte: Wir sind jetzt nicht mehr allein zuständig für das Verschwinden Ihrer Schülerin. Zudem sich der Selbstmord – oder Mord – in Bergheim ereignet hat, also außerhalb unserer Zuständigkeiten.« Wieder räuspert Jo Degen sich, bevor er in seine Jackentasche greift und eine Visitenkarte herausholt. »Hier«, sagt er mit etwas rauerer Stimme und hält Marie die Karte hin, »falls Ihnen noch was, ähm, einfällt.« Kurze Pause. »Und ich habe mir erlaubt«, sagt er und beobachtet Marie dabei, wie sie die Visitenkarte überfliegt, »meine Privatnummer auf die Rückseite zu schreiben. Sollten Sie mal einen Polizisten in Zivil benötigen …«

***

Sie schaltet das Autoradio aus und greift zum Handy.

»Hier ist der Anschluss von Dr. Arne Steffens. Zurzeit kann Ihr Anruf nicht von mir persönlich entgegengenommen werden«, erklärt die Stimme vom Band. »Doch wenn Sie eine Nachricht und Ihre Rufnummer nach dem Signalton hinterlassen, melde ich mich zurück. In dringenden Fällen wenden Sie sich bitte an die Partnerpraxis von Frau Dr. Karla Klein, 0221 33552110. Vielen Dank.«

Marie verzieht das Gesicht und überlegt, ob sie die Verbindung beenden soll. Es widerstrebt ihr, auf diesen blöden Anrufbeantworter zu quatschen. Wer weiß, von wem der alles abgehört wird? Aber sie muss sich mitteilen! Doch mit wem sollte sie sich beraten? Sie ist allein. Das zuzugeben fällt schwer, und dieses »allein« versetzt ihr einen Stich. Auch wenn sie die »Isolation«, so bezeichnet es zumindest ihr Therapeut, selbst gewählt hat, fühlt sie sich plötzlich einsam.

Isolation? Selbst gewählt? Hat sie denn eine Wahl? Der obligatorische Piepton erklingt, und Marie entscheidet sich fürs Sprechen, schließlich wird er dafür bezahlt, ihr zuzuhören:

»Ja, hallo, hier Marie Fredehoff. Ich stehe gerade vor dem Heilig-Geist-Krankenhaus in Longerich. Hier liegt ein Schüler, der vor ein paar Tagen eingeliefert wurde. Der Junge hatte einen Unfall, an dem wohl der Freund von Leonie nicht ganz unschuldig zu sein scheint. Vielleicht weiß er, was mit Leonie passiert ist, wo sie ist. Ich denke, es ist ein Versuch wert, mit ihm zu sprechen, und Sie sagten doch, ich sollte mich nicht zu Hause verbarrikadieren, sondern unter Menschen gehen. Ja, und das tue ich jetzt! Sie brauchen mich nicht zurückzurufen, ich melde mich wieder.«

»Er ist ein Schüler von mir«, lügt Marie.

Die Schwester an der Anmeldung sieht kurz zu ihr auf, nickt und blickt dann über ihre Brille auf den Bildschirm.

»Der junge Mann liegt auf Zimmer 356«, sagt sie knapp und wendet sich wieder dem Stapel von Papieren zu, der aufgetürmt vor ihr liegt.

»Danke«, erwidert Marie ebenso einsilbig und dreht sich um.

»356«, wiederholt sie leise, während sie auf den Aufzug zusteuert. Marie gelingt es, ohne Blickkontakt an den Menschen vorüberzugehen.

Keine Augen, keine Münder, keine Gesichter. Keine Fragen. Bloß den alten Mann in dem dunkelblauen Morgenmantel, der gestützt auf seinem Rollator an der großen Fensterfront steht und scheinbar nach draußen schaut, registriert sie. Beinahe regungslos steht der Alte da, mit offenen Augen und offenem Mund.

Toter Blick, denkt sie und drückt den Knopf. Marie hört den Aufzug kommen und atmet erleichtert aus, als sie sieht, dass er leer ist.

Die Aufzugtür stockt ein wenig, als sie sich in der dritten Etage mit einem leisen, unangenehmen Schnarren wieder öffnet. So abrupt, wie ihr der Geruch von Desinfektionsmittel und Gekochtem entgegenschlägt, so übergangslos ist der Brechreiz da.

Am liebsten würde sie auf der Stelle kehrtmachen. Sie hält die Luft an und tritt hinaus. Für einen Moment stützt sich Marie an der Wand ab, sie will nicht Gefahr laufen, dass ihr die Beine einknicken.

Wieder diese Bilder. Pauline im Krankenbett, wie sie daliegt, still, leblos und blass. Mit der Beatmungsmaske auf dem schmalen Gesicht. Das monotone Geräusch der Apparatur erfüllt den Raum. Dann der Vater, wie er schluchzend über den Gang rennt, und ihre Mutter, die sie mit versteinerter Miene anblickt. Marie wird den Vorwurf in ihren Augen nie vergessen.

»Ist Ihnen nicht gut?«, eine junge Krankenschwester mit einem Rollwagen bleibt bei ihr stehen.

»Doch, doch, es ist alles in Ordnung. Hab wohl nur zu wenig gegessen«, antwortet Marie mit einem Lächeln und schickt rasch hinterher: »Ach bitte, wo finde ich das Zimmer 356?«

Der Junge wirkt ein wenig verloren in diesem Raum, in diesem Bett. Er liegt allein in dem Zimmer. Sein Kopf ist bandagiert, ebenso die rechte Schulter und der Arm. Sein linkes Bein ist bis zum Fußknöchel eingegipst und hängt in einer Schlaufe über dem Bett. Die Schwellung und die Verfärbung unter dem rechten Auge sind deutlich zu erkennen. Sein Gesicht hat etwas Unförmiges, Verzerrtes. An der Stelle, wo sich die Nase befindet, ist eine modellierte Gipsanpassung zu sehen, aus der links und rechts die Enden eines Metallgestells ragen. Marie glaubt zu spüren, wie der Herzschlag des Jungen schneller schlägt, als er die Augen öffnet und sie am Fußende des Bettes stehen sieht. Er hat sie anscheinend nicht kommen hören.

In seinem Gesichtsausdruck liegen Verwunderung und Unsicherheit. Unangemessen laut beschallt der Fernseher den Raum, und Marie sucht und findet die Fernbedienung. Auf ihren kurzen fragenden Blick hin erhält sie ein leichtes Kopfnicken. Sie schaltet den Fernseher aus.

»Entschuldigen Sie, aber Sie müssen laut sprechen, ich höre nicht mehr so gut. Werde nie wieder gut hören …« Brüchig und leise ist die Stimme.

Marie beobachtet, wie der Junge versucht, sich ein Stück aus der liegenden Position hochzudrücken. Es gelingt ihm jedoch nicht.

»Bleiben Sie liegen«, beruhigt Marie ihn, die nun näher zu dem Jungen ans Bett tritt.

»Mein Name ist Marie Fredehoff, und ich unterrichte an Ihrer Schule. Können Sie mich verstehen?«

Der Junge schließt die Augen, um sie sogleich wieder zu öffnen.

»Ich kenne Sie«, sagt er flüsternd. »Sie sind Leonies Lehrerin.«

Marie nickt.

»Im Fernsehen haben die gesagt, dass sich da jemand vor die Bahn geworfen hat. Die haben den Roller gezeigt. Ich hab ihn erkannt – es ist Golems Roller. Golem soll sich umgebracht haben. Stimmt das?«

»Tut mir leid, ich weiß nichts von einem Golem. Ja, es soll sich ein Schüler heute früh vor die S-Bahn …«

Das Bewegen des Kopfes bereitet ihm sichtlich Schmerzen. Auch scheint ihn das Sprechen anzustrengen, doch kommt es Marie so vor, als habe er nur darauf gewartet, endlich alles loszuwerden, was ihm auf der Seele liegt.

»Die … die haben mich gezwungen, nackt … auf meinen Roller zu steigen«, erklärt er stockend, »mit 'ner Pistole, und dann haben die mich dabei gefilmt, wie ich die Straße hochgefahren bin. Schön langsam sollte ich fahren, damit sie auch bloß alles draufbekommen. Die haben getönt, dass sie das Video hochladen und dass mich dann jeder im Netz … bewundern könnte. Pervers ist das! Und dann war urplötzlich dieses Auto da. Von da an weiß ich nichts mehr – Filmriss.«

»Was wissen Sie über Leonie? Sie ist verschwunden. Haben Sie eine Ahnung, wo sie sein könnte?«

»Tarantula und Golem sind gefährlich … Golem war … Die wollten Rache, ist ja auch klar, weil ich zur Polizei gegangen bin und sie verraten habe. Diese Bombendrohung gegen die Schule, Sie wissen schon – damit wollte ich nichts zu tun haben. Das war mir zu link.«

Marie nickt.

»Verstehe ich gut. Doch ich bin hier, weil ich mir Sorgen um Leonie mache. Sie kennen sie doch. Wo könnte sie sich versteckt halten? Oder glauben Sie, dass Tarantula ihr was angetan hat? Er ist ebenfalls spurlos verschwunden.«

»Nein, Tarantula liebt Leonie über alles«, die Antwort kommt sehr undeutlich, sodass Marie sich tiefer herunterbeugen muss, um alles zu verstehen.

»Die Polizei war schon hier, doch denen habe ich nicht alles gesagt. Habe ihnen nichts von der Waldhütte erzählt. Ich bin ja nicht so … so ein Verräter.«

Marie bemerkt, dass er ihrem Blick nicht standhalten kann. Verschämt wendet er seine Augen ab, bevor er weiterspricht:

»Ja, es gibt da eine total vergammelte Waldhütte im Königsforst.«

Er stockt für einen kurzen Moment. Dann räuspert er sich und erklärt: »Die … die wird seit ewigen Zeiten von keinem mehr genutzt. Da haben wir uns … oft getroffen. Wenn Tarantula mit Leonie da war, sind wir anderen immer draußen geblieben. Da liegen … Matratzen auf dem Boden, und die beiden haben rumgemacht. Also nicht so komplett, Sie wissen schon, die … die haben nicht miteinander geschlafen, sondern halt mehr so … Leonie wollte das nicht. Ich weiß das. Leonie ist keine …«

Abermals macht er eine kurze Pause, um dann weiterzusprechen: »Es ist mir peinlich, darüber zu reden. Wir … wir haben zugesehen, wie sie rumgeknutscht und sich ausgezogen haben. Da war ein Spalt in der Tür. Tarantula wusste das, er fand das wohl scharf, wenn wir zuguckten. Es war nur ein Spaß. Wenn Leonie weg war, haben wir darüber geredet und unsere Witze gerissen. Blöde Witze. Über ihre Figur und wie gut sie sich bewegen kann und über ihre Brüs–«

Er bricht mitten im Satz ab, erzählt dann aber weiter: »Trotzdem, Tarantula liebt Leonie ohne Ende. Und ich rede nicht gerne darüber. Über die Hütte, meine ich. Wir haben alle einen Eid geschworen, niemandem etwas von unserem Lager zu sagen. Wo soll man sich denn sonst treffen? Unsere Eltern haben keinen Nerv auf uns und schicken uns auf die Straße. Und wenn Sie da jetzt aufkreuzen und die Hütte durchsuchen, dann ist auch damit Schluss, und die anderen wissen wieder nicht, wo sie sich treffen sollen. Aber wahrscheinlich löst sich ja jetzt sowieso alles auf, wo doch Tarantula weg ist und … und Golem tot …« Er blickt kurz auf. »Also gut, Sie scheinen in Ordnung zu sein. Ich werde Ihnen den Weg dorthin erklären. Vielleicht ist Leonie ja wirklich da abgetaucht.«

Wieder macht der Junge eine kurze Pause. Jetzt ist er es, der den direkten Blickkontakt sucht. Eindringlich schaut er Marie in die Augen. Er wartet einen Moment, so als ob er nach den richtigen Worten suchen würde. Dann sagt er: »Aber eines muss ich noch loswerden: Golem hat sich nie und nimmer selbst umgebracht. Warum hätte er so etwas tun sollen? Golem ist eine harte Sau, der, selbst wenn er am Boden liegt, nie aufgibt. Das ergibt keinen Sinn. Nee, da … da hat mit Sicherheit jemand nachgeholfen.«

»Haben Sie das auch der Polizei gesagt?«

Der Junge schüttelt den Kopf.

»Aber warum nicht?«

»Ich stecke den Bullen doch nichts. Sollen die selbst draufkommen.«

Marie steht auf und geht zur Tür. Bevor sie das Krankenzimmer verlässt, dreht sie sich noch einmal um.

»Kurz bevor Tarantula verschwunden ist, war er bei mir. Er hat mir aufgetragen, Ihnen zu sagen, dass es ihm leidtut, was er da mit Ihnen gemacht hat.«

30

Mittwoch, 19.12.

»Nein, Tobias, ich habe weder die Zeit noch die Lust, mit dir einen Kaffee trinken zu gehen.«

Gott im Himmel, versteht er mich denn gar nicht? Wie oft will er sich noch eine Abfuhr holen? Maries genervter Blick streift seine Augen. Erwartet er Mitleid? Glaubt er allen Ernstes, mit Hartnäckigkeit ans Ziel zu kommen?

»Und nein, wir müssen auch über nichts mehr reden!«

Den letzten Satz hat Marie betont langsam ausgesprochen, er klingt in ihren Ohren nach, und sie überprüft ihn, um sich zu vergewissern. Nein! Unmissverständlich. Sie hofft inbrünstig, dass er das genauso sieht. Demonstrativ schaut sie an ihm vorbei. Ihr Blick wandert die Fassade des dreistöckigen Schulgebäudes hoch und wieder runter und bleibt am Fenster des Direktors hängen. Marie sieht Berger, wie er sie anscheinend beobachtet. Täuscht sie sich, oder fährt er sich mit den Händen durchs Gesicht, als wische er sich Tränen weg? Auf diese Entfernung kann sie es nicht mit Bestimmtheit sagen, und sie unterdrückt den Drang, ein paar Schritte auf das Fenster zuzugehen. Innerlich schüttelt sie den Kopf. Was ist mit ihm? Hat es sie zu interessieren?

»Du verstehst das falsch«, seine Stimme holt sie wieder zurück auf den Lehrerparkplatz. »Ich will doch bloß …«

Das Handy, es vibriert. Marie hebt die Hand, und Tobias Binder verstummt. Sie wendet sich von ihm ab, greift in ihre Manteltasche und geht ein paar Schritte in Richtung Auto.

»Danke, mir geht's gut! Aber ich kann jetzt momentan … nein, ich bin gerade auf dem Sprung. … Ja, ich war gestern im Krankenhaus und eventuell gibt es eine Spur, die zu Leonie führt. … Natürlich werde ich die Polizei informieren, sobald ich Näheres in Erfahrung gebracht habe. Auch das, Herr Doktor. Aber ich kann schon auf mich aufpassen. … Okay, ich muss los. … Ja natürlich, ich melde mich wieder.«

»Vor wem oder was bist du eigentlich auf der Flucht?«, hört sie Tobias Binder rufen. In seiner Stimme schwingt Verzweiflung, es durchdringt Marie. Doch sie dreht sich nicht um, sondern tritt an ihren Wagen und öffnet die Fahrertür.

Zu spät sieht Marie ihn aus dem Augenwinkel auf sich zulaufen, und als sie herumwirbelt, steht er bereits dicht vor ihr. Die Wut in seinen Augen und der heiße Atem, der ihr entgegenschlägt, lassen sie augenblicklich zurücktreten. Schon spürt sie, dass sie ihre Waden gegen das kalte Metall der Karosserie presst, und ihr wird klar, dass sie Tobias Binder nicht so ohne Weiteres entkommen kann. Marie reckt den Kopf in die Höhe, in der Hoffnung, von Berger gesehen zu werden, hofft auf dessen Hilfe, doch Berger ist vom Fenster verschwunden.

»Warum bist du so? Warum bist du nur so kalt? So arrogant? So herablassend? Was gibt dir das Recht, Menschen so zu behandeln?« Er spuckt ihr die Worte ins Gesicht, doch das tut er, ohne sie zu berühren. Seine Hände in den Jackentaschen, fixiert er sie. Sekunden vergehen, die sich wie eine Ewigkeit dahinziehen und in denen Marie jeden Augenkontakt vermeidet. Dann, plötzlich, dreht er sich von ihr weg, und sie hört das knirschende Geräusch sich entfernender Schritte.

Als Marie schließlich den Kopf hebt, ist Tobias Binder nicht mehr zu sehen.

Mit einem tiefen, sorgenvollen Seufzer blickt er müde durch die Frontscheibe nach draußen, während seine rechte Hand den schmerzlich verspannten Nacken massiert.

»Verdammt, Marie, du musst vorsichtiger sein. Immer bringst du dich in Gefahr, und irgendwann kommst du in ihr um«, hört er sich sagen.

Das Gesicht in beide Hände vergraben, sitzt sie am Steuer ihres Autos. Ein leises Schluchzen schüttelt ihren zusammengesunkenen Körper. Nur allmählich gelingt es ihr, die Atmung wieder unter Kontrolle zu bekommen, gleichzeitig lässt das eruptive Zittern nach. Sie hebt langsam den Kopf und blickt in den Spiegel. Nasse Augen, schwarz umrandet, starren zurück. Starren anklagend und zugleich ängstlich zurück.

Du reißt dich jetzt gefälligst zusammen und tust das, was du tun wolltest. Laut ist die Stimme, die zu ihr spricht. Laut und energisch. Und Marie setzt sich auf, greift zum Taschentuch und wischt sich die verlaufene Wimperntusche weg.

***

»Gleich zwölf Uhr dreißig, WDR 2, Verkehrsservice …«

Marie schaut in den Außenspiegel, setzt den Blinker und wechselt auf die Mittelspur. Sie erhöht die Geschwindigkeit, der Polo nimmt Fahrt auf und lässt die Kolonne von fünf Lkws hinter sich. Um die Uhrzeit ist sie frei, die A 4, Richtung Frankfurt.

Ihr geht es wieder etwas besser. Die Tablette, die sie eben mit einem Schluck aus der Wasserflasche heruntergespült hat, zeigt Wirkung. Ihr Arzt hatte damals versichert, dass sich die Substanz nicht auf die Konzentration auswirke, sodass sie gefahrlos Auto fahren könne.

Marie nimmt die kahle Winterlandschaft, die an ihr vorbeifliegt, kaum wahr. Doch ist sie froh, dass der Schnee der letzten Tage nicht liegen geblieben ist. Sosehr sie es liebt, wenn es schneit und alles unter der weißen Pracht versteckt liegt, so weiß sie, dass in und rund um Köln unweigerlich ein Verkehrschaos ausbricht.

Plötzlich ist sie wieder da, und ob sie will oder nicht, die Stimme in ihr wird lauter, stellt immer wieder die gleichen Fragen, setzt sich fest in ihren Kopf und blockiert jeden anderen Gedanken.

Warum? Was soll das Ganze? Weshalb tust du das? Wen glaubst du in dieser blöden Hütte zu finden? Leonie? Pauline? Dich selbst?

Marie versucht dem Spott zu entfliehen, die Stimme zu verdrängen, und dreht das Radio auf, jedoch ohne Erfolg.

Und was tust du, wenn du sie dort tatsächlich findest? Ha! Wen wolltest du noch finden? Wer sollte gerettet werden? Du weißt doch, du kannst nichts in dieser Welt ungeschehen machen. Mal ehrlich: Was mischst du dich ein? Berger hat ganz recht – sie ist bloß deine Schülerin ... und du bist nicht die Polizei! Was gehen dich die Probleme anderer an? Hast du selber keine? Du solltest besser mal auf deinen Seelenheiler hören – wie sagte er noch: »Gleiches ist nicht gleich« – »Gleiches ist nicht gleich« – »Gleiches ist nicht gleich«, echot es in ihrem Kopf.

Marie stemmt sich aufs Gaspedal, die Tachonadel zeigt einhundertvierzig, einhundertfünfzig, wieder laufen ihr Tränen übers Gesicht, die Fahrbahn vor ihr verschwimmt, einhundertsechzig. »Gleiches ist nicht gleich.« Schon tauchen die großen blauen Hinweisschilder auf. Der dritte Pfeil darauf zeigt nach rechts. Ausfahrt Königsforst. Noch tausend Meter.

Regungslos sitzen sie da, und er schaut gebannt auf die Ansammlung großer weißer Raben, die so unbekümmert auf dem Standstreifen verharren, als ob sie den dröhnenden Autobahnverkehr völlig ignorieren würden. Er schüttelt den Kopf. Kurios! Beim raschen Näherkommen ändert sich plötzlich die Form der Vögel, und sie verwandeln sich schließlich in verklumpte Schneereste. Seine müden Augen tränen, sie haben ihm offenkundig einen Streich gespielt.

Kein Wunder, wenn man bedenkt, dass er in den letzten Tagen kaum geschlafen hat und in seinen wachen Stunden fast ausschließlich für Marie da war. So wie jetzt wieder!

Wo willst du hin, Marie? Nein, Marie, so geht das nicht weiter. Ja, er weiß, er muss eine Entscheidung treffen. Wenn nicht er, wer sonst? Es gibt jetzt keine Ausreden mehr, nein, er muss handeln, schließlich geht es hier um Marie. Um Marie und ihn. Seine Frau, sie ist krank. Sie wird niemals wieder ihr Bett als gesunder Mensch verlassen können. Für sie kann er nichts mehr tun. Kann nichts ungeschehen machen.

Der Unfall! Trägt er die Schuld? Nein, sie werden nie wieder das Leben führen können, das sie mal gemeinsam geführt haben. Sein Vater hatte recht, er ist ein Versager. Wie sagte er immer: »Dir fehlt der Biss, meine Junge, die Entschlossenheit und die Härte, die das Leben verlangt, die du brauchst, wenn du erfolgreich sein willst. Und du musst Entscheidungen treffen, sonst bleibst du stets abhängig. Bleibst eine Spielfigur auf dem Schachbrett anderer.«

Ein raues Lachen entfährt ihm. Oh Mutter, wie sehr habe ich mir damals gewünscht, dass du dich vor mich stellst! Und ich hatte so gehofft, du würdest mit mir fortgehen … Aber nein, du hast es sogar geschafft, dass dein kleiner Sohn sich vor dich gestellt hat, dich vor ihm und seinen Gewaltattacken beschützen wollte – wie absurd! Und wie er kläglich scheiterte, sich so schuldig fühlte, um sich dann, und das bis heute, als Versager zu fühlen! Und du, Vater, du hast dir dein eigenes Spielfeld geschaffen. Du warst stets der mit den Spielregeln.

Er nickt grimmig. Diesmal wird er handeln, da gibt es kein Vertun. Er fährt die Scheibe herunter und atmet tief ein. Die kalte und klare Luft füllt seine Lungen, und er spürt, wie die Dumpfheit aus seinem Kopf verschwindet.

Vielleicht wärst du diesmal sogar stolz auf deinen Sohn.

Plötzlich wird der Polo vor ihm schneller, und der Abstand vergrößert sich augenblicklich.

Mein Gott, Marie, warum rast du denn so! Willst du dich umbringen?

Fahrig wischt er sich über die feuchte Stirn und beschleunigt den Kombi, überholt einen altersschwachen Benz mit Hänger und ist gleichzeitig bemüht, nicht unmittelbar im Rückspiegel des Polos aufzutauchen. Sein Adrenalinspiegel steigt, vergessen sind die müden Augen, die sich nun wie hypnotisiert an das rechte gelbe Blinklicht heften, das drei Autos vor ihm regelmäßig aufleuchtet. Jetzt nimmt er das blaue Schild mit den drei Streifen wahr, und er stößt einen tiefen Seufzer der Erleichterung aus.

31

»Leonie wollte das nicht. Leonie ist keine …«

Die Stimme des Jungen drängt sich in ihr Bewusstsein, während sie den Wagen auf den nur spärlich besetzten Waldparkplatz steuert.

Keine was? Keine, die man so leicht herumkriegen kann? Vielleicht wollte Pierre mehr als nur ein bisschen fummeln. Und als Leonie sich gewehrt hat, hat er sie umgebracht. Und sein treuer Kumpel half ihm dabei.

»Tarantula und Golem sind gefährlich …«

Marie stellt den Motor aus und schaut geistesabwesend aus dem Beifahrerfenster. Sie nimmt den silbergrauen Kombi, der in diesem Moment an ihr vorbeirollt, nicht wahr. Zu sehr ist sie mit ihren Gedanken beschäftigt, um den Fahrer, der nun hinter seinem Lenkrad zusammenzuckt, bewusst zu bemerken.

So könnte es gewesen sein. Dann hätte sie den Falschen verdächtigt. Nicht der Vater, sondern der Freund wäre Leonies Mörder. Das auszuschließen gelingt ihr nun nicht mehr – vor allem nicht mehr, nachdem sie im Krankenhaus gesehen hat, wozu dieser Typ fähig ist. Und was würde sie in der Hütte vorfinden? Die tote Leonie? Oder Pierre, den sie überrascht? Müsste sie dann nicht um ihr Leben fürchten? Oder ist sie wieder mal im Begriff, sich in etwas hineinzusteigern, was so gar nicht existiert? Sind es bloß wieder Wahnvorstellungen?

Über das gedachte »bloß« muss Marie lachen. Ein bitteres Lachen. Oh ja, er hat so recht – sie ist noch weit davon entfernt, stabil zu sein. Ihre Hand greift in die Tasche, sucht und findet das Mobiltelefon …

»Nein«, flüstert sie mit bebender Stimme, »du wirst ihn jetzt auf keinen Fall anrufen. Du musst daran arbeiten, endlich unabhängig zu werden. Du brauchst ihn jetzt nicht. Wer sagt, dass es überhaupt einen Mord gibt? Jo Degen sprach von Mord. Degen? Sollte sie ihn anrufen? Er würde kommen, da ist sie sich sicher.

Und er würde mit ihr die Waldhütte suchen. Nein! Reiß dich zusammen! Du brauchst niemanden! Du musst hier keinen Mord aufklären, nein, du musst nur Leonie finden!«

Sie lässt das Handy los, und ihre Finger berühren fast beiläufig den kalten Stahl des Revolverlaufs.

»Aber eines muss ich noch loswerden: Golem hat sich nie und nimmer selbst umgebracht. Warum hätte er so etwas tun sollen? Golem ist eine harte Sau, der, selbst wenn er am Boden liegt, nie aufgibt. Das ergibt keinen Sinn. Nee, da … da hat mit Sicherheit jemand nachgeholfen.«

Marie öffnet die Fahrertür, und sogleich strömt die kalte Luft in das Innere des Wagens.

Nur einen Augenblick des Ausruhens, des Durchatmens. Dann drückt sie sich aus dem Sitz und steigt aus.

Es riecht nach Tannen, Pferd und Schnee, und Maries Schritte führen sie vom harten Schotterbelag des Parkplatzes auf den feuchten, etwas weicheren Boden des Waldwegs.

Marie blickt auf die Uhr. Es ist mittlerweile kurz nach halb drei, und es trübt sich mehr und mehr ein. Die dichter werdenden grauen Wolken lassen einen Himmel darüber nur erahnen. Urplötzlich fröstelt es sie, und Marie hat das unbestimmte Gefühl, sie werde beobachtet. Sie bleibt stehen und sieht sich um, ohne jemanden auszumachen.

Als sie weitergeht, kommen ihr zwei Jogger, die stumm und dick vermummt nebeneinanderherlaufen, entgegen. Sie verdreht die Augen und ärgert sich über sich selbst.

Du bist wirklich paranoid! Überall vermutest du irgendwelche Gestalten, die hinter Ecken und Bäumen lauern, hörst Stimmen und sprichst mit dir selbst. Mein Gott, Marie, das muss ein Ende haben.

Verdrießlich marschiert sie den leicht abschüssigen Weg hinunter, holt dabei den gefalteten Zettel aus der Jackentasche und liest leise, was sie im Krankenhaus notiert hatte:

»Rechte Hand Pferdekoppel – da –, daran vorbei, ab da ungefähr zehn Minuten Fußmarsch. Okay, kein Problem. An der

Wanderrasthütte gegenüber den kleinen Trampelpfad hoch; leichter Anstieg; linke Seite ein Hochstand. Von dort kann man die Waldhütte bereits sehen. Na, das dürfte wohl nicht allzu schwierig sein.«

Sie sieht sie trotz der widrigen Lichtverhältnisse jetzt unmittelbar vor sich auf einem etwas erhöhten, vormals gerodeten Waldstück stehen. Auf dem Dach liegt Schnee, was die Entdeckung erleichtert hat. Marie stellt sich vor, dass es im Sommer, wenn hier alles zugewuchert ist, um einiges schwerer sein dürfte, diesen Gang-Treffpunkt aus der Entfernung auszumachen. Zumal sich das Holz der Hütte in seiner Beschaffenheit und Färbung nicht sonderlich von den Bäumen links und rechts unterscheidet. Ein sicheres Versteck.

Vorsichtig bahnt sie sich den Pfad durch das Unterholz, denn das Gelände hier ist unwegsam. Zahlreiche Bäume liegen umgestürzt auf dem Boden, Wurzeln ragen in die Höhe – traurige Zeugnisse des letzten, verheerenden Frühjahrssturms.

Marie muss, um weiterzukommen, immer wieder ihre Beine umständlich anheben, will sie sich nicht im Geäst verheddern. Wieder steigt Ärger in ihr hoch, der sich jetzt schnell zur Wut steigert. Wut über sich selbst. Marie beißt sich auf die Unterlippe.

Nein, sie darf sich jetzt auf keinen Fall in Selbstkasteiung verlieren. Sie unterdrückt einen Fluch, verbannt die Beschimpfungen aus ihren Gedanken und zwingt sich dazu, konzentriert weiterzugehen, und das, ohne dabei die tückischen Stolperfallen auf ihrem Weg aus den Augen zu lassen.

Erstaunlicherweise hatte der Sturm dem Holzhaus nicht viel anhaben können, oder man hat sich die Mühe gemacht und es wieder aufgebaut. Kein grobes Gehölz erschwert den unmittelbaren Zugang zur Hütte, sicheres Zeugnis dafür, dass hier nachträglich Hand angelegt wurde.

Marie spürt den weicher werdenden, federnden Boden unter ihren Füßen, aber auch die wachsende Anspannung. Fast schleichend nähert sie sich der Tür.

»Hallo! Hallo, ist jemand da?«

Marie kommt sich im selben Moment lächerlich vor, ist jedoch gleichzeitig froh darüber, keine Antwort zu bekommen. Unschlüssig verharrt sie auf der Stelle.

Ob ich anklopfen soll?, fragt sie sich und wartet. Wartet auf eine Stimme aus der Hütte. Wartet auf die Stimme in ihr.

Weshalb bist du hier?

Weil ich nach Leonie suche!

Marie nickt und geht auf die grob gezimmerte Tür zu. Einen kurzen Augenblick, dann klopft sie mit geballter Faust gegen das Holz.

Was willst du hier? Was glaubst du vorzufinden?

Marie ignoriert die innere Stimme und wartet.

»Ist hier jemand?«, ruft sie schließlich und schlägt nun fester gegen die Tür. Zwei, drei Mal, die Schläge hallen nach. Dann ist es wieder still. Kein Laut dringt aus der Hütte. Es scheint niemand da zu sein. Dafür rumort es in ihrem Magen umso hörbarer.

Marie verzieht das Gesicht. Nein, es gibt jetzt kein Zurück mehr! Ohne sich wirklich darüber bewusst zu sein, legt sich ihre Hand auf die angerostete Türklinke und drückt sie kraftvoll herunter. Mit einem ebenso kräftigen Ruck lässt sich die verwitterte Holztür nach außen öffnen. Die kleine LED-Taschenlampe in Maries anderer Hand erhellt den fensterlosen Raum nur spärlich. Sie richtet den bläulichen Strahl nach unten, lässt ihn über den mit Matratzen und Decken fast komplett bedeckten Boden gleiten.

Mehrere leere Schnaps-, Bier- und Colaflaschen, Zigarettenschachteln, ein überquellender Aschenbecher und einige Kerzenstummel erfasst der schmale Lichtkegel. Die Luft, die Marie entgegenschlägt, ist nikotin- und alkoholgeschwängert. Sie legt die Hand auf den Mund, es kostet sie Überwindung, einen Fuß in die Hütte zu setzen, doch sie will sichergehen, dass sie nichts übersieht. Den anderen Fuß lässt sie im Türrahmen stehen, muss ihn dort stehen lassen, braucht das Gefühl, jederzeit flüchten zu können.

Beinahe verzweifelt suchen ihre Augen nach einem Hinweis, nach etwas, das auf Leonie schließen lässt. Irgendetwas. Es muss etwas geben! Wo hat sie ihre Sachen? Ihre Tasche? Hosen, Pullover, Jacken? Sie kann unmöglich mit nichts von zu Hause abgehauen sein. Doch alles was Marie im diffusen Schein der Taschenlampe ausmachen kann, ist auch auf den zweiten Blick und von ihrem Standort aus nicht exakt zu identifizieren. Ihr wird schnell klar, dass sie für eine gründliche Durchsuchung tiefer hineinmuss. Diese Erkenntnis erschreckt sie. Sie will das nicht! Marie kämpft, hadert mit sich.

Kehr um! Noch hast du die Gelegenheit dazu. Warum willst du dich in Gefahr bringen? Für wen, für was? Du hast doch keine Ahnung, was du hier in dieser verdammten Holzkiste vorfindest …

Wie von selbst öffnen ihre Finger ihre Umhängetasche, gleiten hinein und schließen sich fest um den Kolben des Revolvers.

Nein, es gibt kein Zurück mehr. Ich bin schon viel zu lange geflüchtet …

Sie geht einen Schritt vor. Noch einen. Will sich hinunterbeugen. Vielleicht unter den Decken … doch dafür bleibt ihr nichts anderes übrig, als … Den Gedanken kann sie nicht zu Ende führen, das Knacken brechender Äste hinter ihrem Rücken lässt sie herumfahren. Marie braucht einen Moment, dann macht sie die Gestalt aus, die sich Sekunden zuvor noch hinter einem Baum versteckt gehalten haben muss und nun hervortritt. Diese kurze Sequenz, in der sich ihre Blicke treffen, dauert eine Ewigkeit, und Marie erstarrt, unfähig, einen klaren Gedanken zu fassen. Alles in ihrem Kopf dreht sich, und selbst zu einer Gefühlsregung ist sie nicht in der Lage.

Dann löst sich die Gestalt von der Stelle und läuft tiefer in den Wald hinein. Die plötzliche Flucht des Unbekannten überrascht Marie und setzt gleichzeitig den Impuls frei, der Person zu folgen. Mit einem Mal fühlt sie sich auf eine sonderbare Art und Weise nicht mehr als »Hase«, sondern als Jägerin. Und dieses Gefühl beflügelt sie, lässt sie losspurten, die Hand in ihrer Tasche. Der Revolver wiegt schwer und verspricht Stärke und Dominanz.

Marie läuft mit langen Schritten und versucht so, den Flüchtigen einzuholen. Sie sprintet über den unebenen Waldboden und merkt rasch, dass sie schneller und ausdauernder ist als die fliehende Gestalt vor ihr. Eine Woge der Euphorie durchströmt sie, als sie deutlich das Keuchen hört und die Ausdünstungen des Gejagten riecht. Mit Genugtuung sieht sie, wie er zu ihr zurückblickt und sie mit weit aufgerissenen Augen anstarrt. Pure Angst liegt in diesem Blick, und Marie genießt ihn.

»Bleiben Sie stehen!«, ruft sie dem Mann zu, der jetzt nur noch gut zwei Armlängen vor ihr herläuft. Dabei sieht sie, dass dem Unbekannten etwas aus der Manteltasche herausrutscht und zu Boden fällt. Etwas, das aussieht wie ein Buch. Dann bricht der Mann vor ihr zusammen. Marie muss ihren Lauf abrupt abbremsen, um nicht über die liegende Gestalt zu stolpern.

***

Wenn er jetzt auffliegt, muss er wieder morden. Er ist ihr gefolgt, ohne dass sie ihn bemerkt hätte, doch das war alles andere als leicht gewesen. Es hat an seinen Nerven gezerrt, dieses dämliche Versteckspiel. Zum Glück hatten die beiden Jogger keine Notiz von ihm genommen, und zum Glück war der Wald heute so menschenleer.

Oh Marie, warum machst du alles so kompliziert. Lässt mich hinter dir herhetzen, als sei ich dein Sklave. Lässt mich durch diesen verwüsteten Wald, durch dieses Unterholz kämpfen, nur weil du plötzlich eine verfluchte Heldin sein willst. Nein, Marie, ich bin der, der dich beschützt, ohne mich wärst du schon längst verloren. Woher hast du in drei Teufels Namen bloß die Pistole? Wozu brauchst du sie? Ich hätte dir schon beigestanden, hab doch nur darauf gewartet, und ich wäre dir zu Hilfe gekommen. Marie, kleine Marie, was glaubst du, hier zu finden?

Er kann sie sehen, kann die Waffe in ihrer Hand sehen, und er sieht den am Boden liegenden Kerl, wie er um sein Leben winselt.

Schieß doch! Wenn du schon so weit gegangen bist, kannst du auch abdrücken. Auf was wartest du? Töte ihn! Erschieß ihn, und ich werde mich dir auf der Stelle offenbaren. Das Band würde unzertrennbar zwischen uns. Wir hätten beide Leben genommen, ohne dabei willkürlich zu sein. Du wirst verstehen, so wie ich verstehe, wenn du jetzt tötest. Lass uns endlich einander nah sein – lass uns gemeinsam fort von hier.

Seine Sehnsucht übermannt ihn, er kann sich nicht gegen dieses nagende, leidvolle Gefühl wehren, kann dem Schmerz nicht entkommen, nichts entgegensetzen. Für einen Moment presst er die Augenlider zu.

Verrückt, er denkt an Heiligabend 1971 und an den Vater, der den kleinen Jungen aus dem Bett holt, ihm mit einem kalten, nassen Waschlappen durch das Gesicht fährt, um ihn anschließend ins elterliche Schlafzimmer zu zerren, wo seine Mutter betrunken und lallend auf dem hellen Teppichboden liegt. Dieser Anblick hat sich fest und unauslöschlich in seine Seele gebrannt. Nein, er hatte sich schon damals nicht dagegen wehren können, und auch heute ist dieser Film machtvoller als er.

Seine Kiefermuskeln arbeiten, und seine Hände ballen sich zu Fäusten. Er will nicht an sie denken. Mutter hat nicht verdient, dass er an sie denkt. Wo war sie, als Vater so streng zu ihm war? Warum hatte sie das alles zugelassen? Ja, Vater war hart, aber nur, weil Mutter so schwach war! Heute braucht er sie nicht mehr. Kommt ohne ihre Liebe, ohne ihren Schutz aus. Er hatte sie doch geliebt, hatte nach ihr gerufen, nachts, wenn er sich fürchtete … nein, heute braucht er sie nicht mehr zu lieben! Heute liebt er Marie! Heiligabend. Wie hat wohl Marie als kleines Mädchen Weihnachten gefeiert? Sie wird es ihm erzählen.

Er öffnet die Augen wieder, blickt seitlich an der mächtigen Eiche, hinter der er sich verborgen hält, vorbei und atmet aus – das Bild vor ihm ist unverändert.

32

»Sind Sie in Ordnung?«, fragt Marie. Sie berührt den am Boden liegenden Mann leicht mit der Fußspitze am Oberarm und wartet, den Revolver in der Hand, auf eine Reaktion.

Nach wie vor verbirgt die Person, die bäuchlings auf dem kalten Waldboden liegt, ihr Gesicht. Deutlich nimmt Marie das unkontrollierte Zittern wahr, und sie fragt erneut: »Sind Sie in Ordnung?«

»Was … was wollen Sie denn von mir?«, fragt der Mann, ohne dabei den Kopf zu heben oder Anstalten zu machen, aufzustehen.

»Ich habe ein paar Fragen an Sie, die die Hütte betreffen, und …«, Marie greift nach dem Buch, das vor ihr auf dem Waldboden liegt, blättert darin und fährt, ohne aufzusehen, aber in einem schärferen Tonfall, fort: »… und wie Sie zu diesem Tagebuch gekommen sind.«

Kaum dass Marie ihren Satz beendet hat, reckt der Mann seinen Kopf in die Höhe. Ein bärtiges, verschmutztes Gesicht dreht sich zu ihr.

Ein Penner, denkt sie bei sich und runzelt die Stirn.

»Ich … ich habe es gefunden«, stammelt der Mann und zeigt mit der Hand in Richtung der Waldhütte. »Es lag unter einer der Matratzen.«

In seinem Blick flackert etwas Demutsvolles, während er spricht, und Marie fallen die aufgesprungenen Lippen und die tiefen Furchen im Gesicht des Mannes auf.

Wie alt mag er sein? Ende fünfzig? Schwer zu sagen – er könnte genauso gut zehn Jahre jünger wie älter sein.

»Da … da ist doch nichts dabei!«, hört sie den Mann sagen, der sich nun aufsetzt, um schließlich langsam und wankend auf die Füße zu kommen. Unbeholfen klopft er sich kleine Äste und Erdklumpen von der Kleidung. Er ist genauso groß wie Marie, und sie sieht die Furcht in seinen Augen. Rasch lässt sie den Revolver in ihrer Tasche verschwinden.

»Können Sie sich ausweisen?«, fährt sie ihn harsch an und wundert sich selbst über ihre Fragestellung.

Verstört blickt der Mann Marie an, so als habe er nicht recht verstanden, wirft dann lamentierend die Arme in die Höhe, und seine Stimme überschlägt sich: »Geklaut! Weg! Diese Verbrecher! Sie haben mir meinen Personalausweis geklaut. Vorigen Monat schon – hab geschlafen. In der Stadt, vorm Museum am Dom. Vor dem heiligen Kölner Dom … also wenn man selbst dort nicht mehr vor Dieben sicher sein kann … gottlose Zeiten … wir kommen alle ins Fegefeuer … aber da schlafe ich nie wieder, gute Frau. Darum bin ich hier im Wald und gehe nur zum … zum Flaschensammeln in die Stadt. Man muss ja überleben, irgendwie.«

Argwöhnisch wandern seine Augen von Maries Gesicht zum Boden und bleiben letztendlich wieder an Marie hängen. Der Mann macht eine wegwerfende Handbewegung, bevor er plötzlich im gefälligen Plaudertonfall weiterspricht: »Mein Name ist Schiller, wie der berühmte Dichter. Nur lautet mein Vorname nicht Johann Christoph Friedrich von, sondern Theo. Nur Theo. Ohne von. Und ich bin auch nicht am 10. November 1759 in Marbach am schönen Neckar geboren, sondern am 21. Oktober 1952 in Olpe, im ebenso schönen Sauerland. Und wenn Sie mich nach meinem festen Wohnsitz fragen, muss ich verneinen – ich habe keinen. So und nun, wo ich mich doch hab vorgestellt, kann mich doch die gute Frau mit Pistole meiner Wege ziehen lassen. Ich wäre Ihnen wirklich sehr verbunden, wenn ich gehen dürfte. Schließlich habe ich ja nichts getan, was verboten wäre.«

Marie muss innerlich schmunzeln, doch sie antwortet streng: »Das werde ich wohl nicht machen können. Es ist ein Mädchen verschwunden, deren Tagebuch Sie bei sich hatten. Ich werde jetzt die Polizei rufen. Und ich muss Sie bitten, bei mir zu bleiben, bis die Beamten hier eingetroffen sind. Und tun Sie sich selber den Gefallen und widersetzen Sie sich nicht – denken Sie an die Pistole in meiner Tasche.«

»Gewalt ist keine Lösung«, plappert der Mann aufgeregt, um

sogleich fortzufahren: »Ich folge selbstverständlich Ihren Anordnungen. Nur werden Sie mich doch nicht erschießen wollen?«

Marie will etwas erwidern, doch kommt ihr die Stimme aus dem Hintergrund zuvor.

»Bitte lassen Sie ihn gehen!«

***

»Haben Sie vielen Dank, junges Fräulein!«, Schiller grinst breit. »Ich bin Ihnen sehr verbunden«, er verbeugt sich umständlich, »dann werde ich jetzt meiner Wege gehen und wünsche den Herrschaften einen guten Tag und Gottes Segen.«

Marie schenkt dem Mann keine Aufmerksamkeit mehr, sieht nicht, wie er sich rasch entfernt, den Arm zum Gruß hebt, ohne dabei zurückzuschauen, um schließlich im Gehölz zu verschwinden.

Marie lässt die Arme hängen – wie soll sie jetzt reagieren? Sie steht vor ihr, und sie weiß nichts zu sagen. Nein, darüber hatte sie sich zuvor keine Gedanken gemacht. Zumindest gelingt es ihr, Leonie anzuschauen, auch wenn sie dabei den direkten Augenkontakt vermeidet. Ihr fällt auf, dass die Schülerin ihre langen braunen Haare zu einem Zopf geflochten hat, und sie bemerkt die blaugrüne Verfärbung der rechten Gesichtshälfte. Und erst jetzt nimmt sie die starke Schwellung, die vom Auge bis zum Kinn reicht, wahr.

Leonie versteht ihren fragenden Blick.

»Das war er«, sagt sie und schaut seitlich zu Boden.

»Pierre?«

Das Mädchen blickt auf und schüttelt den Kopf.

»Nein! Nein, so etwas würde Pierre nie tun!«

»Das war ihr Alter!«

Marie fährt erschrocken zusammen, hört die Schritte in ihrem Rücken, die jetzt unmittelbar hinter ihr zum Stehen kommen. Beißender Zigarettenqualm sticht ihr in die Nase, was sie als unangenehm empfindet, doch wagt sie es nicht, sich umzudrehen.

Sie vernimmt einen anhaltenden Husten, bevor die kratzige

Stimme weiterspricht: »Ich hab's Ihnen doch gesagt, der Alte ist ein Psycho, der …«, ein erneuter, heftiger Hustenanfall hindert Pierre am Weitersprechen.

»Hey, komm her«, Leonies Stimme klingt sanft und besorgt. »Reg dich nicht auf und mach die Kippe aus! Du hustest dich noch zu Tode!«, ruft sie ihm zu. Und an Marie gewandt sagt sie schroff: »Was wollen Sie hier? Was wollen Sie von mir? Sie haben sich doch einen Scheiß für mich interessiert. Was war das denn mit meinem Gedicht? Was? Sie haben es verstanden, jede Wette! Wieso nur? Wieso wollten Sie nicht mit mir darüber sprechen? Pah, ich sag's Ihnen: Gedrückt haben Sie sich davor! Vor der Wahrheit! Scheiße, haben Sie wirklich nicht kapiert, dass ich Sie gebraucht habe? Ein, zwei echte Gespräche hätten mir doch schon gereicht! Oh, wie oft habe ich versucht, mit Ihnen zu reden!« Leonie reibt sich die Tränen vom Gesicht. »Und ich blöde Kuh mache mir Sorgen um Sie. Fahre über 'ne Stunde mit dem Bus zu Ihnen. Stehe dann bei dem Dreckswetter vor Ihrer Tür, und Sie lassen mich noch nicht mal für 'ne Minute rein. Schicken mich weg wie einen lästigen Hund. Scheiße aber auch, ich hätte Ihre Hilfe gebraucht! Verstehen Sie das?«

Schluchzend macht Leonie eine kurze Pause und zieht die Nase hoch, bevor sie etwas leiser weiterspricht: »Wirklich, ich glaubte, Sie wären anders als die anderen Erwachsenen. Würden es sehen, verstehen, begreifen, wie es in mir aussieht … aber abgehakt. Ich brauche Ihre Hilfe nicht mehr! Pierre und ich werden hier abhauen. Er hat Geld besorgt. Wir werden von hier verschwinden, und keiner wird uns mehr finden … Keine Bullen, keine Eltern und Sie auch nicht!«

Sie zieht noch einmal die Nase hoch, wischt sich mit dem Ärmel übers Gesicht. Fragt: »Warum sind Sie jetzt hier? Warum gerade jetzt? Verdammt, jetzt sagen Sie doch was!«

Gleiches ist nicht gleich!, schießt es Marie durch den Kopf.

Bleierne Stille, keiner rührt sich, niemand sagt ein Wort.

Dann deutet Marie mit dem Kopf auf Pierre und sagt:

»Dein Freund ist krank, er muss dringend zu einem Arzt.«

»Quatsch«, krächzt Pierre, der nun den Kopf hebt und sich mit dem Handrücken über die Nase wischt. »Ich bin okay! So okay, dass ich dem Alten mit meinem Helm eins über seinen verfickten Schädel gebraten habe. Hat er wohl nicht mit gerechnet, als er seine Tochter nach Hause schleifen wollte. Der hätte Leonie totgeprügelt, wäre ich nicht zufällig dazugekommen. Dieser Psychopath! Er behandelt sie, als sei sie sein Eigentum! Sperrt sie ein! Er schlägt sie, dann heult er rum, es tät ihm leid. Und dann bringt er ihr teure Geschenke mit … Dreck, Leonie braucht diese Scheiß-Geschenke nicht, sie lässt sich nicht kaufen, sie –« Wieder stoppt ihn eine Hustenattacke, die Leonie veranlasst, ihn noch enger an sich zu drücken.

»Ihr kommt nicht weit. Pierre muss zum Arzt und sich dann der Polizei stellen. Er wird gesucht. Wird gesucht, weil die glauben, er hätte dich entführt. Und du solltest ebenfalls zur Polizei gehen und deinen Vater anzeigen. Lass uns gemeinsam zu dir nach Hause fahren, ich rufe von unterwegs die Polizei an, sie sollen auch dort hinkommen. Sie werden dich vor deinem Vater beschützen. Du packst ein paar frische Sachen ein, und ich fahre dich zu einer Notschlafstelle des Jugendamts.«

Pierre bäumt sich auf, reißt sich von seiner Freundin los und stürmt auf Marie zu. Eine Handbreit vor ihr bleibt er stehen.

»Oh nein, das kommt nicht in Frage«, presst er keuchend hervor, »ich rufe Golem an, der bringt mir Medikamente, die mir helfen, ruck, zuck auf die Beine zu kommen … bloß weiß ich nicht, was ich mit dir tun soll. Ich habe echt geglaubt, du würdest uns helfen. Würdest den Bullen sagen, dass sie aufhören können, uns zu jagen. Aber jetzt ist mir klar, dass du uns verpfeifen wirst. Hast du Golem schon ans Messer geliefert? Ja, mit Sicherheit hast du …«

»Golem ist tot!«

»Was?«

Entgeistert starrt er Marie an. Ohne den Blick von ihr zu nehmen, schüttelt er langsam den Kopf. Sekunden vergehen. Er steht einfach nur da und schüttelt den Kopf. Seine Augen, glasig und leer, scheinen durch Marie hindurchzusehen. Dann geht ein Ruck durch seinen Körper, und er drückt die Brust heraus.

»Du lügst!«, schreit er sie an, und Marie spürt, wie sein Geifer ihr Gesicht benetzt.

Er wirbelt herum, sein Blick sucht Leonie, er reißt seinen Arm hoch und zeigt auf Marie.

»Die Schlampe lügt doch! Die lügt doch, wenn sie den Mund aufmacht. Und so einer hast du vertraut? Golem ist nicht tot – kann nicht einfach tot sein!«

Der erneute Hustenanfall ist noch stärker und anhaltender als die davor und zwingt Pierre dazu, in die Hocke zu gehen.

»Selbstmord«, erklärt Marie. »Er hat sich vor die S-Bahn geschmissen. So berichten es zumindest das Fernsehen und die Zeitung.«

Leonie springt auf ihren Freund zu, der jetzt auf dem Waldboden sitzt, nimmt sein verschwitztes Gesicht in beide Hände und sagt: »Ich glaube ihr. Und sie hat recht: Du brauchst tatsächlich einen Arzt.«

33

Während sie mit ihrem Auto vor einer roten Ampel wartet, beobachtet Marie im Rückspiegel die beiden Jugendlichen auf der Rückbank, wie sie ganz eins in sich verschmolzen dasitzen. Leonie streicht sanft über Pierres Gesicht, der seinen Kopf in ihren Schoß gelegt hat und aussieht, als würde er schlafen. Er hält die Augen geschlossen, und Marie hört deutlich seinen Atem, der schwer und rasselnd aus den Lungen dringt.

»Ich fahre direkt zum Heilig-Geist-Krankenhaus«, sagt Marie leise und vergewissert sich, dass Leonie sie verstanden hat. Die Schülerin nickt ihr zu.

»Dort sollen sie ihn gründlich untersuchen«, erklärt Marie weiter. »Ich fürchte, dein Vater hat ihm weitaus mehr zugesetzt, als Pierre zugeben kann. Außerdem sieht er fiebrig aus – ich denke, er hat auch noch eine starke Erkältung.«

Es ist fast halb vier. Sie hatten Pierre zum Krankenhaus gefahren. Er war nicht in der Lage gewesen, auf eigenen Beinen in die Notaufnahme zu gehen, sodass er von Sanitätern auf einer Bahre hineingefahren werden musste. Marie hatte alles Notwendige geregelt, hatte versprochen, so bald als möglich Pierres Krankenversicherungskarte nachzureichen.

Leonie fiel es schwer, sich von ihrem Freund zu trennen, gab aber schließlich Maries Drängen nach, dass die Klärung mit ihrem Vater keinen Aufschub erlaubte.

Nun sitzt der schwergewichtige Mann ihnen gegenüber, die fleischigen Hände fest ineinandergekrallt, so als wolle er ihnen jegliche Blutzufuhr versagen, sitzt er da und starrt mit trüben Augen vor sich auf den Boden. Schmitke ringt nach Luft, seine Finger schnellen zum Krawattenknoten und reißen ihn auf.

Maries Blick wandert von den großen Schwarz-Weiß-Fotos, die verteilt auf dem Parkett liegen, zu der Frau, die mit angezogenen

Beinen auf dem Sofa sitzt. Leonies Mutter schaut traurig zu ihrem Mann und sagt mit leiser Stimme, in der kein Vorwurf liegt: »Die hast du wohl heute Morgen auf deinem Schreibtisch vergessen.«

Nun richtet auch Leonie den Blick auf ihren Vater, still abwartend und die Augen voller Tränen.

Einen Augenblick scheint er unschlüssig zu sein. Marie ist sich nicht sicher, ob er seine Frau verstanden hat. Stumm und wie versteinert, mit aufgedunsenem hochroten Gesicht, die Schultern schlaff herunterhängend, sitzt er im Sessel und glotzt leer vor sich hin.

Gespannte Ruhe. Bloß das Tack, tack, tack der Pendeluhr drängt sich immer mehr auf und wird in Maries Ohren stetig lauter. Marie hat plötzlich diese Bilder im Kopf, die sie lange verschollen glaubte, klar und deutlich tauchen sie auf, ohne dass sie sich dagegen wehren kann.

Tack, tack, tack. Das Geräusch, das das matt glänzende Messingpendel verursacht, dringt tief in ihr Unterbewusstsein, macht sie schläfrig. Die zwei Meter große Standuhr ist ein Erbstück von ihren wohlhabenden Großeltern mütterlicherseits. Schon als kleines Mädchen hatte sie diese imposante Pendeluhr gemocht, und jedes Mal, wenn sie zu Besuch war, hatte sie mit einem Stück Kuchen in ihrer Faust fasziniert davorgestanden, um bei jeder Bewegung des Pendels in die Hocke zu gehen. Hoch und runter. Hoch und runter. Und so fort. So hatte man es ihr zumindest erzählt. In ihrer Erinnerung gab es bei den Alten immer warme Schokolade und Zupfkuchen. Diese Uhr hatte sie lange begleitet, gab ihr lange ein Gefühl der Vertrautheit und der Geborgenheit.

Tack, tack, tack. Bis er seine Hände das erste Mal unter ihr Kleidchen schob. Eben vor dieser Uhr.

Tack, tack, tack. Sie hatte ihn geliebt, doch sie möchte sich nicht erinnern, unterdrückt die Bilder, die Gefühle, weil sie schmerzen. Keine Chance, sie tut es trotzdem, kann sich nicht dagegen wehren, und dann sind sie da – die Erinnerungen. Erinnerungen, die immer wieder die gleichen Fallen stellen.

Unvermittelt richtet sich sein massiger Oberkörper auf.

Marie erschrickt, die Bilder in ihrem Kopf lösen sich auf, und sie blickt sich unsicher um. Niemand scheint von ihren Flashbacks etwas mitbekommen zu haben. Sie atmet erleichtert aus und sieht zu Leonies Vater hinüber, in dessen Augen sich nach wie vor etwas der Wirklichkeit Entrücktes spiegelt, und beobachtet, wie er nun dasitzt, steif, mit durchgedrücktem Rücken, den Kopf gerade, und sinnentleert an ihr vorbeistiert.

»Ich hatte ihn beauftragt.«

Seine Stimme, monoton und rau, und das Unvermittelte daran überrascht Marie. Irritiert schaut sie ihn an. Ohne dass er ihren Blick erwidert, öffnet er den Mund und spricht weiter: »Den Tipp und die Telefonnummer hatte ich von einem Kunden. Der hatte seine Frau von ihm überwachen lassen. Ehemaliger Polizist. Guter Mann. Seine Detektei befindet sich am Neumarkt, also ganz in der Nähe von unserer Niederlassung. Ich bin da in der Mittagspause hin, letzten Monat, und habe ihm von Leonie und diesem verkommenen Dreckskerl erzählt. Er konnte mich gut verstehen und hat den Job sofort angenommen. Er hat Leonie beobachtet, und er hat Fotos gemacht. Auch von der … der Waldhütte da«, Schmitke deutet mit dem Kopf unwillig auf die am Boden liegenden Bilder, »… ein wahres Drecksloch. Ich war da. Widerlich. Der komplette Boden mit Matratzen voll – ich hätte kotzen können. Der Gedanke, dass meine Tochter auf diesen Matratzen die Beine breit gemacht hat …«

Seine Stimme versagt mitten im Satz, und Marie bemerkt die Tränen, die ihm übers Gesicht laufen.

Er hatte auch geweint, damals, im Schlafzimmer auf dem Bett sitzend und den Revolver in der Hand, aber da war es schon lange zu spät. Mitleidheischende Tränen – nichts weiter.

Schmitke schluchzt, schaut zu seiner Frau und hebt die Arme.

»Ich habe sie eingesperrt, nachdem ich den Kerl … ich wollte sie doch bloß beschützen. Vor sich selbst beschützen. Das musst du doch verstehen! Verflucht, ich bin ihr Vater und habe das Recht und die Pflicht, sie vor Dummheiten zu bewahren. Ich habe ihr das Handy aus der Hand geschlagen und mit meinen

Füßen … sie sollte nicht mehr telefonieren mit diesem Dreckskerl. Unsere Tochter war ja völlig auf ihn fixiert. Auf so einen Loser! Das durfte ich doch nicht zulassen, und ich musste eine Entscheidung treffen. Allein. Du warst nicht da, warst noch in Kur … ich wollte dich anrufen, nachdem ich diesem Kerl eine Lektion erteilt hatte. Auf dem Parkplatz hatte er auf unser Kind gewartet, um sie uns wegzunehmen. Das mit dem Anruf habe ich dann aber gelassen – ich wollte dich nicht beunruhigen. Ich wollte mit ihr reden, aber sie hat mich gar nicht aussprechen lassen. Abends habe ich für uns gekocht, habe geglaubt, dass sie und ich uns beim Essen aussprechen können. Aber sie wollte partout nicht aus ihrem Zimmer kommen. Am nächsten Morgen habe ich ihr noch das Frühstück ans Bett gebracht, hab dann wohl vergessen, wieder abzuschließen. Als ich an dem Abend nach Hause kam, war sie nicht mehr da. Weiß der Teufel, was sie geritten hatte. Ja, da bin ich zur Hütte gefahren. Ich war mir sicher, dass sie sich dort versteckt.«

Er stockt, seine Stimme scheint zu versagen, er räuspert sich lautstark und fährt sich mit der Hand über die schwitzende Stirn. Dann spricht er weiter: »Es brannten Kerzen, und Leonie lag auf einer dieser fleckigen Matratzen. Sie war allein und schrie auf, als ich ihre Arme packte. Verdammt, warum musste sie schreien, ich bin ihr Vater! Das hat mich aufgeregt, innerlich. Ich versuchte, sie zu beruhigen, und sagte ihr, dass ich mir Sorgen um sie mache und dass wir zu Hause über alles sprechen können. Nur müsse sie jetzt mit mir mitkommen. Da schrie sie noch lauter, spuckte mich an. Sie schlug und trat nach mir und war völlig hysterisch. Beschimpft hat sie mich. Ganz übel beschimpft. So außer sich hatte ich sie noch nie erlebt. Sie machte mir fast ein wenig Angst, so wie sie sich aufführte. Leonie war wie von Sinnen, wie eine tollwütige Katze. Ich wusste mir nicht anders zu helfen und habe sie gepackt und aus der Hütte gezerrt. Da hat sie mir in die Hand gebissen – ich musste loslassen und habe dann … zugeschlagen. Bloß einmal, gar nicht so feste, doch sie brach sofort zusammen und blieb vor meinen Füßen liegen. Ich dachte noch, sie stelle sich nur an, und hob sie hoch. Sie war ganz schlaff – ihr Körper war ganz schlaff –, und ich konnte mich nicht mehr auf den Beinen halten. Ich kniete mich hin. Um mich herum drehte sich alles, und es hätte nicht viel gefehlt, und ich hätte gekotzt. Dann plötzlich hörte ich ein Geräusch hinter mir. Ich drehte mich um, und da stand er – dieser Dreckskerl – und glotzte mich an. Und dann war da etwas in seiner Hand – ich konnte nicht ausweichen. Als ich wieder zu Bewusstsein kam, war er weg und Leonie auch. Ich schmeckte das Blut, es lief mir vom Kopf übers Gesicht in den Mund, und ich hab mich übergeben. Der Schmerz war höllisch. Doch du kennst mich, so schnell wirft mich nichts um. Ich schrie nach ihr, rannte in den Wald hinein, suchte sie, ich weiß nicht mehr, wie lange ich schrie und lief, jedoch ohne Erfolg. Schließlich gab ich auf – das Blut und die stechenden Schmerzen, es wurde einfach zu viel. Ich hatte Angst, wieder das Bewusstsein zu verlieren, und so schleppte ich mich zum Auto und fuhr zu Heiner, der mich bei sich zu Hause verarztete. Er nähte die Platzwunde, stellte keine blöden Fragen und schwieg. Arztgeheimnis. Scheiße, wozu hat man schließlich Freunde? Zum Glück warst du nicht da! Ich wollte nicht, dass du mich so siehst. Und du kannst mir glauben: Ich bin nicht stolz auf das, was ich gemacht habe – aber so ist es jetzt nun mal.«

Mit einem Gesichtsausdruck voller Verzweiflung dreht er sich zu Leonie, ohne seiner Tochter dabei in die Augen zu sehen, und fährt mit erstickter Stimme fort: »Ich … ich wollte dich nicht schlagen. Ich wollte dich beschützen. Ich liebe dich doch. Du bist mein Ein und Alles. Der Grund für alles hier – für alles hier in meinem Leben! Deshalb auch der Detektiv. Verdammt, Leonie, ich liebe dich!«

Seine Tochter sitzt nur da, ohne etwas zu erwidern, und schaut auf ihren Vater.

»Ich werde weggehen!«, sagt sie schließlich.

Plötzlich wird Marie die Stille um sie herum bewusst. Eine lähmende Stille, die sich der Personen in dem großzügigen Wohnraum bemächtigt. Es ist alles gesagt.

Marie mustert den Mann, der kerzengerade im Sessel sitzt, sieht seinen erstarrten Blick und diesen geschlossenen schmallippigen Mund. Es geht keinerlei Regung von ihm aus. Und sie selbst hat jegliches Zeitgefühl verloren. Sie kann nicht sagen, wie lange sie schon hier sitzen – schweigend. Nein, sie hat keine Ahnung, wie viel Zeit vergangen ist. Die durch die lange Fensterfront einfallende Helligkeit ist schwächer geworden, verwandelt sich von bleigrauem Tageslicht in das Halbdunkel des heraufziehenden Abends. Sie schaut kurz auf die Stehlampe neben sich, doch ihr fehlt der Antrieb, aufzustehen, um sie anzuschalten.

Marie weiß, Licht würde nichts ändern. Ja, es ist alles gesagt, und jetzt muss sie nur noch eines tun, um sich von den Fesseln der Erinnerung zu befreien.

Sie muss sich von Pauline verabschieden!

Der gute Steffens hatte recht: Gleiches ist niemals gleich! Ein leichtes Lächeln umspielt ihren Mund. Die Jahre hatten Marie vor sich hergetrieben, und nun geben sie sie endlich frei.

Mit einem Mal scheint die Schwere, der sie sich vor wenigen Momenten noch ausgeliefert fühlte, von ihr abzufallen.

Wie ein Geräusch aus einer weit entfernten Welt nimmt sie die ankommenden Fahrzeuge draußen vor dem Haus wahr. Autotüren werden zugeschlagen, und die schnellen Schritte auf dem Kiesweg dringen zu ihr. Marie hält den Atem an. Nur einen Augenblick später das erlösende Klingeln an der Eingangstür.

34

Er sitzt in seinem Lederstuhl, und seine geöffnete linke Hand ruht auf dem Schreibtisch. Sein Daumen dreht den goldenen Ring an seinem Finger, während er aus dem Fenster starrt. Er denkt an seine Frau, an die gemeinsamen Jahre. Und wie es war, bevor sie in die Tiefe fiel. Waren sie glücklich gewesen? Er lässt die Frage stehen. Unbeantwortet.

Es beginnt bereits zu dämmern, und unwillkürlich fällt sein Blick auf die Armbanduhr. Gleich Viertel vor vier. Die Stirn in Falten gelegt, fährt seine Zunge über seine Lippen, während er zum wiederholten Mal den Text der E-Mail liest.

Darin schreibt ein befreundeter Kollege, dass er wegen einer fiebrigen Erkältung nicht zum diesjährigen internationalen Fachkongress nach Marburg fahren könne. Er weiß, dass die Veranstaltung seit Monaten ausgebucht ist und die Hotelzimmer rund um den Tagungsort restlos belegt sind. Da es sich bei dem Symposium um das Thema »Menschheit – Evolution oder Revolution?« handelt, habe der Kollege an ihn gedacht. Er könne sein Hotelzimmer, samt Akkreditierung für den zweitägigen Kongress, der morgen früh um zehn Uhr beginnt, statt seiner übernehmen. Dazu müsse er jedoch noch heute im Hotel einchecken, was bedeuten würde, dass er, sollte er dieses verlockende Angebot annehmen, über zweihundert Kilometer Autofahrt vor sich hätte. Schon leiten ihn seine Gedanken auf die Strecke, und vor seinem geistigen Auge erscheinen Hinweisschilder und Auf- und Abfahrten. Er war vor drei Jahren schon einmal in Marburg, und nein, er würde für diese Fahrt kein Navigationsgerät brauchen. Von einem tiefen Seufzer begleitet, legt sich seine rechte Hand auf die Computermaus, bewegt damit den Cursor auf den Button am linken, unteren Bildschirmrand und lässt den Rechner herunterfahren. Egal wie er sich entscheidet, es bleibt ihm nicht viel Zeit, und er muss jetzt die nötigen Vorkehrungen treffen.

Langsam erhebt er sich, verharrt einen Augenblick auf der

Stelle, wobei sich sein gesenkter Blick an die Papiertüte mit ihrem Geschenk heftet, die neben ihm auf dem Boden steht. Frohe Weihnachten, Marie.

Seine Zunge schnellt abermals über die Unterlippe, befeuchtet sie, und die plötzlich auftauchenden Bilder in seinem Kopf überwältigen ihn. Er empfindet den Schauder, der ihn jetzt vom Nacken über seinen Rücken hinunter zum Becken durchfährt und sich dort ausbreitet, keineswegs als unangenehm. Der Mann streckt sich, bläht den Brustkorb auf und kostet diesen kurzen Moment der Erregung aus. Er kann ein lautes Stöhnen nicht unterdrücken. Warum sollte er auch? Er ist allein, niemand hört ihn.

Das Stöhnen geht in ein stakkatoartiges Keuchen über, und dann braucht es nur noch Sekunden, und er muss sich mit beiden Händen auf der Schreibtischplatte abstützen, um nicht sein Gleichgewicht zu verlieren. Einhergehend mit der Eruption, bestimmt ein heftiges Zittern seinen Körper, und ihm wird kurzzeitig schwarz vor Augen. Nur allmählich gelingt es ihm, seine Atmung wieder unter Kontrolle zu bekommen.

Ein mattes Lächeln haftet auf seinem Gesicht, während er sich bückt und nach der weißen Einkaufstüte greift. Eiligen Schrittes geht er zur Garderobe, zieht Schal und Mantel über und verlässt sein Büro.

Wenig später steht er auf der Straße und stößt nun unmittelbar auf das hektische Treiben der Menschenmassen, die sich dicht gedrängt durch die enge Gasse quälen. Beim Versuch, sich einen Weg zu bahnen, läuft er einem Mann direkt in die Arme. Entschuldigend hebt er die Hand, murmelt ein »Tut mir leid« vor sich hin und versucht, rasch weiterzukommen, was ihm misslingt, da er immer wieder entgegenkommenden Personen ausweichen muss. Es überkommt ihn das Gefühl, gegen den Strom zu schwimmen, ohne das rettende Ufer erreichen zu können. Der bekannte Magendruck stellt sich ein und wird schnell stärker. Trotz der niedrigen Temperaturen bildet sich ein feiner Schweißfilm auf seiner Stirn.

Er kennt die Symptome – zu große Menschenansammlungen lösen bei ihm regelmäßig Panikattacken aus.

»Ruhig werden, es ist gut«, spricht er leise zu sich, versucht danach gleichmäßiger zu atmen und ist bemüht, jeglichen Augenkontakt mit den Entgegenkommenden zu vermeiden. Den Blick verengt, die Schultern hochgezogen, marschiert er durch die Massen und erreicht schließlich die Sparkassenfiliale am Ebertplatz.

Sein Finger legt sich auf die Klingel, drückt, und kurz darauf öffnet sich die Tür. Das hagere Gesicht der Krankenpflegerin erscheint. Mit fragendem Blick mustert sie ihn, und er spürt seine Unsicherheit. Die weiße Einkaufstüte mit dem bekannten roten Schriftzug, die er in der Hand hält, lenkt die Frau für einen kurzen Moment ab. Noch bevor sie etwas sagen kann, reicht er ihr einen Umschlag und erklärt:

»Hier sind dreihundert Euro extra, wenn Sie die heutige und die kommende Nacht bei meiner Frau schlafen. Ich muss dringend zu einem Kongress nach Marburg, schon morgen, und werde übermorgen zurück sein. Es ist für mich ein äußerst wichtiger Termin, daher bitte ich Sie inständig, mir diesen Gefallen zu tun.«

Der flehentliche Ausdruck in seinem Gesicht scheint nicht gut anzukommen, und auch dieser unterwürfige Tonfall in seiner Stimme nicht, denn die Pflegerin verzieht herablassend die Mundwinkel. Stumm nickend greift sie nach dem Umschlag, schaut ihm dabei geringschätzig in die Augen und antwortet knapp mit einer Frage:

»Aber am Samstag sind Sie wieder da, nicht?«

Der Mann nickt.

»Ja, ganz bestimmt«, antwortet er, und die Erleichterung in seiner Stimme ist deutlich zu hören.

»Ganz bestimmt«, wiederholt er flüsternd, während er den Schlüssel in das Schloss seiner Wohnungstür steckt.

35

Donnerstag, 20.12.

Marie kniet auf allen vieren und fegt mit einem Handbesen die letzten Reste verwelkter Blütenblätter und kleiner Äste von der hellen Marmorplatte. Sie spürt deutlich die Kälte, die von dem glatt polierten Stein unter ihr ausgeht und ihr geradewegs in die Glieder kriecht.

An den oberen und unteren seitlichen Rändern des Steines haben sich Moosflechten angesiedelt, die selbst zu dieser Jahreszeit nicht vollständig ruhen, sondern versuchen, sich weiter auszubreiten, um allmählich, doch in naher Zukunft, die gesamte Fläche einzunehmen. Die Grabplatte hatte Marie in Auftrag gegeben, bereits einen Tag nachdem sie über den tödlichen Verkehrsunfall informiert worden war. Auch hatte sie die komplette Abwicklung samt Bestattungskosten übernommen, bloß zur Beerdigung war sie nicht erschienen, was keineswegs daran lag, dass sie im sechshundert Kilometer entfernten Berlin lebte.

Marie hatte großen Wert darauf gelegt, dass Pauline ein Einzelgrab bekam. Fünf Wochen nach der Beisetzung erlitt Marie einen schweren Zusammenbruch, der in einen dreimonatigen Klinikaufenthalt in der Psychiatrie der Charité mündete.

Zufrieden blickt Marie auf die nun gesäuberte Marmorplatte, und ihre Lippen formen stumm und ohne dass es ihr bewusst wird, die Inschrift des Grabsteins: »Meine Schwester Pauline wurde siebenundzwanzig Jahre alt, weil es allein ihr Wille war, der sie überleben, aber auch sterben ließ.«

Die Luft kühlt merklich ab, und es fängt an zu nieseln. Marie zieht den Reißverschluss ihrer Daunenjacke bis unters Kinn, bückt sich und legt die fünf weißen Lilien nieder. Sie blickt sich um, vergewissert sich, dass niemand in der Nähe ist.

Das Zwielicht des heraufkommenden Abends zwingt sie dazu, die Augen zu verengen; sie sucht die Gegend ab, doch kann sie nichts Verdächtiges entdecken – sie ist allein.

»Paulinchen«, sagt sie leise, »du darfst mich nicht mehr besuchen, und du musst damit aufhören, mit mir zu sprechen. Hörst du? Du musst auf der Stelle damit aufhören!«

Marie schaut sich ein weiteres Mal um, bevor sie flüsternd fortfährt: »Ich möchte, dass du das verstehst. Du hältst mich ab … ab vom Leben, und du verwirrst mich. Wir müssen einander loslassen, sonst … sonst verliere ich mich, und dann sperren sie mich wieder ein. Die sagen, dass ich nicht mit dir reden darf; dass ich dich nicht hören und sehen darf, weil … weil du gestorben bist. Und sie haben recht damit. Du bist tot, und Tote haben in der Welt der Lebenden nichts zu suchen. Verstehst du das, Paulinchen? Du bist tot, weil du es so entschieden hast! Und du musst mich in Ruhe lassen, weil ich entschieden habe, zu leben! Ich weiß, du hast noch so viele Fragen an mich, und ich werde sie beantworten – hier und jetzt, doch dann, Paulinchen, dann muss Schluss sein.«

Für einen Moment hält Marie inne und schaut über Paulines Grab hinweg, wo ihr Blick einen heranfliegenden Kolkraben erfasst. Er kommt direkt auf sie zu, lässt sich dann jedoch auf einem nahen Grabstein nieder, um sogleich mit gespreizten Flügeln auf der Oberkante seltsam anmutend auf und ab zu tänzeln. Den kräftigen Schnabel halb geöffnet, stößt der große Vogel durchdringende »Krah-krah«-Laute aus, sodass Marie die Hände schützend auf ihre Ohren legt. Irgendetwas Unbestimmtes lässt Marie zutiefst erschaudern.

»Hau ab!«, ruft sie und versucht, den Vogel mit wegwerfenden Handbewegungen zu vertreiben. »Los, verzieh dich!« Ihre Stimme klingt schrill und laut über den Friedhof. Erschrocken hält sie inne. Doch der Rabe fliegt nicht fort, er stellt bloß das Tanzen ein, legt den Kopf schief und beäugt nun Maries hektisches Treiben neugierig von seinem Platz aus. Marie glaubt trotz der Abenddämmerung Hohn und Spott in den schwarzen Vogelaugen zu erkennen, was sie wütend und ängstlich zugleich macht. Und sie spürt etwas Hartes unter ihrem Schuh. Schnell bückt sie sich, greift dorthin und ertastet einen scharfkantigen Kiesel. Sie stellt sich auf und hebt den rechten Arm.

»Mach endlich, dass du wegkommst!«, schreit sie, dabei wirft sie den Stein mit Wucht in Richtung des Kolkraben. Und obwohl sie ihn verfehlt, erhebt sich der große schwarze Vogel lautlos und fliegt davon. Marie schaut ihm nach, wie er in der Dämmerung verschwindet. Ein Schauer läuft ihr den Rücken hinunter und lässt sie frösteln.

»Verdammter Höllenvogel«, zischt sie, »wer hat dich geschickt?«

Sie starrt für Sekunden noch in seine Richtung, dann wendet sie sich wieder dem Grab zu und braucht einen Moment, um sich zu sammeln.

»Ich weiß, ich habe dich zurückgelassen, damals«, sagt sie schließlich. »Und es tut mir leid, unendlich leid, doch ich konnte nicht anders. Zuerst waren es nur seine Hände. Das fing schon sehr früh an. Am Anfang dachte ich jedes Mal, ich würde bloß träumen. Ich lag im Bett, und er kam zu mir, um mir eine Geschichte vorzulesen. Im Halbschlaf spürte ich dann seine weichen, warmen Hände, wie sie mich streichelten. Ich kann es bis heute nicht ertragen, wenn mich warme, weiche Hände anfassen. Mir wird schlagartig übel, wenn ich nur daran denke. Und er hatte seine Hände überall. Dann … ich war zwölf … hat er mich vergewaltigt … das erste Mal … das erste Mal in der Garage. Dort ist er über mich hergefallen. Du lagst im Auto und hast auf der Rückbank geschlafen. Oh Gott, wir kamen von einem Ausflug, und dann plötzlich … Das Neonlicht in der Garage war an … es war hell … unerträglich hell. Ich habe mich nicht wehren können, konnte mich nicht bewegen … Habe versucht, an ihm vorbeizusehen, bloß nicht in seine Augen … die Decke, das Neonlicht … unser Auto, mit den geöffneten Türen … unsere Kinderräder … – Verdammt, es tat so weh. Und Mutter war schon ins Haus gegangen … warum ist sie bloß ohne uns ins Haus gegangen? Warum? Ich habe mir diese Frage immer und immer wieder gestellt.«

Für den kurzen Augenblick, in dem ihre Stimme versagt, fließen Tränen über ihre Wangen. Marie steht einfach nur da und weint. Und erst als sie ihr eigenes Schluchzen bemerkt, räuspert sie sich, greift in ihre Jackentasche, um ein Taschentuch herauszuholen, und schnäuzt sich damit die Nase. Dann fährt sie fort: »Seelenruhig hat er die Decke aus dem Kofferraum geholt, sie auf dem Boden ausgebreitet, auf dem sauberen Boden, und hat mich wortlos gepackt und daraufgelegt. Ich hatte Angst, dass du wach wirst, deshalb war ich still, und ich habe mir auf die Lippe gebissen … ich hatte doch solche Angst, dass du aufwachst und uns siehst. Ich habe auch untenherum stark geblutet, und er hat mir ins Ohr gesungen … ja, verdammt, er hat mir tatsächlich ins Ohr gesungen: ›Es heilt die Zeit, es heilt die Zeit, denn nichts währt für die Ewigkeit.‹ Er hat gesungen, während er sich in mich hineinzwängte. Nachdem er fertig war, hat er mir seinen Zeigefinger auf den Mund gelegt, mir zugezwinkert und ›Pscht‹ gemacht. Dabei hat er mich angelacht mit diesem warmen Lächeln, du weißt schon. Dieses verfluchte, verschissene Lächeln, womit er alle geblendet hat – dieser feige Scheißkerl. Paulinchen, ich wollte nicht, dass er dich auch anfasst. Ich habe ihn angefleht, aber er hat nur gelächelt. ›Ihr seid doch meine Rosen‹, hat er gesagt. ›Mein Ein und Alles‹, hat er gesagt und mich dabei warmherzig angesehen. Sein Lächeln hat meine Seele verbrannt.«

Marie stockt und spricht mit erstickter Stimme weiter: »Nein, Paulinchen, ich konnte dich nicht beschützen – ich konnte nicht, weil ich selbst noch ein Kind war. Ich war ein Kind … bloß ein Kind.«

Marie wendet sich ab, wischt sich die Tränen mit harter Hand aus dem Gesicht.

»Gibt es eine Alternative zum Leben?«, fragt sie leise. Sie lässt die Frage einen kurzen Moment lang stehen. Dann räuspert sie sich, hebt den Blick und sagt: »Ja, ich bin fortgegangen, Paulinchen, weil ich fortgehen musste. Mir ging es gut in Berlin, ich war weit weg von daheim, weit weg von ihm, und es gab sogar Momente, in denen ich ihn vergessen konnte. Ich wollte abtauchen, anonym sein, das alte Leben draußen lassen. Ich wollte nichts mehr zu tun haben mit ihm und dieser … dieser scheißharmonischen Lebenslüge. Selbst Mutter kannte bloß meine Postfachadresse und meine Telefonnummer, aber nur, damit sie mich erreichen konnte, im Falle, dass irgendetwas mit dir gewesen wäre. Mit meinem Sparbuch konnte ich die Anfangsmonate überbrücken und habe davon sogar den Taxischein machen können. So habe ich mir mein Studium durchs Fahren finanziert und die Umschläge mit dem Geld, die in der ersten Zeit noch in meinem Postfach lagen, sofort an ihn zurückgeschickt. Manchmal rief Mutter an, zu Weihnachten oder zu meinem Geburtstag. Sie hat nie nachgefragt, warum ich ihn nicht sprechen wollte. Oder ob und wann ich denn wieder nach Hause käme. Er? Er hat nie gewagt, mich anzurufen. Doch ich habe mich nach dir erkundigt – jeden ersten Sonntag im Monat, um Punkt fünfzehn Uhr, habe ich angerufen und Mutter gefragt, wie es dir geht. Ich wusste, dass er zu dieser Zeit in seinem Verein Schach spielte. Fünf Jahre lang habe ich das so gemacht, bis zu diesem Anruf der Polizei, in dem man mir mitteilte, dass du, Mama und er bei einem schweren Autounfall auf der A 3 ums Leben gekommen seid. Einen knappen Monat später erhielt ich eine Kopie vom Unfallbericht: Laut der Aussage des Lkw-Fahrers Erwin P. soll die sich auf dem Rücksitz des Pkws befindliche 27-jährige Pauline F. ihrem Vater, Hans-Georg F., während der Fahrt auf der A 3 von hinten die Hände auf das Gesicht gelegt haben. – Du hast dich gerächt, Paulinchen«, Marie schüttelt den Kopf, fast amüsiert, »nein, Paulinchen, du hast uns beide gerächt«, ergänzt sie mit einem feinen Lächeln. »Und nein, Paulinchen, es gibt keine Alternative zum Leben!«

Die vorwinterliche Abenddämmerung hat nun vollends das Tageslicht besiegt, und Marie geht den Weg an den Gräbern vorbei in Richtung Ausgang in beinahe völliger Dunkelheit. Einzige Lichtquellen sind die erhellten Fenster auf der rechten Seite des Friedhofs und die vereinzelt brennenden Grablichter. Jeder Schritt von ihr hinterlässt ein schmatzend-knirschendes Geräusch, und der stärker werdende Regen weicht zunehmend den abschüssigen Boden auf, macht ihn glitschig, sodass Marie gezwungen ist, ihr Tempo zu verlangsamen, will sie nicht ausrutschen.

Starker Modergeruch sticht ihr in die Nase, und die Person, die ihr jetzt plötzlich wie aus dem Nichts kommend entgegenwankt, erschreckt sie bis ins Mark. Trotz der widrigen Bodenverhältnisse beschleunigt Marie ihre Schritte mit der Absicht, so schnell als möglich an der Gestalt vorbeizukommen. Als sie auf gleicher Höhe sind, treffen ihre Blicke aufeinander, doch Marie bleibt der Ausdruck im Gesicht des Fremden verborgen, zu rasch ist ihr Gang und zu trübe das Licht.

»Junge Frau«, hört sie noch die grobe Stimme des Mannes hinter ihr herrufen, »wie wäre es mit ein bisschen Klimpergeld für eine arme Teufelsseele?«

36

Er blickt zärtlich auf sie herab, streichelt ihre blassen Wangen und seufzt schwer.

Es fällt ihm nicht leicht, immerhin sind sie jetzt beinahe zwanzig Jahre verheiratet. Kennengelernt haben sie sich während des Studiums an der Universität Freiburg. Beide studierten im dritten Semester und besuchten eine Vorlesung zum Thema Kognition. Sie arbeiteten gemeinsam an einer Hausarbeit und verliebten sich ineinander.

Bereits nach einem halben Jahr zog sie zu ihm, und sie heirateten einen Monat, nachdem sie beide erfolgreich das Examen abgeschlossen hatten. Sein Gesicht hellt sich auf, und er lächelt versonnen, denn seine Gedanken führen ihn zurück, zurück zu dem Tag ihrer Hochzeit, und diese Erinnerung tut ihm gut.

Alles passte damals – es war warm, und die Sonne schien an diesem 15. Mai, und alle waren sie gekommen – Familie, Freunde und Kollegen. Ja, es war eine wahre Traumhochzeit, und es wurde ein rauschendes Fest im Garten der Villa seines Vaters daraus. Sein Vater, dieser schwerreiche und machtvolle Mann, war und ist ein Sadist. Als Besitzer eines weltweit führenden Logistikunternehmens ist er nicht nur wegen seines Geldes bekannt und gefürchtet. Er, sein Sohn, hatte, solange er denken kann, ein mehr als angespanntes Verhältnis zu seinem Vater gehabt. Als einziges Kind seiner Eltern war er von der Geburt an dazu bestimmt, das Unternehmen irgendwann einmal zu übernehmen. Doch er weigerte sich, dem Wunsch des Seniors nachzukommen und ein Wirtschaftsstudium zu beginnen. Und er entzog sich immer mehr der Aura seines Vaters. Über zwei Jahre gab es zwischen ihnen keinerlei Kontakt, bis seine Frau zum Telefonhörer griff, um den Alten anzurufen. Und sie schaffte das Wunder, dass Vater und Sohn wieder miteinander sprachen.

Ein halbes Jahr nach der Eheschließung folgte der Umzug nach

Köln. Sie promovierte und bekam anschließend einen Lehrstuhl an der Uni Bonn angeboten, den sie annahm. Und er bekam seine erste Anstellung.

Sooft es ihre gemeinsame Zeit zuließ, verbrachten sie ihre Urlaube mit Bergsteigen, und das vorzugsweise in den Alpen. Direkt an der Grenze zu Österreich, im Oberallgäu, besitzen sie ein Haus, das Hochzeitsgeschenk seines Vaters, und er muss an die ausgelassenen Trinkgelage denken, die sie gemeinsam mit ihren Kletterfreunden an so manchen Abenden dort gefeiert haben. Es war eine eingeschworene Gemeinschaft gewesen. Vor drei Jahren passierte es dann: Seine Frau, er und die Klettergruppe waren auf dem Biberkopf, als sie ein Wetterumschwung überraschte. Was genau geschah an diesem 25. August, kann er nicht mehr mit Bestimmtheit sagen. Es ist so, als habe ein riesiger Radiergummi die Erinnerungen an diesen Tag zum größten Teil gelöscht. Später wurde ihm von seinen Kletterkameraden gesagt, seine Frau sei ihm im sprichwörtlichen Sinne aus der Hand geglitten. Er habe versucht, sie festzuhalten, nachdem eine starke Windböe sie aus der Felsnische gedrückt hatte. Die Truppe hatte in dieser Einbuchtung Schutz vor dem Unwetter gesucht, und seine Frau und er hatten gerade das Sicherungsseil für einen Moment gelöst. Sie fiel fast fünfzehn Meter in die Tiefe, und ein Felsenvorsprung bewahrte sie davor, noch tiefer zu stürzen.

***

Marie,

ich schreibe dir, weil du dich bisher strikt verweigert hast, mir zuzuhören, und du sogar jeglichen Kontakt zu mir vermeidest. Wenn wir uns begegnen, gibst du mir ständig das Gefühl, als widere ich dich an. Das verletzt mich sehr. Es tut mir leid, dass ich dich auf dem Parkplatz angegangen bin, so etwas ist eigentlich nicht meine Art. Aber so, wie du mich in den letzten Monaten behandelst, tust du mir einfach zu weh.

Ich habe keine Ahnung, was ich dir eigentlich getan haben soll, dass du so auf mich herabsiehst. Sollte es mit unserer gemeinsamen Nacht im Juli zu tun haben? Was war daran schlimm oder verkehrt? Ich habe nur gute Erinnerungen daran. Wir wollten es doch beide! Zumindest hast du mir den Eindruck gegeben, dass du mit alledem, was passierte, einverstanden warst. Du hast keine Anstalten gemacht, die nach Gegenwehr aussahen. Gut, ich hatte ein paar Bier getrunken, aber ich war immer Herr meiner Sinne, also was den Alkohol betraf.
Marie, ich habe unsere Nacht nicht vergessen. Ich habe es als sehr schön empfunden, mit dir zu schlafen. In diesem Moment muss ich wieder an all das denken, und ich weiß, nichts daran war Unrecht. Wir waren vereint. Nicht nur körperlich. Vielleicht empfindest du ja tief in dir ähnlich wie ich. Du musst es bloß zulassen. Ich will nicht glauben, dass du keine Liebe in dir trägst. Du hast doch auch Bedürfnisse. Das ist doch kein Leben, so allein. Auch du brauchst Menschen in deiner Nähe, denen du ohne Wenn und Aber vertrauen kannst. Auch du, Marie, brauchst Rückendeckung. Meinst du denn, ich bemerke es nicht, wenn du deine »Tage« hast? Die Kollegen sprechen offen darüber, wie merkwürdig du dich manchmal verhältst. Wie die Schüler tuscheln, wenn du wieder mal so geistesabwesend bist. Selbst Berger macht sich große Sorgen um deinen seelischen Zustand. Du blockst alle Kontaktversuche der Kollegen kategorisch ab. Nimmst an keinem der Stammtische teil, wechselst kaum mehr als zwei Sätze mit den anderen.
Ja, und dann verschwindet eine deiner Schülerinnen, und es scheint dich nicht im Geringsten zu interessieren. Marie, bist du wirklich so kaltherzig? Ich will das nicht glauben! Ich bin der Einzige im Kollegium, der dich immer verteidigt. Doch muss ich nun auch an mich denken, und so, wie es jetzt ist, geht es nicht mehr weiter. Ich leide zu sehr unter deiner arroganten und abweisenden Art. Tagtäglich. Wir arbeiten nun mal an derselben Schule und können uns kaum aus dem Weg gehen. Ich habe nicht vor, zu wechseln, daher müssen wir aufeinander zugehen, sonst werde ich noch ganz krank.
Ich erwarte von dir, nun endlich mit mir zu reden – ja, ich habe

ein Recht darauf. Ich bin kein Unmensch oder ein Monster, bloß weil ich mich mit dir aussprechen will. Also behandle mich bitte mit einem Mindestmaß an Wertschätzung und lass was von dir hören.

Ich warte!
Tobias

Marie fährt sich mit der Hand übers Gesicht. Fast tut er ihr leid. Sie meldet sich ab und fährt den Rechner herunter.

***

Aufgewühlt schaltet er den Laptop aus. Seine Finger, die noch auf der Maus liegen, zittern. Nein, so geht das nicht! Vor mehr als einer Stunde hat er ihr diese E-Mail geschickt, hat sich darin deutlich erklärt und sich alles von der Seele geschrieben. Er musste es tun, denn er findet seit Tagen einfach keine Ruhe mehr. Die peinigende Frage nach dem Warum beherrscht seine Sinne und lässt keinen Platz für Alltäglichkeiten. Auch findet er keinen Schlaf mehr in der Nacht. Unerträgliche Schmerzen, die sich dem Versuch der Lokalisierung widersetzen, lassen ihn seinen schwitzenden Körper hin- und herwälzen.

Ja, er fühlt sich wund, so wie sich ein hautloser Mensch fühlen würde, und eine unbestimmte Angst bemächtigt sich seiner, die in der Nacht die Dämonen schickt.

Und was tut sie? Nichts! Kein Wort von ihr. Sie lässt ihn einfach so verdursten.

Es muss etwas geschehen – er ist am Ende, fertig!

Binder schüttelt den Kopf – sie muss ihn anhören. Und sie wird ihn anhören! Sie darf ihn nicht so behandeln. Ihn hält jetzt nichts mehr zu Hause. Hastig springt er auf, wirft die Computermaus achtlos aufs Sofa, um kurz darauf das Licht zu löschen und die Wohnungstür hinter sich ins Schloss zu ziehen.

***

Geistesabwesend drückt er die Schließe des Schalenkoffers zu. Die Vorstellung in seinem Kopf lässt ihn nicht mehr los, zu sehr wühlt sie ihn auf, und er spürt die wachsende Erregung in sich hochsteigen und den Schweiß auf seiner Stirn. Für ihn alles Zeichen, dass es kein Zurück, keine Umkehr mehr geben kann. Minutiös hat er alles durchgespielt, denn je mehr er diesem einen Gedanken Raum gelassen hatte, desto klarer und naheliegender, ja unausweichlicher erscheint ihm nun die Konsequenz.

***

Marie schlägt die Kladde mit den Klassenarbeiten auf. Den Rotstift in der rechten Hand, hört sie sich einen bekannten Radiohit summen, und sie muss lächeln. Ja, sie fühlt sich besser, und die Schwere, die sie seit ihrer Rückkehr vor einem halben Jahr in das Haus ihrer Kindheit bemächtigt hatte, ist nach dem Besuch auf dem Friedhof von ihr abgefallen. Sie schaut auf, und ihr Blick fällt auf die Rosen, die in der Vase vor ihr auf dem Tisch stehen. Für einen langen Moment bleiben ihre Augen an ihnen hängen, und sie horcht in sich hinein. Schließlich legt sich ein breites Lächeln auf ihr Gesicht: nein, keine Stimmen mehr!

***

Der Regen ist kalt, und die Tropfen sind hart, sie lassen ihn fluchen, wenn sie auf die Wangen treffen. Er zieht die Kapuze tiefer ins Gesicht, und sein Fuß schrappt ein-, zweimal prüfend über den nassen Asphaltboden hin und her.

»Kein Glatteis. Wenigstens etwas Positives an diesem beschissenen Abend«, brummt Binder.

***

Der Mann schenkt seiner Frau einen letzten flüchtigen Blick, dann greift er zum Koffer und verlässt das Schlafzimmer, ohne sich noch einmal umzudrehen. Draußen in der Diele zieht er sich seine gefütterten Winterstiefel an. Er streift sein Bild im Garderobenspiegel, während er die Jacke vom Bügel zieht, doch dieser Blick genügt, um ihn zu stellen. Ja, er fühlt sich ertappt! Sprachlos schüttelt der Mann den Kopf, in seiner Hand zwei Schlüsselbunde – der eine für sein Zuhause, der andere für das Haus im Oberallgäu. Nein, es ist zu spät für ihn, um in sein altes Leben zurückzukehren.

***

Es fehlt ihr an Konzentration. Nicht an Ruhe. Die Ruhe, die sie empfindet, die sie wahrnimmt, wie sie sich in ihr ausbreitet, gibt ihr ein Gefühl der Leichtigkeit. Beherzt schiebt sie die Mathematikarbeit von sich weg, steht dann kurzerhand auf, um in die Küche zu gehen. Marie verspürt mit einem Mal einen schier unbändigen Appetit auf Schokolade.

***

Mit Wucht schlägt er die Fahrertür zu, steckt den Schlüssel ins Schloss und startet den Motor. Schroff betätigt Binder das Gaspedal und die Kupplung, wodurch der einhundertzehn PS starke Motor laut aufheult.

***

Der Mann schließt den Kofferraum, um sich kurz darauf hinter das Lenkrad seines Kombis zu setzen. Die weiße Einkaufstüte mit der roten Aufschrift stellt er neben sich auf den Beifahrersitz. Ruhig fährt er den Wagen aus der Tiefgarage auf die Straße.

***

Das Glasschälchen mit den Schokoladenstücken in der einen und die Tasse mit warmer Milch in der anderen Hand, geht Marie auf das Sofa zu. Sie stellt alles auf den Couchtisch, geht dann zum CD-Regal, um zielsicher das Album »Bitches Brew« von Miles Davis herauszuziehen. Wie lange hat sie den guten alten Miles nicht mehr gehört. Wieder ein Lächeln. Und sie muss an Jo Degen denken. Anständiger Kerl. Zurückhaltend, charmant. Irgendwie sympathisch. Ja, vielleicht benötige ich bald einen Polizisten in Zivil. Wer weiß? Die Zeiten beginnen sich zu verändern.

Ihr Blick legt sich auf die Rosen, auf die roten und gelben Rosen. Sie hat die Blumen mit ins Wohnzimmer genommen, will sie in ihrer Nähe haben. Wie schön sie aussehen, gemeinsam in einer Vase. Und es kommt ihr fast so vor, als ob sie ihre Köpfe stolz nach oben recken.

Ja, so ist es gut! So fühlt es sich richtig an!

***

Dank der Uhrzeit ist nicht mehr viel Verkehr auf der tagsüber stark befahrenen Zufahrtsstraße. Schon seltsam, wie schnell er hat Abschied nehmen können und wie befreit er sich plötzlich fühlt. Eine wohlige Zufriedenheit macht sich breit. Alles wird gut – alles ist gut! Er wirft einen raschen Blick auf den Beifahrersitz und wird durch den Rückspiegel geblendet. Ihm entgleiten die Gesichtszüge, als er beobachtet, wie die beiden Lichtpunkte hinter ihm größer werden und sich bedrohlich rasch nähern.

***

Ohne den Blinker zu betätigen, wechselt Binder auf die linke Spur. Sein Blick ist starr auf die Fahrbahn vor ihm gerichtet, und so sieht er den gestikulierenden Fahrer des silbergrauen Kombis nicht. Mit überhöhter Geschwindigkeit rast Binder an dem Fahrzeug vorbei.

***

»Idiot!«, stößt der Mann erschrocken aus, wobei sein Fuß unvermittelt und hart auf die Bremse tritt, jedoch ohne dass der andere Fuß seiner Aufgabe nachkommt und gleichzeitig das Kupplungspedal bedient. Ruckartig springt der Wagen ein Stück vor, dann erstirbt der Motor.

***

Marie horcht auf. Miles Davis' erste Trompetenklänge zu seinem zwanzigminütigen »Pharaoh's Dance« haben gerade begonnen, da vernimmt sie, wie draußen, unmittelbar vor dem Haus, ein Auto hält, der Motor ausgestellt und eine Wagentür zugeworfen wird. Schon sind schnelle Schritte zu hören, die direkt auf den Hauseingang zugehen. Deutlich spürt sie den erhöhten Herzschlag in ihrer Brust, und wie erstarrt wartet sie flach atmend auf das Unvermeidliche. Sekunden vergehen, in denen nichts geschieht. Dann das erwartete Läuten – Marie schreckt dennoch zusammen, die Hand schnellt vor, und ihr Zeigefinger drückt auf die Stopp-Taste des CD-Spielers. Erneutes Klingeln an der Tür, nur diesmal kommt es Marie lauter und nachdrücklicher vor. Und wieder vergehen Sekunden.

»Was soll das?«, tadelt sie sich. »Wovor hast du Angst?«

Marie seufzt tief und schüttelt den Kopf.

»Wer ist da?«, fragt sie durch die geschlossene Haustür.

»Marie, ich bin es, Tobias. Bitte mach auf! Ich *muss* mit dir reden!«

Marie streicht sich mit der Hand durchs Haar. Was will der denn jetzt hier? Unsicher und nervös schweift ihr Blick durch den hell erleuchteten Flur, sucht dort irgendwo eine Antwort.

»Was ... was ist denn los?«, fragt sie ausweichend.

»Das will ich dir sagen, wenn du die Tür aufmachst. Bitte, es ist wirklich wichtig. Mir ... mir geht es schlecht ... bitte mach auf!«

»Hat das nicht Zeit bis morgen?«

»Bitte, ich will nur mit dir reden!«

Marie hört die Verzweiflung in seiner Stimme.

»Na gut«, sagt sie, »aber nur für einen Moment. Ich bin müde und …«

Marie verzichtet auf die Vollendung des Satzes, dreht den Schlüssel im Schloss herum und öffnet einen Spaltbreit die Tür. Sie schaut geradewegs in das nasse Gesicht ihres Kollegen.

»Weißt du, wie spät es ist?«, blafft sie ihn an. »Findest du dich selbst nicht ein wenig aufdringlich?«

»Aufdringlich?« Binder reißt die Augen auf und schüttelt ungläubig den Kopf. »Weißt du, wie es mir geht? Hast du eine Ahnung, wie ich mich fühle? Warum kannst du dich nicht melden? Jeder vernünftige Mensch würde das tun! Ich bin hier, bei diesem Scheißwetter, um Klarheit zu bekommen, was mit dir nach unserer gemeinsamen Nacht geschehen ist! Was habe ich getan, dass du so abweisend bist? Ich kann dich ja noch nicht mal anrufen, da du ja plötzlich eine Geheimnummer hast. Hast du so eine Angst vor mir? Verdammt, Marie, ich will endlich Antworten!«

Maries Blick bleibt unergründlich.

Schließlich fragt sie: »Und, bist du nun fertig?«

»Marie, ich liebe dich!«

»Ich … ich fürchte, ich versteh nicht …«, stammelt Marie.

Sie presst die Lippen aufeinander, bis ihr Mund ein dünner Strich ist.

Nein, Marie versteht nicht – versteht schon gar nicht, woher plötzlich das Blut in Binders Gesicht kommt, das vom Stirnansatz in drei fingerdicken Bahnen rasch über die Schläfen, die Wangen und den rechten Nasenflügel läuft. Ohne zu begreifen, beobachtet sie, dass sich das Blut an der Kinnspitze sammelt, von dort nach unten fällt und auf dem Flurboden aufschlägt. Mit einer Spur von geistesabwesender Faszination registriert Marie, dass sich das Rot schnell ausbreitet und einen intensiven Kontrast zum hellen Marmor bildet. Sie muss den Kopf senken, um jetzt Binders Augen zu suchen. Für einen Moment kniet er vor ihr, seine Pupillen seltsam nach oben verdreht. Dann bricht Maries Kollege tonlos in sich zusammen.

Verstört folgt sie dem Fall des nun erschlafften Körpers, während ihr Verstand fieberhaft versucht, zu begreifen. Viel Zeit bleibt Marie allerdings nicht, denn schon verspürt sie einen heftigen Stoß gegen die Brust, der ihr für einen Moment die Luft raubt. Instinktiv rudert Marie mit den Armen, doch kann sie der Wucht des plötzlichen Angriffs nichts entgegensetzen und den Sturz nicht verhindern. Ihr schlanker Körper wird beinahe mühelos von den Füßen geholt, durch die Luft geschleudert und hart zu Boden geworfen.

Dann hört Marie die Stimme, die sie kennt, die ihr jedoch noch aberwitziger vorkommt als das Vorangegangene, einem Alptraum gleich, so als sei es bis hierher nicht schon genug des Irrsinns. Und sie sieht die kräftige Gestalt, wie sie über den leblosen Tobias Binder steigt, und sie sieht den Schraubschlüssel in deren Hand.

»Marie«, ruft ihr die Stimme zu, »Marie, das habe ich nicht gewollt!«

Eine vorübergehende Stille tritt ein. Die Gestalt geht ein, zwei Schritte auf sie zu und bleibt dann unvermittelt stehen, unsicher, und Marie glaubt, Tränen in den Augen zu erkennen.

Arne Steffens bemerkt ihren angsterfüllten Blick. Er öffnet die rechte Hand, und das Geräusch des aufschlagenden Schraubenschlüssels hallt ohrenbetäubend durch den Hausflur.

»Ich habe das alles doch nur für dich getan«, schreit Steffens in den Lärm hinein, und seine Stimme klingt verzweifelt in Maries Ohren.

»Du warst es doch, die zu mir in die Therapie kam – du hast meine Hilfe gesucht. Und du wolltest mich! Ja, mich. Hatte ich dir nicht geraten, eine Kollegin aufzusuchen? Erinnere dich bitte. Aber das wolltest du ja nicht. Du wolltest *mich*! So oft hast du mich angerufen, sogar sonntags. Immerzu sollte ich mich kümmern. Du hast es doch gewollt. Hast doch deinen Schlüssel in der Praxis extra so liegen gelassen, dass ich ihn finde. Damit ich mir einen Nachschlüssel anfertigen lassen kann. So war es doch, oder nicht?«

Zögernd geht er auf sie zu, streckt ihr die Hand hin. Marie fährt zurück. Steffens hebt matt die Schultern und lässt sich neben

Marie auf den Boden sinken. Er nimmt die Brille ab und schließt die Augen. Den Kopf zurückgelegt, flüstert er: »Ich möchte, dass du mit mir kommst – jetzt gleich. Du wirst deinen Koffer packen, viel brauchst du nicht, und wir werden diese Nacht noch aufbrechen. Ich habe ein Haus in der Nähe der Alpen, im Oberallgäu. Es wird dir dort gefallen … ja, ich bin für dich zu einem Mörder geworden, zu einem zweifachen Mörder«, er deutet mit dem Kopf in Richtung Binder, der nach wie vor still und bewegungslos auf dem Marmorboden liegt, und Steffens verzieht bedauernd die Mundwinkel, bevor er weiterspricht: »Und ich habe meine geliebte, unheilbar kranke Ehefrau für dich verlassen.«

Wieder macht er eine kurze Pause, wobei er hörbar ausatmet. Marie spürt, dass er sie von der Seite erwartungsvoll anschaut. Jedoch behält sie ihren Blick starr vor sich gerichtet. Sie hört ihn seufzen und sagen: »In Zukunft wird es dir an nichts fehlen. Ich werde für dich sorgen, werde für dich da sein … du musst keine Angst mehr haben, denn ich werde dich beschützen.«

Er sieht sie fragend an, lächelt dabei und will ihr eine Antwort entlocken. Doch Marie schüttelt nur stumm den Kopf, ohne ihn dabei anzusehen. Arne Steffens' Lächeln bleibt gelassen; er ist gewillt, über Maries Ungezogenheit hinwegzusehen.

»Na komm, ich meine es nur gut mit dir, du kannst mir vertrauen – ich bin doch dein Therapeut.« Er lacht belustigt und berührt sie leicht an der Schulter. Marie zuckt zurück.

»Fassen Sie mich nie wieder an! Nie wieder!«, schreit sie und spuckt ihm ins Gesicht. Für einen Moment lähmt das Schweigen alle ihre Gedanken. Dann springt Arne Steffens auf, und seine eben noch traurig-sanften Gesichtszüge sind einer wütenden Fratze gewichen. Über sie gebeugt, schlägt er Marie mit seiner flachen Hand ins Gesicht. Brutal und ohne Vorwarnung, sodass sie keine Chance hat, dem Schlag auszuweichen. Auch den zweiten und dritten Hieb nimmt sie, ohne dass sie sich zur Wehr setzen kann. Marie blutet stark aus der Nase, und sie schmeckt das warme Blut, das aus ihren aufgeplatzten Lippen quillt. Breitbeinig baut er sich vor ihr auf, schaut auf sie herab, wie sie sich zusammengekauert und von ihm abgewandt gegen die Flurwand presst.

»Es tut mir leid«, tobt er lauthals, »Schlagen ist normalerweise nicht meine Art. Aber du scheinst nicht zu verstehen – oder ich habe mich nicht klar und deutlich genug ausgedrückt: Du wirst mit mir kommen. Du hast keine Wahl. Und du wirst mir schon bald dafür danken, dass ich dich aus deiner Welt herausgeholt habe. Aus deiner krank machenden und einsamen Welt!«

Der letzte Satz dringt verzerrt und kaum verständlich aus seiner Kehle. Arne Steffens stößt einen dröhnenden Schrei aus und tritt eine Handbreit neben Maries Kopf gegen die Wand, sodass ihr Teile des Putzes in die Haare fliegen. Sie hört ihn schwer schnaufen, dann Unverständliches flüstern, und wagt nicht, aufzusehen.

»Los, komm«, herrscht er sie mit heiserer Stimme an. »Steh auf und geh packen.«

Marie will Augen und Ohren verschließen, um diesen Wahnsinn nicht hören zu müssen. Doch sie weiß, wozu Steffens imstande ist, wenn sie ihn ein weiteres Mal ignoriert. Sie sieht darum jetzt zu ihm auf, gibt ein fragendes Wimmern von sich, denn zu sprechen wagt sie nicht, weil es so wehtun würde.

»Oh, tu doch nicht so unterwürfig«, speit er ihr entgegen, »du lehnst mich immer noch ab, das merke ich doch.«

Arne Steffens greift in seine Jacke und holt ein kleines Glasfläschchen hervor, dann ein Taschentuch.

Chloroform!, schießt es Marie durch den Kopf, während sie Steffens beobachtet, wie er langsam den Verschluss aufdreht.

»Du lässt mir keine Wahl. Ich habe dir ein mehr als großzügiges Angebot gemacht, aber du willst es ja nicht annehmen. So zwingst du mich, zu anderen Mitteln zu greifen. Schade, ich hätte es bevorzugt, wenn du mich freiwillig begleitest.«

Wie hypnotisiert starrt sie auf das Taschentuch in seiner Hand, das sich nun ihrem Gesicht nähert, dabei groß und größer wird, und sie vernimmt den Schrei, der über ihre Lippen kommt. Marie bemerkt den verunsicherten Ausdruck in seinen Augen, als sie sich aufbäumt, auf die Füße springt und ihm beinahe gleichzeitig einen Tritt zwischen die Beine verpasst. Sie hat all ihre Wut und ihre ganze Kraft in diesen Angriff gelegt und sieht nun, wie die Tränen über sein schmerzverzerrtes Gesicht rinnen.

Du musst weg von ihm!, drängt die innere Stimme, du musst dich von ihm befreien … endgültig! Marie läuft los. Der Revolver! Sie springt über die Blutlache. Du musst an den Revolver! Sie hält inne, dreht den Kopf, sieht ihn gekrümmt am Boden liegen und entscheidet sich für die Treppe. Gegen die Flucht aus dem Haus. Entschlossen läuft sie die ersten beiden Stufen empor, schaut über die Schulter, sieht, wie er sich mühsam aufrappelt.

Schwankend schaut er sich um, und ihr wird heiß, als er sie entdeckt. Sein getrübter Blick trifft sie und wirkt auf eine für sie unerklärbare Weise sehnsüchtig. Sie schüttelt den Kopf. Nein, sie will und darf sich jetzt nicht aufhalten lassen. Sie schnellt herum, rennt die Treppenstufen weiter hoch, entflieht seinem Blick. Doch schon hört sie seinen schleppenden Schritt auf dem unteren Treppenabsatz.

Mit Wucht stößt Marie die Tür auf, dabei verliert sie fast das Gleichgewicht, und stolpert in das Schlafzimmer ihrer Eltern. Keuchend wirbelt sie herum, bekommt die Tür zu fassen und wirft sie zu. Ihre Finger suchen im Halbdunkel den Schlüssel im Schloss. Das klackende Geräusch beim Umdrehen beruhigt sie.

Seine Fäuste hämmern gegen die massive Eichentür.

»Marie, verflucht, was soll das?« Beschwörend dringt seine Stimme zu ihr. »Mach auf! Was soll dieses alberne Spielchen? Das hältst du doch keine Stunde durch. Du bist ein seelisches Wrack. Marie – vergiss nicht, ich weiß alles über dich. Ich kenne dich, Marie!«

»Nein, das tust du nicht! Gar nichts weißt du über mich, rein gar nichts«, sagt sie leise, während sie die Patronen in die Trommel drückt.

Arne Steffens ist unschlüssig, was ihn nur noch wütender macht. Was soll er tun? Soll er sich gegen die Tür werfen? Soll er versuchen, sie einzutreten? Steffens schüttelt resigniert den Kopf.

Angesichts des schweren Holzes wäre dies ein hoffnungsloses Unterfangen. Verflucht, das Ganze beginnt, ihm aus den Händen zu gleiten. So hatte er Marie nicht eingeschätzt. Und ja, er hatte gehofft, dass sie ihn versteht, wenn er sich ihr gegenüber öffnet. Er hat es doch alles für sie getan – alles für sie aufgegeben.

Aber ein Zurück kann es nicht geben. – Der Schraubenschlüssel, der unten im Eingang liegt, jetzt erinnert er sich an ihn. Selbst wenn es ihm nicht gelänge, die Tür damit aufzubrechen, so würden aber die Schläge gegen das Holz den gewünschten Effekt erzielen, davon ist er überzeugt. Marie wird sich dermaßen bedrängt fühlen, ihre Nerven machen das nicht mehr mit, sie wird die Tür öffnen.

Leise entfernt er sich, verlässt den zweiten Stock und geht mit schnellen Schritten die Stufen hinunter. Unten angekommen, fällt sein Blick zuallererst auf sein Werkzeug, doch irgendwas will nicht so recht zu dem Bild in Steffens' Kopf passen.

Er sieht die Blutlache – doch wo ist der Tote? Fassungslos bleibt Steffens am Fuß der Treppe stehen, späht ungläubig um die Ecke. Er entdeckt die Blutspur, die nach draußen führt. Er bückt sich, lässt dabei die offene Eingangstür nicht aus den Augen und hebt den Schraubenschlüssel geräuschlos vom Boden auf. Vorgebeugt und auf Zehenspitzen schleicht er zur Haustür. Noch bevor Arne Steffens den blutüberströmten Mann, der seitlich an der Hauswand liegt, sieht, hört er eine schwache Stimme »… Jasminweg 4, Bergheim … Glesch« sagen.

Arne Steffens beugt sich über den Mann, der das Mobiltelefon noch fest in der Hand hält, und schaut ihm ins Gesicht.

»Wieso kannst du noch telefonieren?«, zischt Steffens. »Und warum glotzt du mich so an – du müsstest tot sein!«

Verflucht, das war so nicht geplant. Die Stimme in ihm flüstert: Du musst es beenden! Musst auf Nummer sicher gehen! Es darf doch keine Zeugen geben! Du musst dich beeilen, die Polizei wird bald hier sein! Ja, das weiß er, verflucht! Er will und kann den Kerl nicht anfassen, will keinen Puls fühlen, um zu kontrollieren, ob er noch lebt. Der Anblick stößt ihn ab. Für einen kurzen Moment verharrt Arne Steffens in der gebeugten

Position, unschlüssig, dann steht er mit einem Ruck auf. Beide Hände umfassen das untere Ende des Schraubenschlüssels.

Mit einer rasch ausholenden Bewegung hebt er die Arme über den Kopf … dann wie aus dem Nichts ein gellender Schrei:

»Neiiiiin!«

Marie sieht, wie Arne Steffens langsam den Kopf zu ihr hindreht, die Arme in der Luft, schaut er sie an, und sie kann die Verblüffung in seinen Augen erkennen. Dann lächelt er ihr schmallippig zu, und das Lächeln setzt sich fest, selbst als die erste Kugel in seinen Schädel schlägt. In Bruchteilen von Sekunden folgen fünf weitere Schüsse, die seinen Oberkörper zerfetzen und zurückwerfen. Steffens bleibt regungslos im Rinnstein liegen. Und kaum, dass die Detonationen verhallt sind, fallen vom Himmel dicke Schneeflocken, die den toten Körper bedecken.

»Ich hab dich lieb!«, ruft von ferne eine Kinderstimme.

Marie lächelt weinend.

»Ich hab dich auch lieb, Paulinchen!«

Epilog

Eine Woche später wird Pierre aus dem Krankenhaus entlassen. Er bleibt bis auf Weiteres auf freiem Fuß. Es wird Strafanzeige gegen ihn erhoben wegen schwerer Körperverletzung und Einbruchs. Wann das Gericht über das Strafmaß entscheiden wird, steht noch aus.

Leonie ist zu Hause ausgezogen und lebt jetzt in einem Mädchenwohnheim in Köln-Lindenthal. Pierre und sie sind nach wie vor ein Liebespaar.

Herr Schmitke wird sich in naher Zukunft ebenfalls wegen schwerer Körperverletzung an Pierre Fasshall vor Gericht verantworten müssen.
Leonie hat von einer Anzeige ihrerseits jedoch abgesehen.

Tobias Binder wurde in der Nacht schwer verletzt in die Intensivstation eingeliefert. Die Ärzte haben ihn ins künstliche Koma versetzt. Er ringt noch immer mit dem Tod.

Marie hat sich auf eigenen Wunsch stationär einweisen lassen. Die Prognosen, dass sich ihre Gemütsverfassung stabilisiert, stehen laut der behandelnden Fachärzte gut, sodass Marie voraussichtlich in vier Wochen entlassen werden kann. Sie will weiterhin als Lehrerin arbeiten, bloß an einer anderen Schule. Marie bekommt regelmäßig Besuch von Emma und von Jo Degen.

Mathias Wünsche
DIE SÜDSTADTDETEKTIVE
Broschur, 144 Seiten
ISBN 978-3-95451-127-3

»Ein unfassbares Abenteuer zwischen Gegenwart und Vergangenheit.« Känguru Stadtmagazin

»Ein aufregender Köln-Krimi für junge Leser.« Köbazino